periscopi

L'EFECTE FRANKENSTEIN

PREMI EDEBÉ
DE LITERATURA JUVENIL

ELIA BARCELÓ

L'EFECTE FRANKENSTEIN

PREMI EDEBÉ
DE LITERATURA JUVENIL

edebé

Obra guanyadora del Premi Edebé de Literatura Juvenil segons el veredicte del jurat format per Xavier Brines, Paula Jarrin, Rosa Navarro Durán, Care Santos i Elena Valencia.

Títol original: *El efecto Frankenstein*

Passeig de Sant Joan Bosco, 62
08017 Barcelona
www.edebe.com

Atenció al client: 902 44 44 41
contacta@edebe.net

Directora de Publicacions: Reina Duarte
Editora de Literatura Juvenil: Elena Valencia
Disseny de la col·lecció: Book & Look

3.ª edició

ISBN: 978-84-683-4304-4
Dipòsit legal: B. 823-2019
Imprès a Espanya
Printed in Spain
EGS – Rosari, 2 – Barcelona

A la memòria de Mary Shelley, pionera de la literatura de ciència-ficció i de terror, i la seva novel·la immortal Frankenstein o el Prometeu modern, *que va veure la llum fa exactament 200 anys, el 1818.*

0

Va obrir els ulls a una penombra en la qual una llum ataronjada brillant pintava ratlles a la paret en travessar una persiana entreoberta. No sabia on era i per un moment va sentir que s'ofegava, espantat, perquè no reconeixia el sostre de l'habitació ni res del que hi havia al seu voltant.

Va tornar a tancar els ulls. De vegades, passaven coses així i en uns segons tot queia de nou al seu lloc i les coses s'aclarien per si mateixes. Els va obrir una altra vegada, a poc a poc, com si li donés al cervell una oportunitat de posar-se en marxa i oferir-li la resposta que buscava.

Res. Continuava sense saber on era ni per què s'havia despertat allà a l'albada. Que havia begut massa la nit anterior i algun company li havia ofert quedar-se a casa seva?

Es va incorporar de cop i es va quedar assegut al llit amb una opressió al pit que, si no era terror, s'hi assemblava molt. No recordava res de la nit passada. Res. La seva ment era un forat negre, un desert, un buit total.

Va mirar al seu voltant, perplex. Havia estat estirat en una mena de matalàs fastigós, ple de taques velles l'origen de les quals preferia no saber, i l'habitació que l'envoltava estava en ruïnes: les parets escrostonades, el marc de la finestra menjat pels corcs, el vidre trencat en diversos punts com si hi haguessin estat tirant pedres durant anys, el terra ple de runa i de papers de colors que gairebé ja no podia distingir perquè la lluminositat taronja havia anat creixent i les ombres s'amuntegaven als racons d'aquella casa en ruïnes.

Què li podia haver passat per despertar-se allí? Havia patit cap agressió? El devia haver atacat una banda de lladres i l'havien deixat allà tirat, donant-lo per mort?

Es va tocar el cap amb compte. Li feia una mica de mal, però era una cefalàlgia vulgar, no semblava que hi hagués cap contusió cranial. Es va arremangar les mànigues de la camisa per mirar-se els braços i, en la penombra blava, no va distingir taques de sang ni esgarrapades ni hematomes. Les cames tampoc li feien mal.

Es va posar els palmells de les mans damunt del pit i, a través de la roba, va notar una mena de costures en diversos punts; però no va sentir res en pressionar-les, ni mal, ni coïssor, ni cap mena de molèstia. Potser era una altra peça de roba que duia a sota i estava sorgida o creuada per costures gruixudes.

Va pensar a treure's la camisa i mirar, però ja estava gairebé del tot fosc i feia fred, de manera que va decidir sortir d'allà, anar a casa seva i, tan bon punt se sentís segur a la seva habitació, encendre un llum, demanar aigua per a un bany, despullar-se i fer una exploració detallada del seu cos.

Tornar a la seva habitació. Tornar a casa seva.

On vivia?

Altra vegada el forat negre.

Es va passar la llengua pels llavis ressecs, per les dents —va comprovar alleujat que les tenia totes, no hi havia buits—, es va tocar les galtes rasposes i va notar que devia fer un parell de dies que no s'afaitava.

No recordava on vivia.

Es va agafar el canell esquerre entre l'índex i el polze drets buscant-se el pols, que, com esperava, estava molt accelerat. Havia de sortir d'allà, encara que no sabés on anava. Necessitava exercici, activitat, per no tornar-se boig.

Es va posar dret i va sortir de l'habitació, palpejant les parets, com un cec recent. El plànol de la casa no li resultava desconegut, però no aconseguia relacionar-lo amb res. Va baixar les escales amb compte; aquells graons de fusta que cruixien sota el seu pes no li inspiraven gaire confiança, però no hi havia cap altra manera d'arribar a la planta baixa i, d'allà, a l'exterior.

Un cop travessada una habitació en ruïnes, que en altres temps podia haver sigut una cuina, va aconseguir per fi sortir a l'aire lliure, i el ventet, tot i que fred, li va resultar tonificant. Ja gairebé era de nit, però el cel conservava, a ponent, un to ataronjat amb vetes de carmesí preciós i el joc de colors es reflectia en el Danubi, que en aquell punt, davant de la casa, s'amansia una mica.

Des d'algun lloc proper li arribaven retalls de música i converses i rialles, com l'eco d'una festa. Va girar el cap cap amunt en sentir una campanada i un nom va aparèixer a la seva ment: la catedral de Nostra Senyora la Bella.

Alguna cosa es va relaxar en el seu interior quan va repetir el nom per a si mateix. Si sabia posar-li nom a l'església i al riu de la seva ciutat, sabria també on era; només havia de continuar buscant en la seva memòria.

I potser, amb sort, fins i tot arribaria a descobrir qui era ell. Perquè el que no havia volgut confessar-se encara a ell mateix era que no recordava el seu propi nom, que, com a mínim de moment, no sabia qui era.

1

La Nora caminava a grans gambades pel carrer paral·lel a la riba del riu tot ensopegant amb les maleïdes faldilles de la disfressa de carnestoltes. S'hauria d'haver vestit d'alguna cosa més còmoda, però la Sarah li havia deixat aquell vestit de dama del segle XVIII amb la bosseta de mà, la perruca i tot, i s'havia deixat convèncer, encara que ella sempre s'havia disfressat de vampiressa, de bruixa i de coses per l'estil.

Ni tan sols sabia si feia bé anant a una festa on no coneixia pràcticament ningú, però ja feia uns mesos que era a Ingolstadt i, entre les classes, les primeres proves, el fet d'acostumar-se a comprar, cuinar i fer-ho tot sola, i les dificultats per relacionar-se amb gent d'una altra mentalitat, encara no havia aconseguit fer-se un cercle d'amics. Així que, quan la Sarah l'havia convidat a aquella festa i fins i tot li havia deixat el vestit, havia acceptat de seguida. El més absurd era que no havia pogut arribar abans perquè havia hagut de cuidar la Marie durant dues hores, ja que els seus pares van haver d'anar a una reunió de la guarderia que havien triat per quan la petita tingués l'edat de començar. No havia pogut dir-los que no, i ara intentava trobar el lloc on se celebrava la festa.

Es va aturar un instant per recuperar l'aire i donar una ullada al GPS del seu mòbil. Suposadament ja devia ser ben a prop. Es va ajustar la perruca damunt de les orelles i ja estava a punt de posar-se en marxa de nou, quan un grit desesperat la va deixar clavada on era, mirant a tot arreu per localitzar la font del so.

—Auxili! —cridava una veu de dona—. Auxili! Que algú m'ajudi! La meva neta s'ofega! Auxili!

Aixecant-se les faldilles gairebé fins a la cintura, va començar a córrer cap a on li semblava que hi havia la dona. Un parell de segons més tard l'havia localitzat, a la riba del riu, ficada a l'aigua fins als genolls, estirant els braços cap a una silueta que flotava i s'allunyava d'ella.

Per sort, en aquella zona el corrent no era tan fort com en altres llocs. Es va arrencar la perruca blanca, plena de llaços i papallones, es va treure el vestit pel cap, sense molestar-se a descordar-ne la cremallera, i es va tirar a l'aigua sense pensar que freda que podria estar.

Estava glaçada.

El seu primer impuls va ser sortir immediatament i eixugar-se amb el que fos. Però els crits de la nena i la seva àvia l'esperonaven, i ella era bona nedadora.

Es va deixar endur pel corrent, fent braçades poderoses que l'acostaven cada vegada més a la petita fins que va aconseguir atrapar-la i aguantar-la. La nena se li va agafar com si fos un mico i va estar a punt d'arrossegar-la cap al fons amb els seus cops de peu i els seus braços que li estrenyien la gola, i gairebé l'ofegaven. Va intentar posar-se-la de tal manera que no pogués dificultar-li els moviments, però en girar-se per posar la nena d'esquena contra el seu pit, un obstacle al cabal del riu va topar ben fort contra elles i les va separar de nou. Una branca que flotava a la deriva, li va semblar.

Va tornar a nedar amb fúria cap al centre del corrent, va aconseguir aferrar l'anorac de la petita i acostar-se-la, però aquesta vegada ja no hi va haver cops de peu ni braços cargolant-se-li a la gola. O havia perdut el coneixement, o alguna cosa pitjor.

Durant un moment, abraçant la nena, es va deixar arrossegar sense més. El fred de l'aigua era tan intens que començava a sentir el cos entumit, engarrotat. Li costava nedar i notava com la calor del cos li anava desapareixent pel cap, pels cabells molls, que cada vegada es posaven més freds.

A l'altura del pont, on el corrent s'estavellava contra un dels pilars, una ona els va passar per damunt, les va submergir uns instants, i la Nora va pensar que s'havia acabat, que no ho aconseguiria, però en aquell moment, uns altres braços sorgits de la fosca la van ajudar a flotar i a dirigir-se cap a la riba amb la seva càrrega immòbil.

Quan per fi van tocar terra, es van deixar caure al fang, esgotats, esbufegant per l'esforç, però alleujats i contents d'haver sortit bé de tot plegat. L'àvia s'acostava corrents, mormolant agraïments entre llàgrimes, amb un mòbil encès a la mà.

—Truqui a una ambulància! —va cridar la Nora.

—Està bé? La Tini està bé?

Els fanals ja s'havien encès i, sota la seva llum perlada, la Nora va veure que la nena estava quieta, amb els ulls tancats, estirada d'esquena com una nina abandonada a la riba. Devia tenir uns tres anys.

El noi que les havia ajudat la mirava, desolat. Els seus ulls es van trobar durant uns segons mentre sentien la dona parlar per telèfon, donar l'adreça i explicar què havia passat.

La Nora va ser la primera a reaccionar: es va agenollar al costat de la petita immòbil, la va posar de costat intentant fer-li vomitar l'aigua que s'havia empassat, li va inclinar el cap enrere, li va obrir la boca, va ficar-hi el dit per assegurar-se que no hi hagués cap herba a l'interior, li va pinçar el nas i, tot seguit, posant la seva boca contra la de la nena, va començar a fer-li la respiració artificial mentre el noi preguntava en veu baixa, gairebé més per a ell mateix que no per a les que l'escoltaven: «Però què fa? Què està fent? La nena s'ha mort, no té pols. No hi ha res a fer».

La Nora es va apartar per inspirar de nou, va comprendre el que havia dit el noi, i va començar a fer el massatge cardíac. Trenta compressions, dues insuflacions, trenta compressions, dues insuflacions... ritme ràpid, una vegada, una altra vegada, una altra vegada, sense aturar-se ni un moment, sense deixar de comptar.

Uns minuts més tard, va aparèixer l'ambulància. Tot es va omplir de llums blaves giratòries i udols de sirena.

—Està viva? —preguntava l'àvia—. Està viva?

Com a resposta, la nena va obrir els ulls i va trencar a tossir, i va expulsar l'aigua que s'havia empassat. L'àvia es va abalançar damunt d'ella, però abans que pogués abraçar-la, dos portalliteres la van agafar, la van ficar al vehicle i, moments després, tots havien desaparegut.

—Ha ressuscitat? —va preguntar el noi, mirant-se-la bocabadat.

La Nora va remenar el cap, es va aixecar i va començar a caminar en la direcció on devia ser la seva roba. Ell la va seguir. Per sort, va pensar, no s'havia hagut de despullar del tot davant d'aquell desconegut; a sota de la roba duia un *body* complet de pantalons llargs que s'havia posat per no tenir fred amb només el vestit prim.

—No, home, no estava morta —va contestar, en notar la importància que semblava tenir per al noi—. Però ho hauria pogut estar si l'haguéssim deixat una mica més. Pobra criatura! Com se li deu haver acudit ficar-se a l'aigua, amb aquest fred i gairebé de nit?

—Ha sigut molt valenta, vostè —va dir ell.

—Tu també. —Es va girar per mirar-lo quan es va adonar que li havia parlat de vostè. Quina mena de paio estrany era? Anava vestit per fer parella amb ella, amb uns calçons blancs i una camisa de mànigues amples i una gorgera al pit. Potser l'havien convidat a la mateixa festa—. I..., per cert..., gràcies —va afegir—. Si no hagués sigut per tu, ens hauríem ofegat totes dues.

Havien arribat al lloc on s'havia tret la disfressa i, tot i que anava xopa, se la va posar. Estava morta de fred, igual que ell, que tremolava, tot i que intentava dissimular-ho.

Per sort, el mòbil era a la bosseta de mà que havia llançat a terra i encara funcionava. Va trucar a un taxi i els va dir que era molt urgent, alhora feia gestos al noi perquè la seguís; va sortir al carrer paral·lel al riu i es va col·locar a sota d'un fanal perquè el taxista els veiés tan bon punt girés la cantonada.

—No havia vist mai una cosa així —va dir ell, encara atònit—. Em pot explicar què ha fet, Fräulein? La nena no tenia pols, ho podria jurar per la Bíblia.

«Que estrany que parla, aquest paio!», va pensar la Nora abans de contestar.

—Li he fet el que li faria qualsevol socorrista: respiració artificial i massatge cardiorespiratori. Res més. Bé, i hem tingut sort, és clar. Au va, vine amb mi a casa. Ens hem de canviar, que encara agafarem una pulmonia.

La Nora li va obrir la porta del taxi i pràcticament el va empènyer a dins. De seguida es va posar a explicar al taxista per què anaven molls, abans que l'home els fes fora del seu vehicle i, tot i que a contracor i perquè ja s'havien assegut, va acabar duent-los on volien anar.

Durant el trajecte curt, el noi ho mirava tot amb ulls espantats, en silenci, mentre els tremolors li sacsejaven el cos. Més que de fred, la Nora tenia la sensació que tremolava de nervis, o de por, i a ella li semblava molt estrany i misteriós. Per què hauria de tenir por, ara que ja havia passat tot? Devia ser el xoc?

Ell l'observava de reüll, sense saber què pensar, sense saber on era, cada vegada més angoixat. Van baixar en un dels carrerons del centre, van pujar unes escales molt dretes fins al tercer pis, la jove va obrir la porta i, de sobte, tot es va omplir de llum.

Del sostre penjava un llum com no n'havia vist cap a la vida, sense flama i sense fum, que repartia una claror que gairebé feia mal a la vista. I a la casa s'hi estava tan calent com si algú s'hagués passat el dia encenent un foc rere l'altre.

La noia es va treure les sabates, va obrir una porta, va desaparèixer a l'habitació i de seguida es va començar a sentir soroll d'aigua corrent. Allò era cada vegada més estrany.

Un somni! Això mateix! Un somni estranyíssim del qual es despertaria aviat. Havia de ser un somni, perquè tot passava a la ciutat on estudiava, però res era exactament com a la vida real.

—Té, eixuga't una mica —va dir la jove, oferint-li un drap blau—. Em dutxo en un moment i després et toca a tu.

Va començar a fregar-se els cabells mentre feia ullades a tot el que l'envoltava: roba penjada en ganxos de paret, molt calçat estrany... femení, si s'havia de jutjar per la mida, i un parell de sabates potser masculines tirades per terra, una pila de llibres en un racó. Que devia ser una casa en la qual només vivien dones? I les sabates d'home? I com s'atrevia aquella mossa a deixar entrar un desconegut? Quina prova millor que es tractava d'un somni que l'absurditat de la situació? Però dins d'un somni ell no havia sentit mai amb tanta claredat la seva roba molla, el fred del seu cos, el cansament i la gana que sentia en aquell moment.

—Llesta! Perquè després diguin que les dones som lentes al lavabo! Per cert, em dic Nora. Et toca a tu. Prefereixes dutxa o banyera? —La jove s'havia posat una bata blanca i una mena de turbant de color rosa li tapava la cabellera. Ell intentava no mirar, però se li veien les cames fins als genolls i no semblava que li fes gens de vergonya—. Va, dutxa! —va afegir en veure que no contestava—. Es gasta menys aigua i t'escalfa igualment. Mentrestant, vaig fent una mica de xocolata, et ve de gust? Potser fins i tot queda una mica de pastís.

Ell va fer que sí amb el cap sense tenir ni idea de què li preguntava, i va entrar al petit lavabo, el més petit que havia vist mai a la vida, però moblat amb objectes que no coneixia. Va explorar uns moments, va accionar les manetes que hi havia a dins de la banyera i, al cap d'uns segons, l'aigua calenta va començar a caure-li a sobre. Es va despullar corrents i, donant ullades constants a la porta, que no havia tancat per dins perquè no havia aconseguit descobrir el baldó, es va deixar escalfar per aquell invent meravellós: un cabal d'aigua calenta que no semblava tenir fi.

Van sonar uns cops precipitats, es va obrir la porta i ell va tancar l'aigua i va protegir la seva nuesa amb totes dues mans, mort de vergonya. Mai hauria pensat que tant desvergonyiment fos possible en una noia jove de classe benestant.

—Perdona, se m'havia oblidat donar-te una tovallola i un barnús; em sap greu que siguin tan cridaners —va dir ella, evitant mirar-lo gaire—. Aquí tens. —Li oferia un drap gros, aquesta vegada groc, juntament amb una bata de coloraines—. Si et vols afaitar, t'he deixat allà una maquineta nova d'un sol ús. Quan acabis, la llences. T'espero a la meva habitació. És la porta del fons del passadís. I no triguis, que se'ns refredarà la xocolata.

El lavabo estava ple de vapor, el mirall totalment entelat. Es va eixugar corrents i de pressa i es va posar aquella bata horrible abans de sortir al passadís. La porta era oberta i la Nora l'esperava asseguda al mirador en una taula damunt la qual fumejaven dos tassons de xocolata. També hi havia un bon tros de pastís de nous que li va venir aigua a la boca.

Es va asseure en fer-li un gest la noia i es va haver de controlar per no llançar-se com un llop damunt del pastís. Se sentia com si fes dies que no mengés.

—Au, serveix-te —li va oferir. S'havia tret el turbant del cap i la seva cabellera castanya es començava a arrissar suaument mentre s'eixugava. Encara anava vestida amb la bata blanca, amb res més. Tenia uns ulls brillants i inquisitius, de color cervesa—. Bé, doncs, ja t'he dit que soc la Nora. Qui ets tu?

«Gran pregunta —va pensar ell—. Això. Qui soc jo?».

—Li semblarà molt estrany, Fräulein Nora —va dir per fi, després d'uns segons en els quals va empassar-se la saliva un parell de vegades—. No me'n recordo.

Ella no va semblar gaire sorpresa. Es va inclinar una mica cap a ell i va preguntar:

—Des d'allò que ha passat al riu o des d'abans?

Quan es va inclinar, li va quedar a la vista un penjoll de plata que ballava temptadorament damunt del seu escot: un mussol, el símbol de Minerva, la deessa de la saviesa; i també el símbol d'una cosa profunda i secreta que ella no podia conèixer. O sí? Qui devia ser aquella jove? Filla o germana de qui?

Li havia fet una pregunta curiosa. Interessant. Científica. Va tornar a mirar el mussol i va decidir dir la veritat.

—Des d'abans. Poc abans d'allò del riu m'he despertat en una casa en ruïnes, per allà a prop, sense memòria de mi ni de tot el meu passat.

—Saps on som, almenys?

El noi va assentir vigorosament. Amb prou feines feia dos minuts que el seu cervell li havia proporcionat la resposta.

—Ingolstadt.

—Bé! Per cert, menja una mica primer. Perdona, és que soc insuportablement curiosa...

El noi va servir a la Nora un tros de pastís abans de servir-se a ell mateix i, controlant la seva impaciència, va tallar un mos amb la vora de la forquilla. Era deliciós. Si l'havia fet ella, era un bon partit: guapa, valenta i amb bona mà per a la cuina.

—Recordes on anaves quan has sentit cridar l'àvia de la nena?

—No anava enlloc. Només volia sortir de la casa i intentar veure on era.

—Què és això? —De cop, la Nora semblava espantada. Mirava fixament un punt del triangle de pit que les solapes del barnús deixaven descobert.

Ell va abaixar la mirada cap a on ella indicava i, sense pensar-hi, es va obrir les solapes per poder mirar el que tant havia impressionat la noia. A l'altura del cor, i en tres llocs més del seu tors, diverses cicatrius destacaven damunt del seu pit pàl·lid i sense pèl, com ferides profundes cosides a correcuita amb un negre bramaire.

Es va passar la punta dels dits per damunt de les ferides, que encara no s'havien cicatritzat, però tampoc semblaven fresques. No sentia res. Estaven com acartonades. Quan va tocar la que tenia a l'altura del melic, es va adonar que més avall n'hi havia una altra, gairebé a l'engonal.

Va alçar la mirada cap a la jove, conscient que era absolutament indecorós mostrar-li d'aquesta manera el seu cos nu, però sense poder evitar-ho, com buscant la confirmació que el que veia i tocava era real.

Ella es va aixecar i, amb un «Em permets?» mormolat, va passar també els dits per damunt de les cicatrius. Ell va sentir un calfred. Des de la mort de la seva mare, quan tenia deu anys, no l'havia tornat a tocar cap dona.

—Això és increïble —va dir ella amb veu molt baixa—. Et fa mal?

Ell va fer que no amb el cap.

—Estic somiant, oi?

—No. Si no és que tots dos somiem el mateix, no. Aquesta és la realitat normal.

—La meva no. Aquí tot és estrany: els llums, el lavabo, el vehicle que ens ha portat, la manera de vestir de la dona i la nena del riu... ha de ser un somni.

La Nora es va apartar de la taula, va sortir de l'habitació i va tornar al cap d'uns minuts amb un parell de peces de vestir.

—Té, posa't això; són d'en Toby i no sé com et quedaran, però és millor que veure't vestit amb el barnús de la Heike i amb el pit ple de ferides mal cosides que no fan mal.

—Qui és en Toby? El seu germà?

—Vols deixar de parlar-me de vostè? M'estàs posant nerviosa. En Toby és el meu company de pis. Aquí hi vivim la Heike, en Toby i jo. Ells estudien Filologia, jo Medicina.

—Medicina! Com jo —va dir ell de sobte. I va somriure—. Me n'acabo de recordar! Estudio a Ingolstadt perquè és la millor universitat de química i medicina.

—Ara ja no té la mateixa fama. Van traslladar la facultat a Landshut primer, fa un parell de segles, i llavors a Munic. Fa només un any que l'han tornat a obrir aquí. Jo volia estudiar a Viena, però no hi havia places. L'any que ve intentaré aconseguir el trasllat i potser puc tornar a Àustria.

—Jo també soc austríac. De Salzburg. —Li semblava meravellós anar recordant coses sobre ell mateix. Tant, que no podia preguntar tot el que se li acudia en sentir-la parlar a ella, perquè primer havia de tornar a recuperar la memòria completa.

Uns segons enrere no hauria sabut contestar si li hagués preguntat d'on era. Mentre parlaven, s'havia anat vestint d'esquena a ella i, una vegada llest, es va girar perquè li donés el vistiplau.

La Nora se'l va quedar mirant. La roba era gairebé de la seva talla i estava guapo amb ella, però d'alguna manera semblava que l'altra roba el feia més real; amb les coses d'en Toby semblava que anés disfressat.

—Ja has recordat més coses. Ho provem amb el teu nom? A veure. Mira'm. Jo soc la Nora... I tu? Ja ho saps... jo Tarzan, tu Jane...

—Com dius?

Va veure la seva mirada d'incomprensió profunda i, per no atabalar-lo més, va continuar:

—Tant és. Intentem-ho una altra vegada. Jo, Nora. Tu...

El mirava intensament als ulls, verd-grisosos i ametllats, intel·ligents, una mica oblics, damunt d'uns pòmuls alts. Duia els cabells més aviat llargs, rossos cendrosos, i no s'havia afaitat.

—Jo, Nora. Tu...

—Maximilian —va dir de sobte—. Crec —va somriure amb timidesa i se li van formar dos clotets a les galtes.

—Anem progressant. Molt de gust, Max. —La Nora li va oferir la mà perquè l'hi encaixés i ell la va girar amb delicadesa, es va inclinar damunt d'ella i la va besar fregant-la lleugerament amb els llavis, amb una naturalitat absoluta—. I ara, anem a la cuina —va afegir ràpidament per dissimular la seva torbació—, a veure què hi ha per la nevera per fer un sopar en condicions. Estic morta de gana i em temo que la xocolata amb el trosset de pastís només ha sigut un aperitiu. T'agrada la pasta?

En Maximilian va arronsar les espatlles i la va seguir. Només els seus pares l'havien anomenat Max; per a la resta del món era en Maximilian. Però li agradava que ella també ho fes. Quina pena que allò no fos més que un somni! Aquella mossa tenia alguna cosa que feia molt de temps que buscava.

* * *

Mentre ella trastejava a la cuina, ell va tornar al lavabo a intentar seguir el consell de la Nora i afaitar-se. Li va costar força esbrinar com funcionava aquell invent i es va passar tota l'estona pensant en el fet que li semblava estranyíssim que hi hagués un home vivint amb dues noies, sense ser ni tan sols família. Quina mena de persones eren? Quina mena de persones podien ser els seus pares, que permetien una cosa així? I com era possible que la Nora estudiés Medicina? No era que li faltés intel·ligència, això estava quedant cada vegada més clar, però era una dona i, per tant, mai l'acceptarien a cap universitat. Hauria de preguntar més coses, però, per desgràcia, més de la meitat de la seva ment estava ocupada a recordar i, sobretot, a esbrinar d'on provenien aquelles cicatrius estranyes que li cobrien el tors.

Les va observar al mirall, astorat. Per superficials que fossin aquelles ferides, que no ho eren, com a mínim dues li haurien d'haver causat la mort. I allà s'obrien dos camins en el seu pensament: d'una banda, qui hauria pogut fer una cosa així?, i d'altra banda, com era possible que hagués sobreviscut i qui li havia cosit aquelles ferides?

Si pogués recordar, el més probable era que li vinguessin a la ment les circumstàncies de l'atac, potser fins i tot la persona que ho havia fet, i el motiu. Però de moment, amb l'ajuda d'aquella dona estranya, l'únic que recordava era que es deia Max, que era de Salzburg i que estudiava Medicina a Ingolstadt.

Què havia volgut dir la Nora quan havia comentat que «ara ja no és la millor universitat», que l'havien traslladat? Ell havia assistit a les seves classes fins a una data molt recent, n'estava segur. Ningú havia traslladat res. I ella havia dit, a més, que en «fa un parell de segles».

Va posar la seva roba molla damunt d'uns barrots metàl·lics calents que hi havia al lavabo, es va acabar d'afaitar, es va trobar mitjanament civilitzat, i va tornar a la cuina, de la qual emergia una olor meravellosa. Mentrestant, ella s'havia vestit i la seva vestimenta el va deixar clavat al llindar: duia una mena de calçons negres masculins, ajustadíssims, que en una dona no deixaven res a la imaginació, i cobrint-li el tors, una peça ampla que permetia veure bastant bé el que portava a sota: una mena de *brassière* francès lleuger que el va obligar a escurar-se la gola i desviar la vista.

La Nora va posar el menjar a la taula i li va oferir una ampolla de vi negre perquè la destapés. Una senyoreta bevent vi! Va obrir l'ampolla sense comentaris i en va servir dues copes, amb l'esperança que ella digués que no, que només era per a ell, però es va limitar a somriure, agafar la seva i alçar-la per fer un brindis.

—Per nosaltres i la petita que hem salvat! I perquè recuperis aviat tota la memòria. Pot ser una conseqüència del trauma que has patit amb això d'aquelles ferides. Recordes què et va passar?

Ell va remenar el cap en una negativa i va fer un glop de vi ben llarg. Era boníssim. El menjar, però, era profundament estrany. Feia molt bona olor, però el plat era ple de coses que no coneixia: unes tires llargues blanques i molt primes, com cucs enormíssims, nedant en una salsa violentament vermella esquitxada d'unes baies fosques, trencades, i d'altres cuquets rosats amb un trosset de cua quitinosa. L'únic que havia vist abans en un plat era la branqueta de romaní i un pessic d'alfàbrega.

—Va, comencem a menjar abans que es refredi. Espero que no siguis al·lèrgic a les gambetes. Les vaig comprar ahir, no n'hi ha gaires però estan força bé.

El primer mos va ser com un espasme a la boca. Mai havia tastat aquell sabor i era tan intens que gairebé li resultava excessiu, però les coses blanques i llargues —que òbviament estaven fetes de farina i potser també d'ou— ho neutralitzaven una mica i aviat s'hi va acostumar, fins que va acabar menjant-se'n dos plats plens fins dalt.

—Bé —va dir ella, somrient satisfeta, com totes les dones els esforços a la cuina de les quals són apreciats per un home—, doncs ja has tastat els meus famosos espaguetis amb tomàquet, olives i gambes. Bons?

—Meravellosos.

—Ara mirem-nos les teves ferides. Em deixes donar-hi una ullada? Al cap i a la fi, tots dos serem metges.

En Max es va empassar la saliva, es va apartar de la taula i, ja a punt de treure's la peça de sobre, que no tenia botons ni res per obrir-la, va negar amb el cap.

—No, Fräulein, em sap greu. Crec que primer m'he d'aclarir jo mateix i potser consultar amb algun col·lega.

La Nora se'l va quedar mirant, primer furiosa, després inexpressiva.

—Entesos, com vulguis. Llavors serà millor que ens n'anem a dormir. Ha sigut un dia molt llarg.

En Max es va quedar de pedra. No devia insinuar que...? No. No era possible. No somreia. No el mirava com ell havia vist que algunes dones miraven els homes en una cantonada fosca. Tot era molt estrany, però estava segur que ella era una noia decent. No li podia estar proposant... Les seves paraules van interrompre els seus pensaments esbojarrats.

—Et pots estirar al llit d'en Toby. Se n'ha anat a passar el cap de setmana de carnestoltes a casa seva, com la Heike. Segur que no li fa res. Ara et busco una manta. Demà és festa; ens podem llevar tard, parlarem més i continuarem buscant. Bona nit.

* * *

Es devia haver adormit instantàniament perquè, quan es va despertar amb les campanades de les cinc, es trobava descansat i amb el cap clar. L'habitatge estava fosc i en silenci.

S'havia estirat al llit més còmode que havia provat en tota la vida. La temperatura era perfecta i va estar temptat de fer mitja volta i continuar dormint en aquell somni meravellós en el qual, amb sort, quan es llevés tornaria a veure la Nora; però alguna cosa li deia que, si volia començar a resoldre el misteri, havia de tornar a la casa en ruïnes on s'havia despertat sense memòria de si mateix. I ho havia de fer sol. No podia posar en risc aquella criatura deliciosa. Ja la veuria una altra vegada quan tornés a ser amo de si mateix.

Es va aixecar sigil·losament, es va canviar la roba d'en Toby per la seva amb un calfred —que lleugeres que resultaven per contrast!— i, en treure el cap per la finestra i veure que havia nevat una mica durant la nit, va decidir manllevar alguna peça de roba, es va posar una jaqueta increïblement càlida i liviana, i, després de gargotejar una nota, va sortir, vigilant de no despertar-la, i es va encaminar a la seva facultat. Es volia assegurar de la seva mera existència abans de tornar a les ruïnes a explorar.

* * *

La Nora va obrir els ulls tan bon punt va sentir la porta lliscar i tancar-se. Havia dormit poc i malament perquè estava segura que en Max intentaria marxar en secret, i havia encertat del tot, però no estava disposada a deixar que un noi amb un trauma com el seu es llancés a vagar per la ciutat de matinada; li podia passar qualsevol cosa.

«No intentis enganyar-te a tu mateixa, Nora. El que passa és que el xicot t'agrada i no vols perdre'l així com així. Si el perds ara, no tens manera de tornar-lo a trobar», va dir la seva veu interior.

«Entesos. D'acord. El noi m'agrada, què passa?»

«Res. Ves a buscar-lo. Avui dia les dones no cal que esperem que siguin ells els que facin el primer pas. Corre, abans que es perdi pels carrerons!»

Es va vestir a tota velocitat, va veure una nota damunt de la taula, se la va ficar a la butxaca, va mirar per la finestra, el va veure que tombava cap a la Kanalgasse, i va sortir del pis a correcuita calçada amb les vambes de córrer, cosa que li va permetre atrapar-lo de seguida, sense que ell se n'adonés.

Anava cap a la universitat vella, i, com ella suposava, es va aturar al davant de l'edifici que ara era el Museu de Medicina i Anatomia Antiga, però que des del segle xv havia sigut l'edifici on s'estudiava Medicina i on es feien les disseccions de cadàvers al teatre anatòmic.

El va veure allà aturat durant uns quants minuts remenant el cap, llegint una vegada i una altra la placa de l'entrada moderna, apartant-se'n unes passes, tirant el cap enrere per veure tot l'edifici, fent pantalla amb les mans per mirar a través de les vidrieres del museu, els llums del qual, lògicament, estaven apagats a aquelles hores. Com si no el reconegués, com si no s'ho pogués creure.

Un pensament que ja havia sorgit la nit anterior en el seu interior va començar a créixer en la ment de la Nora. Era impossible, era una estupidesa, i malgrat tot aclariria moltes de les coses estranyes que havia notat en en Max: la seva comoditat amb la roba antiga que duia, la seva mania de parlar-li de vostè i anomenar-la Fräulein, el seu desconeixement de les coses més bàsiques, com ara els taxis, els llums i els tomàquets.

I si era un viatger del temps? I si venia del passat?

La Nora va remenar el cap per a ella mateixa just en el moment en què en Max enfilava a caminar de nou, aquesta vegada cap al riu, cap a la casa en ruïnes de la qual li havia parlat.

No podia ser. A més, si fos un viatger del temps, estaria més entrenat: sabria què són els espaguetis i no l'hauria mirat amb aquella alarma en veure-la vestida amb *leggings*.

Un passejant solitari caminava al costat del riu amb el seu gos. En Max es va amagar en un portal fins que l'home es va perdre de vista. La Nora també es va esperar.

Uns segons més tard, en Max va continuar fins a una casa antiga que, efectivament, era una ruïna enmig d'un jardí petit totalment descuidat també. El va travessar, hi va entrar per la part del darrere i va desaparèixer de la seva vista.

La Nora es va llepar els llavis, indecisa. L'hauria de seguir i veure què feia o cap a on anava? Sí. No hi havia més remei. Si el perdia ara, potser no el tornaria a trobar. El va seguir sigil·losament.

Va travessar una habitació que devia haver sigut una cuina o un safareig i desembocava en un passadís fosc. Les passes d'en Max, curoses, cruixien a l'escala. Si ella també pujava, la sentiria per força, però si, per evitar-ho, es quedava a baix, no sabria què feia ell i no tindria gaire sentit haver arribat fins allà.

Abans que pogués decidir-se, el va sentir que tornava a baixar i amb prou feines va tenir temps per retrocedir fins a la cuina. Va treure el cap amb compte i, com s'esperava, el va veure retallat contra la primera llum que es filtrava des de l'exterior. Semblava mirar fixament alguna cosa que es trobava al peu de l'escala i que ella no podia veure des d'on era.

Va sentir el grinyol d'una porta en obrir-se, una exclamació ofegada, unes passes i de sobte silenci total.

Al cap d'un parell de minuts, quan va estar segura, que ja no passaria res més, es va atrevir a sortir al passadís, que ara estava il·luminat per un sol acabat de néixer, d'un color vermell potent. Va avançar fins a col·locar-se al lloc on ell havia estat i va mirar en la direcció que recordava. L'únic que hi havia era un simple armari a sota del forat de l'escala, tancat amb una porta de fusta amb el picaporta de metall rovellat.

Ella havia sentit que s'obria. En Max havia de ser allà dins.

A dins d'un armari sota l'escala? Per què? I per què no n'havia sortit, ja?

Va fer unes passes lentes, afanyoses, en direcció a la porta, amb la mà dreta estirada davant seu, com si temés que el picaporta li hagués de passar el corrent.

Les campanes de Nostra Senyora la Bella van tocar dos quarts. Dos quarts de sis.

Va fregar el picaporta sense sentir res de particular, excepte que estava fred. Hi va recolzar el pes i la porta es va obrir cap endins amb un grinyol de pel·lícula de terror, cap al forat fosc que esperava. Un traster. No podia ser res més.

I així i tot…

Des del fons bufava un corrent suau de vent fred. Va fer una passa cap a l'interior. I una altra. Ara li semblava distingir una lluminositat llunyana, com quan ets en un túnel que gira i no pots veure'n la sortida, però intueixes la llum al final. Va fer dues passes més. Per ser un armari de sota l'escala, era enorme. I en Max no hi era. El silenci era total; si estigués amagat en la foscor, sentiria la seva respiració o almenys sentiria la seva presència, la calidesa del seu cos. Però allà no hi havia ningú.

Va continuar avançant.

Tenia l'estómac contret de por, però la curiositat era massa gran, de manera que, sense fer cas del que sentia, va continuar. Necessitava veure on acabava aquell traster, què era la llum que s'endevinava al final.

Tres passes més, un revolt a la dreta i allà, al fons, ja ben a prop, la llum del carrer. De quin carrer? Es va empassar la saliva. La boca li havia quedat seca.

Amb una cura infinita es va acostar a la finestra enreixada per la qual brillava la llum. Al darrere hi havia un carrer, en efecte. Només que es tractava d'un carrer en el qual, almenys des d'on era ella, no es veia ni un sol fanal, ni una paperera, ni un cotxe, ni res que indiqués que es tractava d'un carrer de l'Ingolstadt del segle XXI.

Es va quedar allà uns minuts, transfigurada, esperant que passés algú i poder comprovar la seva teoria, però que fos tan d'hora li va fer témer que no coincidiria, si no és que estava disposada a esperar-se un parell d'hores.

S'equivocava.

Al cap d'uns minuts, un home vestit per a un carnestoltes, amb calçons blancs, casaca marró i barret de tres corns va creuar per davant d'ella talonejant damunt de les llambordes. Darrere seu, un noi jovenet vestit d'una manera semblant carregava una caixa grossa de fusta, possiblement d'eines d'algun ofici que no es podia imaginar.

Es va apartar de la finestra, espantada. No volia que ningú la veiés espiant. I ja s'estava a punt de retirar quan una campaneta aguda la va fer tornar al seu lloc d'observació. Un nen vestit d'escolà, que duia una creu daurada muntada en una vara llarga, obria pas a un sacerdot que, amb totes dues mans davant del pit, semblava portar una capsa molt preuada. Un altre escolà els seguia. Tots tres caminaven molt de pressa i l'home tenia una expressió d'urgència terrible.

Li sonava haver vist un quadre semblant en algun museu.

És clar! El viàtic! La Nora recordava les històries de la seva besàvia, quan li explicava que, quan era petita, al poble sempre se sentia la campaneta quan el sacerdot anava a donar l'extremunció a un moribund. Semblava que havia tornat a un temps on allò era perfectament normal.

No devia ser en Max qui s'estava morint?, va pensar sobresaltada.

No, com podia ser en Max? Feia deu minuts estava com una rosa.

Durant un moment, la temptació de sortir i passejar-se per aquella Ingolstadt desconeguda va ser tan forta que va haver de recórrer a tota la seva sensatesa per no fer-ho. Com podia sortir, vestida així? La prendrien per boja, la tancarien. El mínim que podia fer era tornar a casa, posar-se la disfressa del dia abans i tornar vestida d'una manera més o menys acceptable per l'època. No seria ideal, però almenys no cridaria tant l'atenció. I estava gairebé segura d'on trobar en Max.

Havia dit que consultaria algun col·lega.

El més probable era que es dirigís de cap a la seva facultat.

2

L'alleujament que en Max va sentir quan es va adonar que havia tornat a la ciutat que coneixia tan bé va ser dels més intensos que havia experimentat en tota la vida. Al principi no va saber en què consistia realment la diferència, però aviat va notar que fins i tot l'aire feia una altra olor; no necessàriament millor, però diferent, menys química, més orgànica, de patanada d'animals, de la humitat del riu, de... de vida.

Les persones que passaven al seu voltant anaven vestides amb normalitat: els homes amb calçons i botes, capes gruixudes, perruques i barrets, de tres corns els més elegants i moderns, rodons i d'ala ampla els més tradicionals. Les poques dones, la majoria de les quals es dirigien a l'església acompanyades de les seves donzelles, vestides amb capes de caputxes àmplies i gran vol que permetien un indici de les faldilles de seda de colors intensos, amb barrets elaborats per damunt de les perruques blanques de cada dia; les serventes, amb cistells grossos al braç, s'encaminaven al mercat.

Se sentien els cascos de cavalls repicant damunt de les llambordes, el soroll de les converses, les campanes llunyanes, els crits d'un mestre renyant un aprenent, les rodes d'un carruatge... Tot normal.

Es va girar per fixar-se bé en el lloc i, amb veritable sorpresa, va comprovar que es tractava de la casa on tenia llogades les seves habitacions d'estudiant al tercer pis: un dormitori, una saleta i un laboratori estudi.

A l'altra Ingolstadt, la de la Nora, la casa s'havia convertit en una ruïna. Com podia ser? Va remenar el cap, angoixat. Allò era massa estrany per poder comprendre-ho i molt menys acceptar-ho, de manera que ho va intentar esborrar de la seva ment de moment. Va tornar a entrar a la casa, va pujar amb compte les escales —si algú li preguntava res, diria que havia sortit a missa, s'havia adonat del fred que feia i havia tornat a buscar la seva roba més gruixuda— i, ja a la seva habitació, es va deixar caure a la butaca que tenia al costat de la llar de foc i va gaudir de la sensació de ser a casa, la que havia sigut casa seva des de feia tres anys, quan va sortir de Hohenfels per anar a estudiar a la universitat més prestigiosa de l'àmbit germànic, la que, segons la Nora, havia sigut traslladada a un altre lloc dos-cents anys enrere.

Sense poder evitar-ho es va trobar recordant el que havia viscut amb ella i va començar a comparar-ho amb el que tenia al voltant: la claror venia d'un llum d'oli i dues espelmes de cera d'abella que generaven un perfum dolç que feia casa. Si s'hagués volgut banyar, hauria hagut de demanar a la seva patrona que li escalfés aigua i l'hi anés pujant a poc a poc fins a arribar a la tina.

Va passar la mà amb suavitat per la màniga de la peça de roba que havia manllevat, admirant-se per la seva lleugeresa, per la seva calidesa, i la va comparar amb la seva capa d'hivern, tan gruixuda i pesant. L'altra Ingolstadt devia ser plena de meravelles, però ara la seva missió era esbrinar amb tots els detalls qui era ell, què li havia passat i qui era culpable d'aquelles ganivetades que li cobrien el cos.

No ho havia volgut dir a la Nora, però era evident que havien intentat matar-lo i això significava que tenia enemics desconeguts, cosa que no se li hauria acudit mai de la vida. Qui podia guanyar res matant un simple estudiant?

Va recordar el mussol de plata i això el va portar a pensar en la societat secreta a la qual pertanyia des de feia més d'un any. Podia tenir relació l'intent d'assassinat amb els enemics de la societat?

Tot era possible.

I en aquest cas..., la Nora tindria a veure amb els que l'havien intentat matar?

Quina estupidesa! Com podien estar relacionats si ni tan sols vivien a la mateixa ciutat? Perquè la ciutat on residia ella, per més que es digués igual i tingués més o menys els mateixos edificis als mateixos llocs, no era la ciutat on vivia ell. D'això n'estava totalment segur, encara que no sabés com explicar la doble existència.

Hauria de parlar amb en Viktor. Era l'única persona de totes les que coneixia que s'atrevia a pensar en coses realment estranyes i fins i tot impossibles, i que tenia una ment capaç de salvar els obstacles imposats pel costum, la religió, les lleis i, fins i tot, la lògica.

Es va aixecar d'un salt, es va treure la jaqueta meravellosa a contracor, es va posar roba neta i, ben abrigat amb la capa d'hivern i amb la perruca de cada dia al cap i el barret a la mà, va sortir de casa cap a la universitat.

* * *

La Nora va sortir del teatre abraçada a una bossa enorme on duia la disfressa que acabava de llogar. Havia tingut la sort que la temporada anterior havien posat en escena *Così fan tutte*, l'òpera de Mozart, i tenien bastants vestits a la moda del segle XVIII. El que li havia costat una mica més havia sigut convèncer la sastressa que el que ella buscava era un model senzill, el que s'hauria posat una noia normal de classe mitjana per vestir cada dia. La dona havia intentat fer-li veure que per a una festa de carnestoltes era molt més adequat un vestit com els que duien les sopranos a l'obra: faldilles enormes de seda damunt d'una estructura d'arcs de fusta que es deia mirinyac o polissó, perruques blanques i d'altres plenes d'adorns, maquillatge blanc i contrastat. La Nora havia insistit en alguna cosa més còmoda i llavors la sastressa li havia aconsellat vestir-se de criada. Al final, després de molt estira-i-arronsa, el que duia a la bossa era més o menys el que volia: una cosa que no cridaria gaire l'atenció i li permetria passar per una senyoreta de classe mitjana en aquella Ingolstadt improbable del segle XVIII, si per fi es decidia a cometre la bogeria d'intentar el viatge.

De camí cap a casa, mirava el món del seu voltant, el que coneixia de cada dia, amb ulls nous, intentant fixar-se en detalls que sempre li havien passat per alt, intentant recordar com era la seva ciutat moderna per poder contrastar-la amb l'antiga. Hi hauria aquesta mateixa casa a l'altra ciutat però amb la façana més nova i el color més viu? Es veuria igual la torre, la Pfeifturm, des d'aquesta plaça? Seria més gran el Danubi, més ample i poderós? S'adonaria tothom, just en veure-la, que ella era una intrusa, algú que no tenia dret a ser allà?

La Nora era una gran lectora i li encantava la literatura fantàstica i la ciència-ficció. Havia llegit centenars de novel·les i relats sobre viatges en el temps i, per això, havia pensat molt en la qüestió que ara, de manera gairebé miraculosa, se li acabava de presentar. Sabia perfectament que no era possible passar desapercebuda en un món passat perquè no hi havia manera de conèixer-ne totes les claus necessàries. Ni tan sols la llengua i el seu ús eren iguals que els que coneixia, i tampoc tenia temps per aprendre'n. Els seus únics coneixements eren els que havia adquirit en pel·lícules basades en novel·les de les germanes Brontë o de Jane Austen. Tenia bastants records d'*Orgull i prejudici*, havia llegit *Jane Eyre* i *Cims borrascosos*, totes obres que passaven a Anglaterra; esperava que l'Alemanya del divuit no fos gaire diferent.

De totes maneres, l'únic que podia fer era buscar la facultat de Medicina amb l'esperança de trobar-se en Max per allà i que fos ell qui la guiés pel passat. Mentrestant, ell també es devia haver adonat del que els havia passat i que aquell armari de la casa en ruïnes comunicava dos temps en la mateixa ciutat. En Max i el seu món estaven en plena Il·lustració; havia de ser capaç d'obrir la seva ment fins a aquell punt. Com a mínim aquella era la seva esperança; i si veia que ell no podia admetre la possibilitat, tornaria de seguida al seu temps, a la seva vida normal, després d'haver gaudit d'una passejada pel passat. Què podia perdre?

«Es pot donar el cas que, pel que sigui, es tanqui el passatge i et vegis encallada en ple segle XVIII, amb la Revolució Francesa a punt de tenir lloc, sent dona, sola, sense diners i sense contactes. I doncs?» A vegades la seva altra veu resultava realment insuportable, va pensar la Nora amb un esbufec que li va aixecar els blens del serrell.

«Si no seran més d'un parell o tres d'hores... Una passejada de no res.»

«Ja. Suposo que no has sentit mai a la vida la paraula *imponderables*, oi? Tot el que pot passar sense que t'ho esperis, coses que no pots controlar. La vida és plena d'imponderables, sonada.»

Va arribar a casa nerviosa però decidida. Com que, per sort, ni en Toby ni la Heike tornarien en els pròxims dies, almenys no havia de dissimular. Va posar la motxilla damunt de la taula de la cuina i va començar a pensar què endur-se: el mòbil («Idiota, per què et vols endur el mòbil a un passat sense electricitat?», «Per fer fotos, saberuda», «I si te'l confisquen i et tanquen per bruixa? Al segle XVIII encara passaven aquestes coses, saps?», «Entesos, entesos. El deixo»), carnet d'identitat («Ha, ha»), diners («Diners del segle XXI? Si com a mínim fossin or o joies...», «No tinc ni or ni joies», «Tens les arracades bones de la comunió», «Les portaré posades, i la polsereta que em va regalar l'àvia pels divuit anys»), clínex («Val més un mocador de roba, no trobes?»).

Es va quedar mirant, encantada, el contingut de la motxilla, escampat per damunt de la taula. Pràcticament tot el que hi havia allà era impossible i desconegut al segle al qual pensava anar. Fins i tot els llibres i els quaderns eren tan diferents que no resultaven viables. Per no parlar dels bolígrafs i els ròl·lers.

Amb un sospir, es va resignar a abandonar la casa amb la bosseta de mà de tela (una escarsella, com n'havia dit la sastressa) pràcticament buida. Duia més roba posada de la que havia portat en tota la vida, però se sentia despullada sense la seva motxilla a l'espatlla, carregada amb el més fonamental: el mòbil, l'ordinador, la cartera, el quadern de notes, els auriculars...

Va tornar a introduir-ho tot a la motxilla i la va deixar a la seva habitació. Ja a punt de marxar, li va cridar l'atenció un paper plegat que s'havia tret de la butxaca de l'anorac en arribar a casa. És clar! Era la nota que havia deixat en Max i que ella s'havia ficat a la butxaca quan havia sortit corrents per veure on anava. La va obrir amb una tremolor interna que la va fer riure's d'ella mateixa; estava clar que aquell noi li importava de veritat.

Distingida Fräulein Nora,

Lamentablement m'he d'absentar; determinats assumptes de crucial importància requereixen la meva atenció immediata. Desitjo expressar-li la meva rendida gratitud per la seva hospitalitat i benevolència vers la meva persona. Si Déu vol, ens tornarem a veure.

Afectíssim,
Maximilian (encara sense cognoms)

Va somriure, afalagada. Mai havia rebut una nota com aquella. Com a molt, un SMS o un whatsapp dient: «Gràcies, ahir m'ho vaig passar molt bé amb tu. Ens veiem pel cap de setmana?». Això era un altre nivell. I, com que havia quedat clar que en Max volia tornar-la a veure, ja no li feia tanta vergonya la idea de seguir-lo, de manera que va ficar la nota a la bosseta de mà gairebé buida i va entrar un altre cop a la seva habitació per veure's una vegada més abans de sortir de casa.

El vestit de seda groga amb rivets marrons li quedava bé; el mirinyac que duia a sota li estrenyia la cintura, cosa que li ampliava molt els malucs; s'havia recollit els cabells en un monyo tan artístic com havia aconseguit fer-se mirant un vídeo a YouTube i després s'havia col·locat el barret amb clips normals per als cabells i una agulla llarga que li havia donat la sastressa del teatre. No sabia si estaria passable en l'altra època, però, com a mínim, la capa que havia llogat tapava força el seu aspecte.

A sota, i malgrat que la sastressa l'havia informat que a l'època les dones no feien servir roba interior i que fins i tot es considerava indecent portar alguna cosa, havia decidit no prescindir de calces i mitges. Ningú li miraria què duia a sota la roba i ella se sentia millor amb la seva roba interior de sempre.

La cotilla no la deixava respirar amb comoditat, i moure el cap amb el barret resultava pesat, però va suposar que s'hi acabaria acostumant.

Va donar una última ullada al mirall, es va posar els guants intentant fer-ho amb calma i elegància, com havia vist a les pel·lícules, es va adonar que s'havia deixat damunt de la taula la bosseta on duia el llapis de llavis, el rímel i unes pintures, la va recollir i, ja a punt de dur-la al lavabo, per un impuls, se la va ficar a l'escarsella, que així quedava una mica millor, menys buida. Va tancar el pis amb clau i va baixar les escales intentant acostumar-se al volum del vestit i a la incomoditat del llarg de les faldilles.

De sobte, sorgida del no-res, una onada de por li va passar per damunt i la va deixar dèbil i tremolosa.

Si no li hagués agradat tant en Max, hauria fet mitja volta allà mateix, a l'escala de casa seva, però alguna cosa li deia que en Max estava en perill i que era absolutament fonamental que ella anés a ajudar-lo.

* * *

Davant de l'edifici d'Anatomia, en Max va tornar a sentir l'alleujament de trobar-se en territori conegut. No hi havia ni rastre de la construcció de vidre horrible que havia vist un parell d'hores abans i tot el carrer bullia d'animació amb companys que arribaven a les classes magistrals, professors que complien les seves obligacions i gent menuda que es dirigia a les seves feines o a les seves devocions. Va inspirar profundament, va travessar les portes altes i, ja al vestíbul, va mirar fixament l'*hortus medicus,* que, sent febrer, amb prou feines despertava de la llarga letargia hivernal. Quantes hores felices s'havia passat allà, llegint, discutint amb altres condeixebles, aspirant el perfum de totes aquelles herbes medicinals meravelloses! Es va descobrir pensant com li agradaria mostrar a la Nora tot allò, explicar-li quina herba servia per curar quins mals, tallar una branqueta de sàlvia o espígol i oferir-l'hi, per poder fregar-li la punta dels dits.

—Von Kürsinger! —va bramar una veu molt a prop seu—. Von Kürsinger! Quina alegria de tornar-lo a veure! Per fi, ja era hora! Com està, jove? Espero que la seva absència no s'hagi degut a res dolent.

Es va girar, sorprès, i es va adonar de cop de tres coses: que aquella veuassa pertanyia al professor Waldmann, el catedràtic d'Anatomia; que se li dirigia a ell, i que l'acabava de cridar pel seu nom. En un moment, tot havia caigut al lloc que li corresponia: ell era en Maximilian von Kürsinger.

—*Herr Professor.* —En Max va fer una inclinació de cap davant del seu mestre—. No ha sigut res de consideració. Uns dies enllitat per causa d'un refredat. —No tenia el costum de mentir, però tampoc li podia dir la veritat, entre altres coses perquè ni tan sols ell sabia quina era aquella veritat.

—Me n'alegro, me n'alegro. L'hem trobat molt a faltar a classe. Som-hi! —va dir, agafant-lo amistosament per un colze—. No perdem el temps. Hi ha un cadàver molt interessant que ens espera. Confio que hagi aprofitat aquest temps avorrit de llit per llegir el llibre que li vaig deixar.

—Per descomptat —va mentir, esperant que no s'adonés de fins a quin punt li feia vergonya fer-ho—. Tinc força preguntes.

—Així m'agrada. Per cert... —va abaixar la veu—, m'alegro que hagi aparegut a temps. Aquesta nit tenim sessió. Al lloc de sempre, a les vuit. No hi falti. I faci per portar el seu condeixeble. Últimament l'he vist molt desmillorat i, quan li vaig preguntar per vostè, gairebé es va desmaiar. Han tingut cap dissensió?

—No, *Herr Professor*, en absolut. —Curiosament, tan bon punt el catedràtic va parlar d'ell va saber a qui es referia—. Seguim sent molt bons amics, però hi ha la possibilitat que s'hagi contagiat en venir-me a veure a les meves habitacions.

L'home va moure el cap i estava a punt d'afegir alguna cosa quan van entrar al teatre mèdic i tots els presents es van posar drets.

Alguns van saludar en Max amb un somriure o una inclinació de cap que ell es va afanyar a tornar, però la seva vista buscava entre els rostres el del seu amic Viktor. El va descobrir al fons, rígid, molt pàl·lid, mirant-lo amb els ulls dilatats d'espant i una tremolor al llavi inferior. Què dimoni li passava, a en Viktor?

En Max va creuar entre els assistents fins a acostar-se al seu amic i poder parlar-li a l'orella.

—Viktor, què et passa? Sembla que hagis vist un fantasma.

—Max —la seva veu amb prou feines era un xiuxiueig, els seus ulls semblaven dues agulles clavades en ell—, què hi fas aquí? Com pot ser?

—En parlarem després.

En Viktor va assentir i tots dos van intentar concentrar-se en l'explicació i l'escalpel del professor Waldmann.

* * *

La Nora va arribar a l'edifici d'Anatomia gairebé marejada pels centenars d'impressions rebudes, malgrat que amb prou feines havia recorregut uns quants carrers. S'havia esforçat per no mirar, astorada, tot el que s'oferia a la seva vista, però de tant en tant no podia evitar aturar-se, donar una ullada al món que l'envoltava i controlar una rialla histèrica que li guanyava la gola. Era com haver-se ficat en un set d'una pel·lícula de gran pressupost; només que tot allò era realitat, i si continuava pensant, cosa que intentava no fer, de seguida s'adonava que, a més de ser real, totes aquelles persones que es movien al seu voltant feia dos segles que s'havien mort des del punt de vista propi de la seva època. Feia embogir.

L'edifici era de les poques coses que s'havien conservat gairebé de la mateixa manera en el seu segle i això la va animar una mica. Potser allà dins no se sentiria tan estranya.

Va inspirar fondo, va aferrar el pom de les portes altes i va entrar al vestíbul. Tres nois que estaven conversant en un racó, a prop de les finestres que donaven al jardí de les herbes, es van girar a mirar-la amb una expressió mig alarmada mig ofesa que no va saber interpretar, de manera que els va deixar enrere i es va dirigir a l'escala que duia a on se suposava que s'impartien les classes. Si es passejava una estona per allà, tard o d'hora trobaria en Max. En aquella època no hi havia tants estudiants com en la d'ella.

Ja era gairebé al primer pis, quan una veu darrere seu va fer que es girés.

—Fräulein! Fräulein! —Els nois que l'havien vist entrar la seguien per les escales—. Podem ser-li d'ajuda, senyoreta? Busca algú?

«I ara és quan quedes com una imbècil, dient que sí que busques algú, però que no saps com es diu, i llavors et pregunten per què el busques... i què els dius?»

—D'això..., en realitat...

Els tres estudiants, amb les seves perruquetes grises, la miraven, pendents de les seves paraules. La noia va pujar els dos graons que li quedaven fins al primer pis i va caminar a poc a poc cap a les finestres que donaven al jardí. Ells la van seguir.

—En realitat busco un familiar que estudia aquí. Però ell no sap que soc a Ingolstadt. Acabo d'arribar i havia pensat fer-li una sorpresa. —Va acabar amb un somriure ximplet que suposava propi de l'època, del que creia que els homes pensaven llavors de les dones: que eren unes eixelebrades.

—Si ens digués el seu nom... això ajudaria força —va respondre un d'ells picant-li l'ullet.

Ella va abaixar la mirada alhora que es deia *idiota* interiorment.

—Ai, és clar! Maximilian. Es diu Maximilian. —Esperava que no fos un nom gaire freqüent, perquè no tenia ni idea del seu cognom.

—Ah... En Von Kürsinger! Un moment. Si no m'equivoco, deu ser a la lliçó d'anatomia. Torno de seguida.

Amb prou feines un minut més tard, els ulls d'en Max es dilataven de sorpresa en trobar-se amb els de la Nora. Ella, dissimulant el seu gran alleujament, se li va acostar amb les mans esteses. Ell les hi va besar.

—Eleonora, estimada Eleonora! Què hi fas tu, aquí? Gràcies, Schneider —va dir, girant el cap en direcció als altres estudiants—. Amb el vostre permís, me l'enduré d'aquí; aquest no és lloc per a una dama.

Van tornar a baixar les escales i, a bon ritme, es van dirigir cap al riu. Els estudiants amb qui es creuaven els dedicaven mirades curioses i molts somreien d'una manera que feia que la Nora es comencés a sentir com un pastís en un aparador.

—Es pot saber què hi fa vostè, aquí, i què ha dit per trobar-me? Perdoni —va afegir de seguida veient que li havia sortit massa brusca la pregunta—, no volia ofendre-la. És que no m'ho esperava, la veritat. I això d'entrar a la universitat amb aquesta naturalitat...

—Soc tan estudiant de Medicina com tu. Jo entro cada dia a la universitat i vaig a classe i faig exàmens.

—Però aquí no.

—Sí, aquí sí. Només que en una altra època.

En Max es va tapar els ulls amb totes dues mans amb un gest d'angoixa.

—Au va, Max, tots dos hem arribat a aquesta conclusió, no? Que, pel que sigui, hi ha un armari en una casa que comunica els nostres dos temps. No té sentit negar l'evidència.

Van fer unes quantes passes més, sense rumb, perduts en els seus pensaments, veient brillar el corrent preciós del Danubi.

—Això no explica la seva presència aquí, Nora.

La noia es va escurar la gola. No podia dir-li: «És que m'agrades i crec que estàs en perill i em matava la curiositat i...», de manera que va preferir resumir-li la situació de la manera més pragmàtica possible, evitant l'àmbit personal.

—He estat pensant en aquestes ferides. Eren marques de ganivetades. És evident que han intentat matar-te. És estranyíssim que hagis sobreviscut: les ganivetades semblen profundes i fetes en llocs vitals. Estan mal cosides, però no hi ha infecció, ni tan sols estan inflamades, i això, com bé saps, és molt estrany, pràcticament impossible. Ha degut de ser un trauma important perquè hagis perdut parcialment la memòria. —Ell assentia en silenci a tot el que ella anava dient, meravellant-se del funcionament de la seva ment—. No podia quedar-me a casa sense saber què et passava. Tu em vas salvar la vida ahir, ja no te'n recordes? Allà mateix, en aquest riu. Has tingut temps de parlar-ne amb algun company?

—Ho volia fer ara. El meu millor amic, en Viktor, s'ha posat a tremolar quan m'ha vist aparèixer. No sé què li passa.

—No deu estar implicat en l'atac?

—No. Impossible. Som amics des de fa quatre anys, des que vam arribar aquí a estudiar. Lamento haver de deixar-la ara, Fräulein, però he de parlar amb ell.

—No puc venir, jo?

—M'agradaria, però quina excusa puc donar per a la presència d'una dama?

—Podem dir que soc cosina teva, que estic de pas a la ciutat i que volia fer-te una sorpresa.

—Cosina meva? Només en tinc una i es diu Katharina.

—Això aquí no ho sap ningú. Soc la teva cosina Eleonora i estic de pas cap a Munic, on aniré a ocupar una plaça d'institutriu.

—Ni pensaments. Si vostè fos una Von Kürsinger, no seria mai institutriu de ningú.

—Doncs... vaig a fer companyia a la nostra... àvia?

—A la nostra tieta àvia, la marquesa Isabelle von Hohenberg.

—Existeix?

—Per descomptat.

Van tornar cap a la universitat i ella es va quedar a fora, a la cantonada del carrer, esperant en Max, que, moments més tard, va tornar amb un noi tan alt com ell, però de cabells foscos, galtes xuclades i ulls profunds i molt brillants, com si a dins hi tingués una foguera. Era evident que li passava alguna cosa i que, si no fos pel que l'estava consumint, hauria sigut un noi guapo.

—Estimada Eleonora, tinc el plaer de presentar-li el meu millor amic, en Viktor. En Viktor Frankenstein, de Ginebra.

El nouvingut es va inclinar davant d'ella. La Nora es va tapar la boca amb la mà enguantada, intentant retenir l'exclamació que gairebé se li havia escapat: «Frankenstein? Com el científic boig que crea el monstre a la novel·la de Mary Shelley? D'acord, som a Ingolstadt, que és la ciutat on, al llibre, estudia en Frankenstein. Però en Frankenstein no és més que un personatge de ficció!».

—*Enchantée* —va ser el que va dir ella, en lloc de tot el que pensava. En algun lloc havia llegit que al segle XVIII el més elegant a Europa era parlar francès, i d'alguna cosa li havia de servir el que havia après a l'institut.

—A la taverna d'en Daniel? —va preguntar en Viktor. Es va topar amb la mirada del seu amic i es va corregir—. No, és clar, no és lloc per a Fräulein Eleonora. Anem al Cafè de la Flora.

Uns minuts més tard, s'acomodaven en un petit vetllador al costat de la finestra i, sense que ningú l'hi hagués preguntat, la Nora tenia al davant un pastís de poma de pinta deliciosa acompanyat d'una tassa de xocolata. Ells prenien cafè.

—Bé, Viktor, doncs ara em diràs per què m'has mirat amb aquella cara quan he entrat avui a la lliçó.

El xicot va observar, inquiet, la noia.

—Pots parlar davant seu. Fes com si no fos una dona.

—Però ho és! I hi ha coses que...

—És filla de metge —va improvisar en Max per convèncer el seu amic—. Té costum de sentir i veure coses que una altra dona no suportaria. I fixa't també en el que porta penjat al coll. —La Nora, sense entendre res, va agafar fort el penjoll del mussol, que en Viktor acabava de mirar amb una inclinació de cap lleu—. Parla tranquil.

En Viktor va tancar els ulls uns segons i, quan va tornar a parlar, la seva veu havia baixat fins a convertir-se gairebé en un xiuxiueig.

—Quan et vaig veure a classe, amic meu, eres un ressuscitat, havies tornat d'entre els morts. No aconsegueixo creure'm, ni veient-te aquí ara, que encara siguis viu. Jo et feia mort des del diumenge.

La Nora i en Max van intercanviar una mirada.

—Explica-me'n més coses.

—Diumenge vam anar junts a la missa major, te'n recordes?

En Max va fer que no amb el cap.

—Llavors jo me'n vaig anar al meu laboratori; potser recordes que estic molt ficat en uns experiments dels quals encara no t'he parlat en detall. Vaig estar treballant fins ben entrada la nit. Llavors, uns cops a la porta em van arrencar de la meva concentració, vaig baixar a veure qui era i es tractava d'un desconegut que, tot agitat, em va demanar que l'acompanyés a tota velocitat perquè el meu amic Maximilian von Kürsinger havia tingut un accident. Em vaig embolicar amb la meva capa, vaig agafar el maletí amb el més necessari i vaig caminar al costat del desconegut en direcció al riu. Ni em va passar pel cap que pogués ser una emboscada. Quan vam arribar a la cantonada del teu carrer, l'home va assenyalar cap a la foscor del jardí de casa teva, va estirar la mà per rebre una propina que li vaig donar de seguida, i va desaparèixer. —En Victor va fer una pausa, va empassar-se la saliva i va continuar—. Estaves estès a terra, cosit a ganivetades, en un bassal de sang. Estaves mort, Max.

El seu amic se'l va mirar, perplex.

—O això em va semblar, almenys. No hi havia pols, el cor no bategava, la sang havia deixat de brollar. Vaig pensar que em tornaria boig, Maximilian; no hi havia res que pogués fer. Algú havia assassinat el meu millor amic i jo no podia fer res. —Angoixat, es va passar una mà pels ulls i pel front—. Em vaig aixecar del teu costat i vaig córrer a buscar ajuda per transportar el teu cos a l'hospital, tot i que, perdona'm, estava totalment convençut que no hi havia res a fer. I quan vaig tornar, amb prou feines mitja hora més tard, havies desaparegut.

Hi va haver un silenci molt llarg.

—Vaig buscar pertot arreu sense èxit, no vaig trobar cap mena de rastre. Vaig anar a la universitat l'endemà a preguntar a tothom si t'havien vist. Ningú sabia res de tu. No hi havia notícies de la teva mort. Vaig anar a casa teva. La teva patrona tampoc t'havia vist. Em vaig tornar boig fent conjectures. Algú havia robat el teu cadàver. Per fer què? I qui podia haver-te atacat? Per què? Fa dies que no dormo, que dono voltes al misteri, que ploro la mort del meu únic amic a Ingolstadt i ara, de sobte, apareixes per classe com si no t'hagués passat res. Entens ara la meva reacció?

En Max va allargar la mà a en Viktor i l'hi va estrènyer fort.

—Gràcies, amic meu.

—Explica'm, què t'ha passat? On eres? Com pot ser que estiguis viu?

En Max va remenar el cap lentament, en una negativa.

—No ho sé. He perdut tots els records des de diumenge. Els altres van tornant a poc a poc, però fins aquest mateix matí, fins que el professor Waldmann m'ha cridat pel meu nom, no recordava ni qui era jo.

—Déu meu!

—Però vaig millorant. I ara, en veure la meva estimada cosina, moltes coses han tornat a la meva memòria.

Aprofitant que en Viktor havia tornat a abaixar la mirada cap a la seva tassa buida, la Nora va fer un gest a en Max en direcció a les ferides que li travessaven el pit. Ell va fer que no amb el cap i li va donar a entendre que d'això ja n'hi parlaria més tard.

—Aquesta tarda tenim una cita important, Viktor. *Herr Professor* vol veure'ns a tots dos, a les vuit. Portaré l'Eleonora a les meves habitacions perquè descansi una estona. Si et sembla bé, ens podríem trobar d'aquí a una hora a la taverna d'en Daniel. T'explicaré la mica que recordo.

Van encaixar les mans, van discutir uns moments sobre el compte, que tots dos volien pagar, i al final van deixar en Viktor prenent un altre cafè.

—Què vol dir que em portes a descansar? —va preguntar la Nora, empipada.

—És el que fan les dames.

—Jo no soc cap dama.

—Aquí, i quan estàs amb mi, sí. —Era la primera vegada que, estant sols, en Max la tractava de tu—. A més, estic segur que en Viktor no ens ho ha explicat tot. He d'estar sol amb ell. I tu te'n vas a casa.

—Com que a casa?

—Sí. A casa teva.

—No.

—Sí.

—Hi ha moltes coses que hem d'esbrinar primer, Max. —La Nora va intentar endolcir el to perquè notava que estaven a un pas de barallar-se de veritat—. Potser d'aquí a un parell o tres dies.

—Què penses que faré amb tu aquí? —va dir ell exasperat—. No pots viure a les meves habitacions, tot i ser cosina meva. No puc buscar-te una habitació en una casa d'una senyora respectable perquè ni tan sols tens equipatge. I a més, no saps comportar-te com ho faria una senyoreta. Tard o d'hora començaràs a cridar l'atenció i hi haurà gent que començarà a fer-se preguntes.

Ja a punt d'ofendre's, la Nora es va adonar que possiblement en Max tenia raó. Gairebé tot el que a ella li semblava normal, a l'època d'en Max no ho era. Però no volia tornar, encara, hi havia moltíssimes coses que no estaven clares. Ella també presentia que en Viktor no els havia explicat tot el que sabia, que quedaven moltes coses per esbrinar, i seguia tenint la sensació, gairebé la premonició, que en Max estava en perill, que qui fos que havia volgut matar-lo ho tornaria a intentar tan bon punt descobrís que no ho havia aconseguit la primera vegada. Ella no podia defensar-lo, no era una especialista en cap mena de lluita, no podria evitar que un home armat amb un ganivet intentés assassinar en Max o a ella mateixa, però alguna cosa li deia que, si ella hi era, les coses podien canviar. Era una cosa absolutament irracional, però no aconseguia espolsar-se la sensació que la seva presència era crucial. O bé es tractava senzillament que no volia allunyar-se d'ell, que es trobava bé al seu costat i tenia por que li passés alguna cosa terrible i no poguessin arribar a conèixer-se millor. «S'ha de salvar el que s'estima», va pensar de cop, recordant una frase que li havia agradat molt en un relat que havia llegit.

—Potser tens raó —va replicar la Nora, educada—. Però tinc la sensació que estàs en perill, Max, i vull ajudar-te. Ja sé que no puc defensar-te amb una arma, i que fins i tot et pot semblar estrany que una dona vulgui protegir-te i ajudar-te, però estic en deute amb tu i soc amiga teva.

—Un home i una dona no poden ser amics, Nora. No està en la naturalesa humana. O són alguna cosa més, molt més..., o no són res.

Ja a punt de posar-se a contradir-lo i a discutir amb ell, la Nora es va adonar del que potser intentava dir-li en Max. Li estava proposant que fossin alguna cosa més? Tot i ser una noia del segle XXI, va sentir que es ruboritzava i va abaixar la mirada. Quan va aixecar els ulls cap als del noi, va veure que somreia. S'havia adonat que ella acceptaria, si ell feia la proposició.

—Deixa'm ajudar-te, Max.

—Buscarem una altra manera, Nora, t'ho prometo. Però ara permet-me que t'acompanyi a casa. Em sentiré més segur si sé que tu estàs estàlvia a la teva pròpia ciutat. Ens podem veure demà, si vols. Podria anar a visitar-te jo i explicar-te el que m'hagi dit en Viktor. Et sembla bé?

Ella va assentir en silenci. Ell li va oferir el braç i així, junts, com en una estampa antiga, van caminar cap a la casa del riu.

* * *

La porta del darrere, com sempre durant el dia, no estava tancada amb clau i van poder arribar a l'escala sense creuar-se amb ningú. Davant de la porta de l'armari es van mirar i tots dos van abaixar la vista. Sabien que s'havien d'acomiadar, però a tots dos els suposava un esforç.

—Fins ben aviat, Nora —va dir ell per fi.

—Vindràs demà?

—T'ho prometo. Si depèn de mi, demà aniré a visitar-te i t'explicaré tot el que hagi passat.

—Ves amb compte, si us plau.

El noi li va agafar la mà amb delicadesa i l'hi va besar. Curiosament, totes les vegades que el sentia, aquest contacte lleu a la Nora li feia més efecte que un veritable petó a la galta, els que estava acostumada a fer i rebre cada vegada que s'acomiadava d'un dels seus amics.

En Max li va obrir la porta de l'armari, que estava fosc com un pou. Ella hi va entrar, mirant-lo per damunt de l'espatlla perquè la seva imatge fos l'últim que veiessin els seus ulls abans de tornar. Llavors ell va tancar i es va quedar uns moments amb l'esquena recolzada contra la paret, intentant tranquil·litzar-se, treure's la Nora del cap i concentrar-se en la conversa que tindria de seguida amb en Viktor. El coneixia força bé i estava segur que li amagava alguna cosa, que hi havia alguna cosa important que no li havia contat i era el que havia fet que se li enfonsessin les galtes d'aquella manera i que els seus ulls s'haguessin sumit en les conques, entre ulleres morades. Alguna cosa greu passava a la vida del seu fill i havia d'aconseguir que l'hi expliqués i que el deixés ajudar-lo.

Ja a punt de marxar, uns copets discrets a la porta de l'armari el van deixar clavat on era. Els havia sentit de veritat? Va esperar uns segons. Els copets, ara més ràpids, es van repetir.

Va recolzar el pes al picaporta i va obrir amb compte. El rostre de la Nora, pàl·lid i amb els ulls brillants de llàgrimes, semblava flotar en la foscor de l'interior de l'armari.

—No hi ha pas... —va dir amb un xiuxiueig ofegat—. No hi ha res allà dins, Max. No és més que un traster fosc que acaba en un mur. Estic atrapada al teu món.

3

En Max va entrar a la taverna d'en Daniel amb el cap fent-li voltes i un ofec al pit. Havia deixat la Nora estirada al seu llit després d'haver parlat amb la patrona i haver-li assegurat que per descomptat ell passaria la nit a casa d'un company i que esperava que la seva cosina pogués continuar el viatge l'endemà al matí.

Mai en tota la vida havia mentit tant i amb tanta fantasia com en les vint-i-quatre hores que havien passat des que havia conegut aquella dona, però no hi havia més remei. Sentia profundament haver hagut d'abandonar-la allà, amb tot el seu món caient a trossos al seu voltant, però era fonamental parlar amb en Frankenstein i tampoc podien perdre's la sessió a la qual els havia convocat el professor, que ocupava un dels graus més alts de l'Orde. Confiava que la Nora fos tan forta com ell pensava i que pogués aguantar unes hores de soledat fins que ell tornés al seu costat.

En Viktor era en una de les taules del fons, en un reservat petit que sempre intentaven agafar quan havien de parlar de coses importants, amb el front recolzat a la mà i el colze a la taula, els cabells desendreçats i una gerra de vi gairebé buida al davant.

—Arribes tard.

En Max se li va asseure al davant, en silenci, i se'l va mirar durant uns segons molt llargs.

—M'explicaràs què ha passat, Viktor?

—Ja t'ho he explicat. El que encara no m'ha explicat res ets tu, senyor comte.

Ell va remenar el cap, incrèdul.

—Ja t'he dit que he perdut molts records.

—Que pràctic!

—Escolta: no recordo res de l'atac, ni qui, ni quan, ni on, ni, sobretot, per què, que és el que més m'interessaria. Només sé que quan vaig tornar en mi estava estirat en un jaç brut en una casa en ruïnes a prop del riu. Curiosament, a part de notar un mal de cap normal, no em feia mal res més.

—Als morts ja no els fa mal res, amic meu. És el millor que té la mort —va dir amb veu pastosa, servint-se el que quedava a la gerra.

—Que no estic mort, diantre, Viktor! Que no em veus?

—Sí. Et veig. I no m'ho puc creure.

En Max es va aixecar, furiós per l'entossudiment i la passivitat del seu amic; va sortir a la sala gran, va trobar un dels mossos i va demanar mitja gerra de vi negre. Després va tornar on en Viktor continuava traçant cercles a la taula amb les gotes de vi que havien caigut quan s'havia servit; es va plantar davant seu i es va obrir la camisa.

—Mira'm!

L'altre xicot va alçar la vista, va mirar les cicatrius del pit d'en Max i va tancar els ulls.

—M'havia d'afanyar —va dir amb to de disculpa.

—Ho vas fer tu? —La sorpresa l'havia deixat de pedra.

—No podia deixar-te amb aquelles ferides obertes. No sé per què ho vaig fer, Maximilian, et juro que no ho sé; però des de llavors que no puc dormir.

—Hi ha res més que encara no m'hagis explicat, Viktor?

En Frankenstein el va mirar amb tristesa i va remenar el cap en una negativa.

—Segur? —va insistir en Max.

—Au va, anem a veure què vol en Waldmann —va proposar en Frankenstein mentre es posava dret fent tentines.

—És massa d'hora.

—Però jo necessito fer una passejada a l'aire lliure abans d'entrar en aquella cripta o em desmaiaré davant de tothom. M'acompanyes?

En Max es va aixecar, va ajudar en Viktor a posar-se la jaqueta i li va allisar una mica la perruca abans d'allargar-l'hi.

—El mort sembles tu —va dir, intentant fer-li una broma.

—No saps la raó que tens…

Ensopegant, en Frankenstein va sortir al carrer. En Max el va seguir després de pagar el compte de tots dos.

* * *

La Nora s'havia tret el maleït barret, els maleïts enagos amb els arcs de fusta, la maleïda cotilla i ara, en roba interior, es passejava amunt i avall del petit dormitori d'en Max oscil·lant entre la depressió i la fúria, dient-se idiota cada dues frases i intentant sospesar les seves opcions alhora que intentava entendre què havia passat, com era possible que un camí que estava obert al matí ja no ho estigués a la tarda. Com havia pogut ser tan imbècil de travessar aquell passatge sense més preocupacions, sense ni tan sols pensar que es podia tancar potser per sempre? Què faria si es veia obligada a quedar-se en aquella època sense possibilitats de tornar?

«Val més que comencis a ser molt, però molt, simpàtica amb en Max perquè, si no vol casar-se amb tu, ho tindràs realment difícil, noia. No saps fer res que tingui valor en aquesta època; una dona no té més sortida que el matrimoni, i ningú es voldrà casar amb una que no té família, ni dot, ni terres, ni res de res.»

«Vols callar d'una vegada, estúpida?»

«Estúpida jo? Mira qui parla...»

Va agafar la manta que cobria el llit i se la va tirar per sobre. Feia fred en aquella habitació i suposava que el foc no s'encenia fins que es feia de nit, prop de l'hora d'anar a dormir. Va continuar passejant per l'habitació, intentant pensar amb lògica. Era possible que aquell passatge estigués sotmès a algun tipus de cicles o d'alteracions; potser depenia del sol o del cicle lunar, o de qualsevol altra cosa que de moment no se li acudia... Que incòmoda era aquell coi de manta, i com pesava! Va tornar a tirar-la damunt del llit, va anar cap al bagul i va mirar la roba d'en Max. Potser es podria posar uns pantalons seus o alguna de les peces de roba menys elegants, per estar per casa. Esperava que la patrona almenys tingués la decència de trucar a la porta si decidia pujar a veure com es trobava, tot i que seria millor... En dues gambades es va plantar a la porta i va girar la clau. D'aquesta manera ningú podria sorprendre-la i, quan arribés en Max, ja trucaria.

Va llançar una mirada al seu voltant sense saber què fer. Damunt del respatller d'una butaca, al costat de la xemeneia, va descobrir l'anorac d'en Toby i, amb un sospir d'alleujament, se'l va posar i el va estrènyer contra el seu cos. Que càlid i agradable que era! Quina diferència amb tot el que l'envoltava! Trobava a faltar el mòbil, el contacte amb els seus amics, la seva música, els seus llibres... i si s'havia de quedar en aquell segle per sempre, no els tornaria a tenir mai més. Ni tan sols sabia exactament quin any era. Últim terç del segle XVIII, pel que semblava. Si hagués prestat més atenció a les classes d'Història, com a mínim podria guanyar-se la vida fent de futuròloga o endevina o alguna cosa per l'estil. Però l'únic que li havia quedat fresc a la memòria, com a tothom, era el més gros: la Revolució Francesa, perquè tenia una data fàcil, 1789; l'època napoleònica de després, cosa que significava que l'esperaven dècades de guerra a gairebé tot Europa; la restauració de les monarquies... no arribaria ni tan sols als grans invents del segle XIX.

La primera dona admesa en una universitat a estudiar Medicina va aconseguir entrar-hi l'any 1900. Ella no arribaria a viure tant de temps, eren a molt més de cent anys d'aquella data. Immediatament la va sobrevenir una crisi de plorera i, sense saber què feia, es va trobar estirada de cara al llit, aferrada al coixí de plomes, plorant desconsolada. Després, a poc a poc, entre singlots i sanglots, es va anar quedant adormida.

* * *

Un per un i un parell i un altre van anar arribant els iniciats que, sota la capa de la foscor, van passar el control dels germans que custodiaven la porta i van entrar en un local ampli i buit, completament de pedra, on brillaven unes quantes torxes aguantades per argolles de ferro a la paret, i a través del qual s'accedia a una escala de caragol dissimulada en una de les columnes del fons.

Travessant uns cortinatges de vellut negre s'arribava a un saló de mida mitjana amb bancs a tres dels costats i una estrada a la paret frontera, ara buida, mentre que els bancs ja estaven força plens de senyors emmascarats. Tots duien una capa blau marí tatxonada d'estrelles grogues i blanques. A la paret de l'estrada hi destacava la figura del mussol de Minerva col·locat damunt d'un llibre obert. A sota, la inscripció llatina:

Hic situs est Phaëthon, currus auriga paterni,
quem si non tenuit, magnis tamen excidit ausis.

Tot i que ja hi havia més d'una dotzena d'assistents, la sala estava en silenci, tots ells perduts en els seus propis pensaments. A poc a poc, es van anar omplint els bancs fins que els reunits van arribar a ser més de vint i, al cap d'uns minuts més, precedides pel toc greu d'una campana, tres figures emmascarades i vestides amb togues escarlata van fer la seva entrada al saló, van saludar amb una inclinació de cap als assistents drets i van ocupar els seus llocs a l'estrada.

—Cavallers, germans —va dir l'home assegut al centre—, agraeixo la vostra presència a la tinguda d'avui i passo sense més dilació a consultar amb vosaltres el problema que ens ha fet reunir-nos amb tanta urgència. —Es va escurar la gola, com si li costés trobar les paraules precises, i va continuar—: Un dels nostres germans ha sigut greument agredit i mort per esbirros pagats per una de les lògies rivals. En aquests moments encara no podem dir amb seguretat de quina d'elles es tracta, però és elemental que l'elecció que se'ns presenta és o bé els rosacreus, o bé els francmaçons, o potser la Germandat de la Rosa, que sempre han estat en contra de la nostra jove Orde. Hem iniciat indagacions i aproximacions, com us podeu imaginar, per esbrinar la identitat dels assassins i estar segurs de la seva culpabilitat abans d'emprendre cap mena d'acció, però fins al moment no hem pogut aconseguir treure'n l'entrellat.

—Qui és el germà mort? —va preguntar un home, després d'haver aixecat la mà i haver rebut permís per parlar.

—Anubis. El *minerval* que aquesta pròxima primavera hauria hagut de passar la prova d'*illuminatus minor*.

—I qui tindria interès a assassinar un dels més joves d'entre nosaltres, un germà que amb prou feines havia arribat a assolit el segon grau? Qui pot guanyar-hi res?

El president va arronsar les espatlles.

—Això és precisament el que hem d'esbrinar.

—Aquesta és la pregunta crucial —va intervenir un altre dels emmascarats—. *Cui bono*?

—Però el que m'ha passat a mi és similar a això que acaba d'explicar el *rex*. Pot resultar útil que se sàpiga que a mi també m'han intentat matar.

—No és el moment. Fes-me cas. Escolta i calla.

En Max es va contenir de mal grat. Si no podia parlar lliurement a la seva pròpia lògia, envoltat de germans que creien en les mateixes veritats que ell, llavors no hi havia cap lloc al món en el qual es pogués expressar amb sinceritat. En Viktor estava molt estrany realment. Era possible que hagués passat alguna cosa entre tots dos que ell ara no recordés? L'hi havia de preguntar al més aviat possible. I parlar-ne amb la Nora. Potser parlant amb ella es dissiparia la boira que cobria la seva ment, com ja havia passat amb el seu nom de pila.

Pobra Nora! Ara devia estar patint i ell no podia acompanyar-la, tranquil·litzar-la d'alguna manera. Tot i que... quina mena d'ajuda podia oferir-li? Si aquell passatge s'havia tancat de veritat i per sempre, no hi hauria manera de fer que se sentís millor perquè això significava que ho hauria perdut tot: el seu món, la seva família, el futur que s'havia imaginat per a ella mateixa... tot.

I ningú pot substituir-li tot a una altra persona, per molt bona voluntat que hi posi.

Va sospirar. Els seus pensaments giraven i s'entrellaçaven com volutes de fum en una foguera: la pèrdua dels seus records, que el preocupava terriblement, arribaria a recuperar-los algun dia?; el que havia passat la nit abans al riu —com era possible que haguessin transcorregut només vint-i-quatre hores des de llavors?—, la nena ofegada obrint els ulls, tornant a la vida després de la manipulació de la Nora; el lloc on havia estat... aquella Ingolstadt diferent, plena de llums i sense foc i vehicles sense animals de tir, una ciutat del futur, com tot semblava indicar?; el que li havia explicat en Frankenstein, que ell havia estat mort, que havia sucumbit a les ganivetades i alguna cosa, misteriosament, l'havia tornat a la vida. Era un ressuscitat, llavors? S'havia convertit en un ésser diferent, algú que havia conegut la mort, l'havia oblidat i havia tornat de l'altre món? El secretisme del seu amic... alguna cosa que li amagava i que havia de tenir relació amb la seva suposada mort, amb el seu assassinat, amb la seva resurrecció? La Nora l'esperava a casa, espantada, confiant que potser ell tindria una solució per oferir-li. Què farien ara si el passatge s'havia tancat per sempre? On viuria, sense família, sense altres dones al seu voltant, sense vestits per posar-se? Ell havia pensat passar la nit a les habitacions d'en Viktor, deixar-la descansar fins a l'endemà i, a mig matí, anar a buscar-la i parlar de les possibilitats, però ara s'adonava que l'havia de veure abans de retirar-se. Acudiria un moment a casa per assegurar-se que tot anava bé i si la seva patrona decidia tafanejar, s'hauria d'arriscar al fet que després anés explicant-ho a les veïnes, tot i que això seria terrible per la reputació de la Nora.

Els germans s'aixecaven al seu voltant. Els va mirar, astorat. No s'havia assabentat de res del que havien discutit. Quanta estona havia passat? Les espelmes s'havien consumit fins a la meitat. En Frankenstein, al seu costat, amb el cap recolzat contra el respatller de fusta alt tampoc semblava gaire despert. Acabarien pensant que els membres més joves de la lògia havien perdut l'interès pels assumptes de l'Orde, però no havia pogut evitar que els seus pensaments es desviessin per l'ampli paisatge dels passats i futurs probables i improbables.

Per sort o per desgràcia, la Nora començava a ocupar gairebé tota la seva ment.

* * *

L'aire gelat de la nit els va despertar quan van sortir de la lògia. No havia sigut una tinguda gaire llarga, però tots dos se sentien esgotats i amb poques ganes de parlar. Tot i així, hi havia alguna cosa que en Max havia de preguntar al seu amic.

—Frankenstein, he d'anar un moment a casa —va començar—, però després, si la nostra amistat em permet arriscar-me a abusar de la teva confiança, et prego que em deixis passar la nit a les teves habitacions.

El seu amic se'l va mirar, va apartar la vista i va començar a mossegar-se els llavis. Sota la llum de l'espelma que, al cantó del carrer, il·luminava una imatge de Jesús crucificat, el rostre d'en Frankenstein semblava una màscara tallada en fusta, un rostre de galtes xuclades, una fantasia d'arestes i ombres.

—Em sap greu, Von Kürsinger, però aquesta nit no pot ser. Em sap greu de veritat.

En Max estava perplex. Mai li hauria passat pel cap que el seu millor amic no volgués deixar-lo dormir a casa seva.

—Puc preguntar què t'ho impedeix?

—No, Maximilian, és millor que no preguntis. T'ho explicaré tan aviat com pugui, però encara no. Encara no. —Es va passar la mà per la cara com si volgués esborrar-se-la.

—És una dona? —va insistir en Max, sabent en el mateix moment de fer-la que era una pregunta estúpida. L'amor no deixava aquelles marques, ni tan sols l'amor més mal correspost del món.

A en Viktor se li va escapar una riallada que va provocar en en Max un calfred que li va recórrer la columna.

—Ves a casa, Maximilian, tu que pots, tu que encara ets al costat de Déu. No vulguis saber més, amic meu. —Li va donar un copet a l'espatlla i, sense esperar un segon, va enfilar pel carreró que duia cap amunt, cap a la catedral, i el va deixar enrere.

En Max va sospirar, va fer mitja volta i, a bon pas, es va dirigir cap a les seves habitacions a trobar-se amb la Nora.

* * *

Quan va arribar davant de casa tot estava a les fosques i en silenci, com esperava. Visitaria la Nora i llavors aniria a la taverna d'en Daniel. Allà podria dormir unes hores estirat en un banc o potser, a risc de donar més informació de la que pretenia, podria agafar una habitació explicant que li havia deixat la seva per una nit a la seva cosina Eleonora. Això era el punt negatiu d'una ciutat com Ingolstadt: que tothom coneixia a tothom, especialment els estudiants i els taverners, i les enraonies estaven a l'ordre del dia.

Va pujar les escales silenciós com un gat, vigilant d'evitar els graons que sabia que cruixien amb un to particularment desagradable, va arribar a la seva porta, va accionar el picaporta... i es va adonar que ella havia tancat amb clau. Va renegar en veu baixa. Ara hauria de trucar-hi i la Frau Schatz podria despertar-se.

Ho va tornar a intentar amb poques esperances, però aquesta vegada la clau va girar per dins i la Nora va obrir la porta fregant-se un ull. La Nora?

En la foscor gairebé total de l'habitació, on només brillava la flama gairebé ofegada d'una espelma consumida a la seva palmatòria, aquella silueta era la d'un noi. Qui era aquell home? Què hi feia, a la seva habitació? On era ella?

Devia formular en veu alta alguna d'aquelles preguntes abans de fúmer una bona empenta a la figura masculina, quan va sentir la veu de la noia des de terra.

—Soc jo, Max. No hi ha ningú més. M'he posat roba teva perquè feia fred.

En Max es va acostar a l'espelma, la va espavilar per augmentar-ne la llum, i es va ajupir al costat de la Nora, que encara era a terra, als peus del seu llit, on ell l'havia empès amb brusquedat.

—Perdona'm. Estàs bé?

Ella va assentir. S'havia recollit els cabells al clatell i duia posada la jaqueta que ell havia manllevat, damunt dels calçons més càlids que tenia, els que acostumava a fer servir per sortir a passejar pel bosc. Ja no semblava una dama. Més aviat semblava un sagal entremaliat.

—Això mateix! —va dir de sobte, picant-se el front amb la mà—. Tenim la solució!

—Quina solució? Està obert el passatge?

—No. Crec que no. No ho he mirat. —Els ulls de la Nora van perdre la brillantor que durant uns instants s'hi havia instal·lat—. Però sé com arreglar la teva presència aquí en cas que t'hagis de quedar… un temps.

—Com?

—Mira't, mira't! —En Max estava entusiasmat—. Quan has vingut aquesta tarda eres la meva cosina Eleonora de camí cap a Munic. A partir de demà, si tu vols, seràs el meu cosí Leo, el meu cosí petit, que acaba d'arribar a Ingolstadt a estudiar.

—A estudiar Medicina? —Un somriure cada vegada més ampli es va anar apropiant del rostre de la Nora.

—Podries estudiar Llengües Orientals, per exemple.

Ella va moure lentament el cap i ell va saber que havia perdut la partida.

—Medicina. Podré anar a classe d'Anatomia amb tu, Max, encara que estiguis més avançat!

—Demà en parlarem. Demà vindré a buscar-te, et tornaràs a vestir de dona i t'acomiadaràs de la meva patrona. A la tarda te la presentaré de nou i llavors seràs el meu cosí Leonhard von Kürsinger, d'acord? Ara me n'he d'anar.

—A on? —La por era patent al seu to de veu—. A casa d'en Frankenstein?

—No. No vol que vagi a casa seva. Déu sap per què. Passaré la nit a la taverna d'en Daniel.

—No podries quedar-te aquí?

—No. Impossible. Hem de pensar en la teva reputació.

La Nora es va mossegar els llavis.

—I quan sigui un noi?

—Ja ho veurem. Et buscaré alguna cosa a prop d'aquí. Bona nit, Nora!

Quan les passes d'en Max es van allunyar per l'escala, la Nora va girar la clau un altre cop, es va recolzar contra la porta i va desitjar amb tota l'ànima tornar a casa.

4

En Viktor Frankenstein va arribar a casa seva gelat, tremolós i amb la sensació horrible d'haver traït el seu millor amic, però no havia pogut fer-ho de cap altra manera. No podia permetre que en Von Kürsinger veiés tot el que amagava el seu laboratori. No volia posar-lo en la situació d'haver de guardar-li el secret, ni podia arriscar-se al fet que els seus experiments sortissin a la llum abans d'hora.

Va encendre dues espelmes gruixudes a la seva habitació, es va posar la bata i ja gairebé havia decidit anar-se'n al llit i intentar dormir una mica, quan, sense ser conscient d'haver canviat d'opinió, va agafar una de les dues espelmes i va entrar al laboratori.

Tot estava com ho havia deixat quan n'havia sortit: les fioles de totes les herbes i pols que, amb paciència infinita, havia aconseguit anar reunint, algunes realment estranyes i difícils d'aconseguir, com ara la pols de banya de rinoceront, l'arrel de mandràgora, la belladona índica, l'obsidiana molta, l'estranya pols del meteorit vingut de les estrelles...; la gàbia que fins feia uns dies havia estat ocupada per l'animal que ara, ja vençuda la seva violència, descansava amb la gola oberta i els ulls tancats en una de les taules esperant el moment que ell tingués temps per començar a escorxar-lo i iniciar el procés costosíssim de convertir-lo en ungüent.

Va passar la mirada per la taula de dissecció, per la forma enorme que amagava el llençol. Va reprimir un calfred i es va girar cap als grans flascons de vidre on flotaven diverses vísceres que li resultarien necessàries per a l'acció que tenia prevista.

Va remenar el cap, incrèdul. Hauria d'estar satisfet amb el que havia assolit. Hauria d'estar orgullós d'ell mateix. No feia ni quatre dies que allà mateix, ell, un simple estudiant de ciències naturals, ell, en Viktor Frankenstein, havia aconseguit vèncer la mort.

I, malgrat tot, no estava content ni orgullós ni tranquil. Es va estremir.

Va sortir del laboratori amb el cap cot, mossegant-se els llavis, que ja feien gust de sang.

* * *

Abans i tot que els primers rajos de sol il·luminessin la seva habitació, la Nora, vestida altra vegada de dona, però sense els enagos incòmodes, va baixar amb cura els graons que la separaven de l'armari, va obrir procurant no fer soroll i s'hi va ficar a dins amb el cor saltant-li al pit després d'haver tancat darrere seu. La foscor era total.

Va estendre els braços davant del seu cos i va avançar mormolant a sota veu: «Si us plau, si us plau, que estigui obert, si us plau...». Les seves mans van topar contra la paret del fons. No hi havia pas. Res indicava que mai n'hi hagués hagut.

Es va prémer les galtes amb les dues mans per evitar que li sortissin els crits que li naixien a dins. Com podia haver pensat que allò era divertit, que era una aventura que volia viure?

Si el temps passava igual a la seva pròpia època, ara faria un dia de la seva desaparició i segurament ni la Heike ni en Toby haurien tornat encara, cosa que significava que ningú l'hauria trobat a faltar. Però tard o d'hora se n'adonarien i començarien a buscar-la, i llavors trucarien a la policia. Havia deixat alguna pista ella al pis sobre el seu parador? No. No creia que hagués deixat res que els pogués servir d'ajuda, a part que ningú podria imaginar-se una cosa així. Pensarien en un segrest o en un accident o en un suïcidi, però mai que havia travessat un passatge que duia a una altra època i que acabava de tancar-se-li als morros.

Avisarien els seus pares, és clar. La seva mare segur que estaria ocupadíssima, com sempre, i demanaria que la mantinguessin informada del que pogués passar; no veuria cap lògica a desplaçar-se fins a Ingolstadt per quedar-se allà esperant sense fer res. El seu pare, com sempre, segur que estaria il·localitzable en algun lloc remot i no podria moure-se'n precisament en aquells moments; la seva vida transcorria de crisi en crisi, mai era el moment adequat per res que l'apartés de la seva feina.

L'única que patiria de veritat seria la seva àvia. Ella sí que ho deixaria tot —el seu consultori, els seus pacients, la seva feina al dispensari on atenia de franc a tots els qui no es podien pagar un metge— per córrer a Ingolstadt a veure si podia fer res. Només que no hi hauria res que pogués fer. Pobra àvia! Si com a mínim pogués posar-se en contacte amb ella i dir-li que, encara que en un altre segle, estava bé!

Va fer una ganyota. «Bé» en el sentit de continuar viva, almenys.

Pel que feia a la resta, estava molt lluny d'estar bé: sola, sense diners, sense amics, mig enamorada d'un noi dos segles i mig més vell que, parlant sincerament, ja que es parlava a ella mateixa, era la causa per la qual ella era allà. I que, pel que havia dit en Viktor, a més era un noi que havia estat mort i havia tornat a la vida, un ressuscitat, un zombi. A part del fet que acabava de conèixer en Frankenstein en persona i ni tan sols sabia si el tema de la novel·la, allò del monstre, tenia cap base en la realitat i si hauria de tenir por d'ell. Això d'estar «bé» era realment una petita exageració.

* * *

Ja a punt d'entrar a casa seva, en Max es va topar amb un company de classe que, davant de la porta, tirava el cap enrere com per mirar les finestres superiors. Duia entre les mans un paquetet amb un llaç blau i semblava una mica insegur. Era un dels que el dia abans havien trobat la Nora vagant per la facultat, al costat del teatre anatòmic.

—Bon dia, Schneider! —el va saludar—. Puc ser-li de cap ajuda?

—Von Kürsinger! Bon dia! —va somriure i li va allargar la mà per estrènyer-li—. Doncs realment... crec que sí. He sentit que la seva bella cosina ha passat la nit aquí a les seves habitacions, oi que és cert?

En Max va sospirar alleujat, agraït perquè l'haguessin vist arribant a casa seva al matí i no sortint-ne.

—Doncs sí. Em va semblar el més adequat, i més considerant que l'Eleonora ha de seguir el viatge avui mateix. La nostra tieta àvia l'espera amb impaciència a Munic. Desitjava res, vostè?

—M'agradaria acomiadar-me d'ella. Li he portat un detallet per al viatge —va mostrar la capsa amb el llaç—: Els millors bombons de la confiteria francesa.

En Max va allargar la mà.

—Jo els hi donaré.

L'Schneider va seguir somrient, però no va fer acció d'entregar-los-hi.

—Preferiria fer-ho en persona. —Va abaixar la veu i se li va acostar una mica—. Penso demanar-li també que em permeti escriure-li.

—Sincerament, no crec que ho faci. La meva cosina està promesa des de fa dos anys.

L'expressió de l'Schneider va canviar tot d'una.

—En aquest cas... li prego que em perdoni, Von Kürsinger. Li hauria d'haver demanat permís a vostè primer.

—No, per Déu, no soc més que el seu cosí segon, però m'alegro d'haver arribat a temps per evitar-li tant a vostè com a ella una situació incòmoda.

—Doni'ls-hi de part meva, amb els meus millors desitjos.

—Així ho faré.

El va veure marxar, capbaix, i no va poder evitar somriure. No li agradava dir mentides, però en l'amor i en la guerra...

En l'amor? Havia pensat *en l'amor*?

Va pujar les escales de dos en dos, desitjant trobar-se amb ella i donant voltes al que acabava de formular per a si mateix. Estava enamorat de la Nora? El cor li bategava d'aquella manera perquè estava a punt de tornar-la a veure o perquè havia pujat corrents?

Va remenar el cap, impacient. Què hi feia? Ja s'ho pensaria en un altre moment. Ara l'important era sortir bé d'aquell embolic. L'hauria d'ajudar a vestir-se? Ell no havia vist mai una dona vestint-se i no tenia gaire idea de què havia de fer, però no podia ser tan difícil si qualsevol noieta de poble feta criada era capaç de fer-ho.

No era gaire correcte, però tampoc tenia més opció.

Va esperar uns segons fins que se li va regularitzar la respiració i va tustar a la porta amb els artells intentant no fer més soroll del compte per no atreure Frau Schatz. Mig segon després, la Nora, totalment vestida, li franquejava l'entrada.

—Com t'has vestit? —va preguntar, sorprès, sense ni tan sols saludar.

—Com ho he fet sempre des que tinc tres o quatre anys: primer una màniga, després l'altra... —va somriure, entremaliada. Malgrat la por que encara sentia per la situació en què es trobava, veure en Max la feia sentir bé.

—I la part del darrere?

Ella es va girar d'esquena.

—Per això tenim les cremalleres.

En Max es va acostar a investigar. Allò era un prodigi. Algú havia tingut una idea excel·lent quan es va inventar aquell sistema. La Nora venia d'un món que amb prou feines es podia imaginar i que havia de ser meravellós; un món que els seus mestres il·lustrats somiaven, un món en el qual els homes per fi haurien entès que la ciència i la tècnica són la clau del progrés, que els éssers humans són bons per naturalesa i, si se'ls dona la possibilitat d'accedir a una formació, d'aprendre a llegir i a escriure, i amb això a pensar amb lògica, la societat arriba necessàriament a una convivència pacífica i feliç.

—El que no m'ha sortit gaire bé —va continuar la Nora sense adonar-se que en Max continuava reflexionant— són els cabells. No se m'ha donat mai gaire bé fer-me pentinats. Puc deixar-me els cabells deslligats o no està bé aquí?

—T'ajudaré a posar-te el barret, i la part de darrere dels cabells pots deixar-te-la deslligada. Encara ets soltera, no?

—És clar que sí!

—Mira, amb tot plegat, t'ha sortit un admirador —va dir, allargant-li la capseta dels bombons—. Li he assegurat que estàs promesa i de pas podrem esmorzar.

Ella va esclatar a riure i va començar a estirar el llaç.

—De qui són?

—D'un dels joves que hi havia ahir al costat del teatre anatòmic. De l'Schneider. Li he comentat que marxes avui mateix a Munic.

—Ja saps com ho farem?

En Max es va ficar un bombó a la boca, va obrir el bagul i va començar a buscar entre la seva roba. Va seleccionar un parell de peces i les va ficar en una bossa de pell com les que duien els metges de les pel·lícules de l'Oest, però més grossa. Aleshores va començar a col·locar-li el barret i el va aguantar per fi amb una agulla llarga.

—Ara t'acomiades de la meva patrona, ens passegem pel centre d'Ingolstadt perquè tothom ens vegi amb la bossa i després ens dirigim cap a on surten els carruatges.

—I llavors?

—Improvisarem. —De sobte es va donar un cop al front amb la mà, va buscar per la bossa, va treure una peça de roba, l'hi va allargar i es va girar d'esquena a ella—. Posa't això a sota de les faldilles. Així almenys ja portaràs alguna cosa posada si t'has de canviar en algun lloc una mica exposat, tot i que intentarem buscar alguna cosa discreta.

Eren una mena de pantalons que arribaven només fins al genoll. A sota de la faldilla no feien gaire embalum, però era molt incòmode ficar-los per sota dels arcs de fusta dels enagos. Quan va acabar, tenia les galtes enceses per l'esforç.

—Es veu res?

En Max es va girar cap a ella, remenant el cap.

—No. Et queda perfecte.

La Nora tenia la cara enrojolada, els ulls li brillaven com estrelles d'ambre, el barret se li inclinava graciosament damunt de la cella esquerra i l'escot, sobre el qual destacava el mussol de Minerva, deixava veure el començament suau dels seus pits. Va sentir que es quedava sense aire.

—Què? —va preguntar ella, nerviosa, en veure que en Max se l'havia quedat mirant encantat, amb un somriure estrany a la cara—. Què passa? —va repetir—. No estic bé?

—Res. Res, Nora. Estàs… perfecta. —Va empassar-se la saliva sense deixar de mirar-la. Llavors va apartar la vista amb certa dificultat i li va obrir la porta—. Au, marxem.

Mentre passava la clau i la Nora baixava amb compte aguantant-se la faldilla que no tenia costum de portar, en Max es va adonar que li tremolaven les mans i que el cor li bategava com si hagués fet un gran esforç. Esperava que la noia no se n'hagués adonat.

5

Els dos homes van arribar a la taverna on els havien citat, a unes quantes llegües d'Ingolstadt al camí de Landshut, van fermar els cavalls a l'entrada i, força preocupats, van entrar després d'intercanviar una mirada fosca.

L'interior no estava gaire concorregut, però van haver d'esquivar diverses taules i uns quants borratxos fins a arribar a la persona que els havia convocat. Pel camí s'havien posat d'acord en el fet que el millor seria dir la pura veritat, sense intentar inventar-se res, encara que la pura veritat sonés bastant més increïble que qualsevol mentida que haguessin pogut muntar.

—Excel·lència —va començar, després de treure's el barret, el més vell dels dos homes, tan bon punt van ser davant de qui els esperava.

—Deixa't de títols, imbècil —va mussitar l'interpel·lat—. No deus pretendre que tothom s'assabenti de qui soc, oi? Seieu.

Tots dos es van asseure davant seu i van acceptar, agraïts, el got de vi negre que els va posar al davant. Eren en un dels reservats de fusta petits que hi havia al fons de la sala i l'ombra del cap d'un llop penjat a la paret lateral queia damunt de l'home i li enfosquia les faccions. En canvi, les seves mans blanques i fines, les mans d'algú que mai havia necessitat fer-les servir per a cap feina, gairebé brillaven en la penombra. Duia un anell gruixut d'or amb un granat de color vermell sang a l'anular que llançava llambrejos per tot el local.

—Ara, amics meus —tenia una veu suau i cultivada però, d'alguna manera difícil de precisar, provocava calfreds, com si aquella suavitat fos intencionada, una manera de cobrir un rugit de fera abans que se li escapés de la gola—, m'explicareu detalladament com és possible que hàgiu tingut la gosadia de mentir-me dient que l'home de qui us havíeu d'ocupar era mort.

—Perquè és veritat. Aquell home va morir, Ex... Va morir, senyor —va començar de nou el més vell dels dos nouvinguts.

—I per què m'han arribat notícies que continua viu i assistint a les seves estúpides classes d'Anatomia?

Els dos assassins es van mirar.

—No hi ha cap explicació, senyor. Nosaltres el vam deixar a terra, molt a prop de casa seva, en un bassal de sang.

—Més de deu ganivetades —va afegir el segon home—. De les dolentes, a més. No hi ha manera humana que continuï viu.

—Doncs si no és humana, deu ser diabòlica —va dir l'home de l'anell, fastiguejat. El més jove va abaixar el cap i, intentant que els altres no se n'adonessin, es va senyar a tota velocitat—, però és així. I, com us podeu imaginar, no penso pagar per una feina que no s'ha dut a terme.

—Nosaltres hem fet la nostra feina.

—No. Us vaig pagar i pensava lliurar-vos ara la resta per matar a aquell home, no per fer-li una sagnia qualsevol com si fóssiu barbers. Qui em va dir que podia confiar en vosaltres em va mentir. De veritat que us pensàveu que em conformaria després d'haver-vos pagat la meitat d'una feina que heu deixat sense fer?

—Doneu-nos una altra oportunitat, senyor. Aquesta vegada ens n'assegurarem bé abans de donar-lo per mort.

La mà de l'anell va acariciar diverses vegades el vidre bast de la copa que tenia al davant fins que se la va acostar una altra vegada cap als llavis. Després se'ls va eixugar amb un mocador ple de puntes.

—Aquesta vegada, si decideixo donar-vos una altra oportunitat, m'haureu de portar el seu cap.

Els dos assassins es van mirar uns instants.

—Això no seria... —va replicar el més gran de tots dos. Volia dir «aconsellable», però la paraula no acabava de venir-li al cap i sabia que no podia dir «intel·ligent» perquè sonaria a insult, de manera que va decidir dir-ho d'una altra manera—: Portaria molts problemes, senyor.

—Il·lustra'm.

—Si un estudiant apareix cosit a ganivetades al carrer, pot ser qualsevol cosa: un robatori, una venjança, algun problema amb una dona pel mig...

—Ja ho he entès. Continua.

—Però si apareix decapitat, llavors està clar que ha sigut un encàrrec i que la persona que ho ha ordenat no se'n refia i necessita una prova. Això dona moltes possibilitats d'investigar a qui hi tingui interès i, últimament, des que ens arriben tantes modes franceses, els magistrats comencen a fer moltes preguntes. De manera que això del cap no li convé a ningú. A part, que estem parlant d'un aristòcrata, no de qualsevol. Si ens detenen, és la forca, senyor.

—Per això us pago el que us pago.

Es van quedar en silenci uns minuts mentre els gots s'anaven buidant i l'home de l'anell reflexionava.

—Entesos —va dir per fi—. He decidit tornar a arriscar-me. M'agrada la gent que pensa. No hi haurà cap, però, si aquesta vegada em falleu, la forca serà l'últim dels vostres problemes. Us en podeu anar.

—Quan voleu que quedi fet l'encàrrec, senyor?

—Com més aviat millor. Ah! Deixeu una rosa damunt del seu cadàver.

—Una rosa? Quina mena de rosa? De quin color?

—Tant és. Una rosa, sense més.

Els dos assassins van inclinar el cap davant de l'home de l'anell i van sortir de la taverna preguntant-se on aconseguirien una rosa en ple mes de febrer.

* * *

—Frau Schatz em matarà quan aparegui ara amb un cosí quan amb prou feines he acomiadat la meva cosina —va dir en Max, gairebé a sota veu mentre caminava altre cop cap a casa amb la Nora al costat, vestida ara de Leo.

A ella no li havia passat pel cap que allò pogués ser un problema. Estava més concentrada a intentar mirar-se en algun lloc per veure quina pinta tenia vestida «de noi». Però a la Ingolstadt del segle XVIII els miralls no abundaven precisament i els vidres de les finestres no eren tan transparents i reflectants com els que ella coneixia. No tindria més remei que preguntar-ho a en Max, però li feia molta vergonya i va optar per començar per l'altre tema.

—Què li ha de fer a ella? No li pagues el pis? Doncs fes-hi el que vulguis.

—No és tan senzill, Nora. Agghhh... Leo! A veure si encara m'equivocaré davant de la patrona...

—Per cert, Max... com estic? Creus que cola?

—No entenc la pregunta, em sap greu.

—Semblo un home?

En Max es va aturar al mig del carrer, es va girar cap a ella i se la va quedar mirant amb un somriure que se li escapava per les comissures dels llavis, tot i que intentava mantenir-se seriós.

—Un home? No. Un noi potser, un noi molt jove... Penso dir que tens quinze anys i que el teu pare, el meu oncle, t'ha enviat a estudiar aquí malgrat que encara no tens ni barba, per no arriscar-te al contagi d'unes febres que s'han desencadenat a la teva regió. Al capdavall, ets el seu únic fill home, el seu hereu. D'on diem que ets, per cert? Ha de ser un lloc que coneguis.

—D'Innsbruck, va bé?

—Sí. No és tan lluny de Salzburg, però ens va bé perquè explica per què ens coneixem tan poc. L'última vegada que et vaig veure eres un nen de deu anys.

Quan van arribar a la casa, van tenir una sort inaudita perquè Frau Schatz, molt angoixada, sense fixar-se ni tan sols en el seu acompanyant, va preguntar a en Max si algun dels seus companys d'estudis podria necessitar allotjament, ja que l'oficial d'enquadernador que havia estat ocupant l'habitació petita del primer pis s'acabava d'acomiadar perquè havia passat el seu examen de mestre i tornava a la seva terra. Ella no podia permetre's tenir un quarto buit, sent vídua i amb dos fills petits.

Moments més tard, amb l'alegria pintada a la cara, la dona ensenyava a en Leo els seus nous dominis: un llit individual, un bagul per a la roba, una palangana amb mirall, una cadira i una taula diminuta enganxada a la finestra que, amb molta voluntat, podria fer d'escriptori.

—Sé que és molt modest per a una persona de qualitat, senyor Von Kürsinger, però té l'avantatge que aquí estareu molt a prop del vostre cosí i, almenys en els primers temps, tindreu una persona de confiança a la mateixa casa. A més del fet que són dues passes fins a la facultat. Si fa falta alguna cosa més, faré tot el possible per aconseguir-ho, senyors.

Frau Schatz va sortir de l'habitació després d'haver-los fet una reverència que va estar a punt de fer-li entrar el riure a la Nora.

—Quant n'haurien d'aprendre les patrones de la meva època! Ens ha dit «senyors», tot i que no som més que estudiants de principi de carrera.

—I aristòcrates —va puntualitzar en Max, que no sabia què tenia de divertida, la situació—. He trigat anys perquè em digui només «senyor» i no «excel·lència». Però tu no t'oblidis que ets noble.

—I què hi fa, això?

—Que, encara que els meus germans i jo treballem per la igualtat entre els homes, ara com ara ser aristòcrata és una cosa que et fa diferent dels altres.

—Per què?

—Perquè som d'una altra classe, per les nostres venes corre una sang diferent, sang noble.

—Au va! Els nobles simplement són fills de famílies a les quals fa un parell de segles el rei va concedir privilegis a canvi de la seva ajuda en la batalla. Eren gent absolutament normal, només que molt d'ells eren més salvatges en la lluita o més cruels amb els enemics, o més avariciosos a l'hora de repartir el botí, i per això van aconseguir imposar-se a d'altres més dèbils, però això no els dona dret de creure's superiors.

En Max es va quedar amb la boca oberta. Algunes d'aquelles idees, que a ella li semblaven tan naturals, començaven a insinuar-se en alguns llibres prohibits que venien de França i d'Anglaterra, però ell no les havia sentit pronunciar mai en veu alta. D'una banda, el fascinava la manera de pensar d'aquella noia i, per l'altra, el repel·lia profundament que una dona, i a més plebea, digués aquesta mena de coses davant seu sense avergonyir-se'n.

—Si em permets, *cosí* —va dir emfasitzant la paraula—, em retiraré. Ha sigut un dia molt llarg. Demà et recolliré per acompanyar-te a classe i presentar-te el catedràtic.

—No sopem?

—No tinc gana. Però ara ets un home, un estudiant, un aristòcrata t'agradi o no. Pots sortir quan vulguis i tornar quan et sembli. Hi ha diverses tavernes a la ciutat.

D'una manera incomprensible per a ella, en Max s'havia enravenat i estava clarament molest. És que no tenia costum de discutir? O que tothom li reia les gràcies i li donava la raó perquè era noble? O el problema era que ella li havia portat la contrària sent dona? No entenia res, però sabia que era fonamental arreglar-ho. Només que es negava a demanar-li perdó per una cosa de la qual no es penedia i no se li acudia què dir, de manera que va continuar en silenci mentre en Max es dirigia a la porta sense mirar més en la seva direcció.

—Maximilian —va dir per fi quan ell ja estava a punt de tancar la porta darrere seu—. No sé què t'he fet, però t'asseguro que no tenia intenció de ferir-te. —No podia permetre's barallar-se amb ell, ara. Depenia d'en Max per complet i hi havia milers de coses que no controlava. No ho podia arriscar tot per tenir raó en un tema teòric. Si hagués estat a la seva època, al seu món, i hagués tingut la seva bossa, els seus diners i la seva targeta, l'hauria engegat a pastar i se n'hauria anat ella sola a menjar-se una hamburguesa, o hauria trucat a una amiga per poder explicar-li el que li havia passat mentre menjaven juntes; però no tenia res de tot allò i això la posava en la situació odiosa d'haver de contemporitzar—. Diuen que el dejuni és bo per al cos i per a l'ànima —va continuar, intentant que la veu no li sonés alterada—, de manera que esperaré que tornis a tenir gana i menjarem junts, si et sembla bé. Potser per esmorzar?

En Max, al llindar de la porta i amb la mà al pom, va veure els seus ulls brillants i el seu somriure de múrria i va estar a punt d'abraçar-la, però es va contenir.

D'una banda, perquè encara estava enfadat i no volia cedir amb tanta facilitat. D'altra... perquè no es podia permetre aquestes familiaritats que podrien donar pas a d'altres pitjors. Durant un parell de segons, es van limitar a mirar-se, llavors ella li va allargar la mà i ell, abans d'adonar-se de què feia, l'hi va besar. Un instant més tard es va clavar una mà a la boca, espantat, i va començar a prémer-se la barbeta i el nas de pura consternació.

—Si això continua així, tindrem un disgust, Nora... Ets en Leo! Ets en Leonhard, ets un home, per l'amor de Déu... No m'allarguis la mà perquè jo, per pura educació, sense pensar què faig, te la besaré i tothom s'adonarà de l'engany.

—Em sap greu, Max. Tens raó. Disculpa'm. Au, ves. Intentaré acostumar-me a ser un noi, però hi ha moltes coses que no sé i que m'hauràs d'explicar. Ves a descansar. Bona nit.

En Max es va girar amb un esbufec. La porta es va tancar amb suavitat i la Nora es va llançar cap al mirall petit que hi havia damunt de la palangana per poder veure per ella mateixa quin aspecte tenia.

Per a ella era evident que anava disfressada, que era una noia vestida de noi del segle XVIII, amb la seva perruca gris perla amb dos tirabuixons enrotllats damunt de les orelles i un barret de tres corns que ara reposava damunt del llit. Semblava una caricatura de Mozart.

Per fortuna, com que no disposava de pinces de depilar, aviat tindria unes celles més espesses. La barba era irremeiable. Ni tenia barba ni bigoti ni en tindria mai. No s'explicava que la patrona no s'hagués adonat a l'instant que era una dona, però se suposava que en aquella època si anaves vestida d'home eres un home. Sense més. A ningú li hauria passat pel cap vestir-se d'una cosa diferent de la que era. Si no recordava malament, la Heike li havia explicat que en un seminari sobre *cross-dressing* al barroc la professora els havia dit que havien existit algunes dones vestides d'home que fins i tot havien arribat a ser soldats, marins i metges. I que el càstig quan es descobria l'engany era presó i assots. Horrorós pensar que ara ella era en un món on podien fuetejar-te i ficar-te a la presó per vestir-te amb roba pròpia de l'altre gènere. És clar que en la seva pròpia època també feia poc temps que les coses havien canviat i encara quedaven països on continuaven aplicant càstigs terribles per qüestions de vestimenta i comportament públic.

Va sospirar i es va començar a despullar, tot i que feia molt de fred. Estava morta de gana, però si es ficava al llit i aconseguia dormir, el son l'ajudaria durant unes hores.

Van sonar uns copets discrets a la porta. Va obrir, però el passadís estava a les fosques i no hi havia ningú davant de la seva habitació. Ja estava a punt de tancar quan es va adonar que a terra hi havia un plat tapat amb un tovalló.

Quan el va destapar, dues llesques de pa amb mantega i un rave vermell li somreien.

La Nora els va tornar el somriure i es va llançar damunt del menjar com un llop damunt d'una ovella.

* * *

En Frankenstein es va deixar caure, esgotat, a la butaca del seu estudi, va tancar els ulls mentre les llàgrimes li corrien galtes avall i es va aguantar el cap amb les dues mans en un intent d'aturar els cops que hi sentia, a dins. La manca de son l'estava tornant boig, però l'experiment que estava a punt de culminar exigia una rapidesa extrema.

Amb en Maximilian havia tingut sort perquè quan ell el va recollir del carrer, cosit a ganivetades i en un bassal de la seva pròpia sang, la mort encara era molt recent. El seu cos encara estava calent i dúctil. No s'havia iniciat el *rigor mortis* ni havia començat la lividesa. Una vegada suturades les ferides per evitar que la sang continués brollant, el procés havia funcionat amb una suavitat alarmant.

Recordava amb tanta claredat que arribava a fer-li mal el moment en què el seu difunt amic havia obert els ulls sense que s'hi perfilés cap mena de reconeixement. Aleshores els va tornar a tancar, el seu pols es va aturar de nou i ell va sortir corrents al carrer per no haver de suportar la visió del cos mal cosit del seu millor amic refredant-se damunt de la taula de dissecció. Unes hores més tard, quan va haver tornat a casa borratxo i enfredorit, el cadàver d'en Maximilian s'havia esfumat sense deixar rastre i no l'havia tornat a veure fins que s'havia trobat amb ell, viu i sa, al teatre anatòmic.

Això l'hauria d'haver fet sentir com el científic més gran de l'univers, l'únic a ser capaç de descobrir una manera de tornar la vida als morts i, malgrat tot, l'únic que sentia era disgust, esgotament, por i un fàstic imprecís envers allò que feia. Però ho havia d'intentar una vegada més. I s'havia d'assegurar de la validesa del seu procediment intentant donar vida a un cadàver autèntic, algú que fes uns quants dies que estava mort, però no prou perquè el procés de descomposició hagués començat.

No era fàcil fer-se amb un cadàver per experimentar. Fins i tot el professor Waldmann tenia problemes greus amb les autoritats perquè li permetessin quedar-se els cossos dels suïcides i d'alguns malfactors que havien sigut executats a la plaça pública.

Ell feia anys, des que s'havia instal·lat a Ingolstadt, que cultivava la relació amb el botxí i amb l'enterramorts del municipi, homes sense honor, rebutjats per tothom, que s'alegraven que un jove adinerat els pagués els vins a la taverna. I recentment havia tingut la sort que hi havia hagut una execució i en Hannes, el botxí, havia mentit a la facultat dient que la família del criminal havia reclamat el cos. Tot i que no se li podia donar cristiana sepultura perquè el nano penjat s'havia mort sense penedir-se dels seus pecats, insistint en la seva innocència, podia ser enterrat al costat de la tàpia del cementiri si els seus familiars es feien càrrec de les despeses.

Aquest era el cadàver que ara reposava damunt de la seva taula de marbre. Però, com passava tantes vegades, la Magistratura havia ordenat que no es despengés de la forca en un termini no inferior a quaranta-vuit hores per tal d'escarmentar els ciutadans, i això significava que durant dues nits el cadàver havia estat a mercè dels lladres de cadàvers, que, pagats per bruixes i fetillers de tota mena, havien anat robant òrgans i membres amb els quals fabricar diversos ungüents i beuratges màgics. De manera que al cadàver amb el qual ell experimentava li faltaven algunes peces que havia trigat tres dies a substituir sostraient-les ell mateix dels cadàvers que es guardaven al teatre anatòmic, amb la qual cosa l'aspecte del seu objecte d'estudi era, si més no, curiós.

Tenia un ull de cada color i de mida diferent, una mà d'home —la pròpia— i una de dona, li faltaven una orella i dues falanges de dos dits del peu esquerre. A part d'això, el seu aspecte podia passar per normal, excepte que era molt alt i tenia unes espatlles extraordinàriament amples, cosa que podia indicar que havia sigut descarregador o estibador al riu quan encara estava viu. S'havia mort als vint o vint-i-pocs anys. Un noi de la seva edat perfectament sa a qui havien penjat pel coll fins a morir, acusat de robar-li una joia a una dama d'alt llinatge. I que, probablement, era innocent del robatori, com no s'havia cansat d'assegurar fins i tot sota tortura. Quina injustícia!

En Frankenstein es va posar dret per evitar que la son el vencés abans d'acabar el que s'havia proposat. No tenia sentit entregar-se a aquella mena de pensaments. Ell seria metge i l'únic que l'havia de preocupar era aprendre a tornar la salut als seus pacients i, amb l'ajuda de Déu, fins i tot la vida. Tot i que... això no entrava en conflicte amb els designis divins? Va remenar el cap, cosa que va intensificar el mal que li feia fins al punt que no va poder evitar que se li escapés un gemec.

No. Si Déu li havia concedit la intel·ligència i li havia proporcionat els mitjans necessaris per aconseguir aquell miracle aparent, Ell devia saber per què. No és possible anar contra el que Déu ha disposat, de manera que tot el seu atreviment aparent havia de tenir un origen diví. Només Déu pot donar la vida. Ni tan sols el dimoni és capaç d'una empresa així.

Embolicat encara amb la manta, trontollant, va entrar al laboratori, va encendre tres llums més amb el cul d'espelma que havia portat del seu estudi i, amb decisió, va apartar el llençol que tapava el cadàver.

La seva pal·lidesa era extrema. Les pestanyes, negres, destacaven damunt de la seva pell com potes d'aranya entre ulleres morades. Els cabells, també negres i llargs, llisos, li queien a banda i banda del seu rostre angulós i tenia les galtes xuclades. Era horrorós. Un esguerro autèntic.

Però era l'únic que tenia i s'hi hauria de conformar per poder provar el seu procediment, el procediment que havia aconseguit perfeccionar després de quatre anys d'intents i que havia funcionat amb en Maximilian tot i que, pel que semblava, l'oblit era el preu que els subjectes havien de pagar, ja que el seu amic no recordava absolutament res. Tot un consol, la veritat.

Per un instant va pensar a oblidar-se de tot, demanar ajuda a en Maximilian per portar el cadàver al cementiri amb un carretó i enterrar-lo allà, fins i tot a pesar del risc que els descobrissin pels carrers de la ciutat; però ja s'havia aventurat molt per arribar al moment clau en el qual es trobava ara. El cadàver no estaria més mort per més que esperés i gràcies als fluids conservadors que ell mateix havia ideat, la putrefacció no havia començat al seu cos. Ni tan sols havien aparegut les mosques que, normalment, es presenten a pondre els seus ous ja durant les primeres hores després de la defunció. Tot donava a entendre que, fins a aquell moment, havia aconseguit burlar el procés natural de la fi de la vida, de manera que no tenia més remei que continuar endavant, per molt horror que li produís la situació a la qual havia arribat.

Havia estat estudiant el fenomen acabat de descobrir i conegut com a «electricitat» i fins i tot fent experiments amb animals inferiors, però al final havia decidit prescindir-ne perquè no hi havia manera de controlar-la i, sobretot, no era possible convocar-la a voluntat. Podia esperar que en el transcurs d'una tempesta un llamp li proporcionés l'espurna que podia desencadenar el procés, però seria massa aleatori i arriscat; potser hauria de tenir aquell cadàver al seu laboratori durant setmanes o fins i tot mesos fins que hi hagués una tempesta de la magnitud necessària, i el risc era massa alt. Per això al final s'havia decidit per una solució química, i la prova que, per mortificació seva, havia fet amb en Maximilian l'havia convençut.

El més difícil havia sigut trobar una manera d'inocular el fluid ressuscitador en un cos inert que no era capaç de beure ni d'empassar. Per fortuna havia caigut a les seves mans un article d'un metge francès, Charles Gabriel Pravaz, en el qual es descrivia un aparell semblant a un pistó i equipat amb una agulla buida que permetia injectar líquids tant en els músculs com en el torrent sanguini dels malalts. Ell havia dissenyat i ordenat que fessin una eina similar, havia carregat el cilindre amb la barreja que li havia requerit quatre anys d'experiments aconseguir i, tan bon punt va haver acabat de cosir les ferides terribles del seu amic Maximilian, l'hi havia injectat en quatre punts. El resultat era evident i ara estava molt prop de repetir-lo amb un cadàver més real fins i tot, algú que feia uns quants dies que estava mort i reunia al seu cos trossos d'altres cadàvers. Si això funcionava, no volia ni pensar en la magnitud del seu descobriment. Havia de saber amb tota seguretat si havia trobat alguna manera de vèncer la mort o no.

Ple de calfreds, es va acostar a la llosa on reposava el trist esguerro. En una mà aguantava el fanalet que feia més llum de tots els que tenia; a l'altra hi duia la xeringa enorme carregada.

Va deixar el fanalet a la taula de darrere del cadàver, a l'altura de la coroneta, i, abans de posar-se a treballar, es va netejar amb l'avantbraç la suor que li emperlava el front i que amenaçava de caure-li als ulls. Aquesta vegada necessitaria més de quatre punxades.

Amb la mà esquerra va aixecar-li una rere l'altra les dues parpelles. Els ulls estaven morts, sense expressió, les pupil·les fortament dilatades fins al punt que els iris de l'executat semblaven negres. Va fer dues petites puncions a sota del lòbul de l'orella cap amunt, en direcció al cervell. Llavors va destapar el pit i va injectar gairebé un quart del fluid al cor de la criatura. A continuació, va punxar dues vegades a les engonals, intentant arribar a l'*arteria femoralis*.

Quan l'aparell d'injecció va quedar buit, en Frankenstein va semblar buidar-se també. El va deixar damunt de la taula, es va passar les mans pels ulls i, lentament, es va treure el davantal sense deixar d'observar la forma masculina despullada i recosida en parts que jeia davant seu.

Els seus sentiments oscil·laven entre el desig que tot hagués resultat un fracàs i aquell esguerro no sortís mai del seu estat cadavèric, i la necessitat de tenir raó, que els seus esforços haguessin servit per donar vida a aquella criatura estranya. Li hauria agradat tenir en Maximilian al seu costat, poder comentar amb el seu amic aquell procés terrible que li estava robant la salut i l'enteniment, però no podia fer-li això, especialment des que ell mateix havia sigut portat de nou a la vida, arrancat de les urpes de la mort. El silenci, els secrets, no tenir amb qui parlar l'estaven tornant boig i ara, a poc a poc, s'anava adonant del fet que tant si l'experiment sortia bé com si fracassava els problemes no haurien fet més que començar.

Si aquell cadàver ho continuava sent, l'hauria de treure del seu laboratori sencer o a trossos per anar enterrant-lo de manera secreta on anés podent, amb el risc que algun algutzir el trobés en un carreró fosc i el denunciés com a lladre de cadàvers. Si, en canvi, tenia èxit, què faria amb aquell esguerro espantós que no es limitaria a quedar-se estirat a la llosa del seu laboratori, sinó que d'un moment a l'altre començaria a moure's i a reclamar... què? Afecte, com el nounat que era? Aliments, en qualsevol cas. Se li va escapar una rialla histèrica quan la seva ment va formular el pensament: «Què menja un cadàver?».

Un moviment lleuger a l'altura dels ulls de la criatura li va fer fer un salt cap enrere. Havia parpellejat? Allò que s'apreciava al seu pit era un intent de respiració? Aquells dits femenins que reposaven a la banda dreta, al costat del genoll, s'havien mogut?

Va sentir que se li tallava la respiració i que la boca i la gola quedaven convertides en un paisatge desèrtic.

De la cavitat bucal de la criatura, ara entreoberta, manava una saliva espessa i una mena de rugit profund i llunyà li arribava a les orelles.

Sense poder creure's el que veia, va descobrir amb espant que el membre de l'esguerro, fins a aquell instant flàccid i arrugat, començava a tenir petits espasmes i a inflar-se a poc a poc de sang, com si es preparés per a una erecció.

En va apartar la mirada amb disgust. Què faria si aquell monstre resultava capaç d'engendrar vida o si, amb la seva alçada i força, arribava a violar una dona o una dama?

Mai s'havia adonat de veritat de com d'horrible que era aquell ésser, de la pal·lidesa malaltissa de la seva pell, que morades que eren les ulleres que tenia a sota els ulls, que la inflor del seu front el feia semblar una criatura simiesca. I es començava a despertar! Per culpa seva estava a punt de tornar a la vida.

No es va esperar a veure'n més.

Sense poder evitar-ho, presa del pànic, en Viktor Frankenstein va sortir corrents cap a les escales i va tancar el laboratori amb dues voltes de clau. No sabia on anava, però el que era realment important era allunyar-se d'allà. Tan de pressa com pogués. Tan lluny com pogués.

6

El matí a la universitat va passar molt de pressa i, tot i que la Nora va estar tota l'estona tement que l'engany es descobrís tot d'una, ningú va dubtar ni per un moment que el cosí d'en Maximilian fos una altra cosa que el que ell havia dit: un nano jove, noble i adinerat que havia sigut expedit a Ingolstadt per tenir-lo lluny del possible contagi i perquè s'anés formant com a químic o metge, el que resultés més del seu gust.

Els mateixos joves que dos dies abans havien observat amb interès l'Eleonora van passar la mirada per damunt d'en Leonhard sense dedicar-li més que un somriure vague i un lleuger cop de cap a tall de salutació. La Nora començava a tenir la impressió que en aquella època la gent no contemplava les coses amb els seus propis ulls, sinó que s'acontentaven simplement amb la pura aparença: si vas vestida de noia, ets una noia; si portes els cabells deixats anar, ets soltera; si portes una tela barata, ets pobra... Com que ara anava vestida d'home i duia uns bons teixits, a més dels diners que en Max li havia deixat en una bosseta de cuir perquè pogués disposar d'alguna cosa, era un senyoret ric al qual s'havia de tractar bé. Punt. Ningú volia veure-hi més, allà, cosa que per a ella era una gran sort.

Els dos cosins van anar a dinar amb dos estudiants més a una fonda força rònega que era just al costat del cafè on ella havia estat amb en Max i en Viktor quan encara era una senyoreta. Només que ara li va resultar molt més còmode perquè a ningú se li va acudir triar per ella el que prendria, i va poder demanar una cervesa com van fer els altres sense que ningú s'escandalitzés. Tampoc és que hi hagués gaire on triar: la patrona es va limitar a posar davant de cadascun d'ells un guisat de naps i pastanagues amb alguna pelleringa ocasional que devia ser la carn que li donava el poc gust que tenia. Almenys estava calent, però la Nora va pensar que si s'havia de quedar allà tota la vida, acabaria somiant els tomàquets, que encara no havien aconseguit fer-se un lloc a la cuina europea. Potser a la mediterrània havien trobat la manera, però sens dubte a la centreeuropea encara no. Ni pasta, ni pizza, ni amanida de tomàquets i alvocats, ni un miserable sofregit per donar gust als guisats...

—Algú de vosaltres ha vist en Frankenstein avui? —va preguntar en Max.

Els altres dos estudiants van fer que no amb el cap perquè tenien la boca plena.

La noia que estava col·locant a la taula les gerres de cervesa de la segona ronda va intervenir a la conversa sense adonar-se de la mirada ofesa d'en Maximilian.

—A mi m'ha semblat veure'l aquest matí molt d'hora agafant el primer cotxe de posta.

—Cap a on? —va interrogar, perplex.

—Doncs suposo que cap al sud. Ell és suís, no?

—Si ha rebut carta de casa i algú està malalt... el seu pare o la seva mare... —va afegir la Nora.

—En Viktor no té mare. I el seu pare encara és jove. A més, m'ho hauria dit abans d'anar-se'n.

—És que últimament està molt estrany —va intervenir un dels estudiants—. Jo crec que està malalt i no ens vol dir què li passa. Té els ulls grocs, tota la pell li ha canviat de color, s'ha aprimat moltíssim... O té una malaltia consumptiva...

—O una malaltia mental —va completar l'altre—. Fa mirada de boig, no ho heu notat?

—No us consenteixo que parleu així d'en Viktor Frankenstein —va retreure en Max, molt seriós.

—Ens limitem a fer observacions científiques, von Kürsinger. No estem difamant ningú.

—Teniu raó —va admetre en veu baixa, abatut—. Us demano disculpes. És que es tracta del meu millor amic, ja ho sabeu, i em preocupa.

Van sortir de la fonda i es van separar. Feia un dia fred i humit que no presagiava res de bo. Es van embolicar bé amb les capes i es van ajustar els barrets; ja estaven a punt de posar-se en marxa cap a la biblioteca quan des del carreró que s'obria a la seva esquerra van sentir un soroll cap a ells que va fer que es giressin.

Era una noia joveneta d'ulls espantats que premia contra el seu pit un fardell de roba.

—Excel·lència —va dir a en Max, fent una petita reverència doblegant els genolls—. Si us plau, una pregunta.

En Max va mirar per damunt de l'espatlla, inquiet sense que la Nora pogués saber per què.

—Parla.

—Ahir vaig veure que Sa Excel·lència anava acompanyat de la seva senyora cosina i pensava si no seria possible que necessités una donzella particular.

—Que no treballaves de cambrera a la fonda de la Gretl?

La noia va abaixar la mirada i dues llàgrimes gruixudes li van córrer per les galtes.

—Me n'han fet fora —va confessar en veu tan baixa que gairebé es van haver d'imaginar què havia contestat.

—Vols que parli amb ells? Tu ets una bona noia, estic segur que no has robat res, deu haver sigut una enrabiada absurda de la patrona.

La noia va remenar el cap enèrgicament i es va posar vermella.

L'expressió d'en Max va canviar en un instant i es va fer severa.

—No deu ser que…? És això? Estàs en estat?

La noia va assentir entre sanglots que intentava reprimir ficant-se un puny a la boca.

—Aleshores no puc fer res per tu. Tu t'ho has buscat.

Ja s'estava a punt de girar per deixar-la al carreró, quan la Nora va posar la mà al braç a en Max i el va mirar implorant.

—Què vols? —va dir ell exasperat—. No podem fer res, no és cosa nostra i la culpa és seva.

—Seva i de l'home que l'hagi posat en aquesta situació, no?

—És ella qui té el problema.

—Exactament. Aquesta és la injustícia i per això se l'ha d'ajudar. Està clar que el paio o no la vol ajudar, o ella ni tan sols s'ha atrevit a demanar-l'hi.

—Fes el que vulguis, cosí. Jo no penso rebaixar-me a tractar amb una... amb una qualsevol.

Parlaven a poques passes de la mossa, que seguia prement el fardell amb les seves poques pertinences i plorava baixet mirant el terra de llambordes que brillaven d'humitat.

—Tu com saps que és una qualsevol? Fa un minut has dit que era una bona noia.

—Això era abans de saber què havia fet.

—Ha fet el mateix que ell.

—No pots parlar seriosament.

Notant que, altra vegada, estaven a punt de ficar-se en una discussió de base que no beneficiaria en absolut la mossa, la Nora va decidir canviar de tàctica i deixar la teoria per un altre moment.

—Pensa-ho, Max. On anirà? Què se'n farà, del nen?

—Si hagués sabut guardar la seva castedat i el seu cos, no estaria en aquesta situació.

—Així que la culpa és seva, no?

—Per descomptat.

—I l'home?

—Els homes ho intenten sempre. Són les dones les qui han de protegir-se i negar-s'hi.

—I si no ho aconsegueixen?

En Max va arronsar les espatlles.

—Així és la vida. Sempre pot deixar el nadó en un convent quan neixi.

—I fins llavors, de què viurà?

—No és cosa nostra. És una pecadora.

Això li va donar una idea.

—Que no ets cristià, tu? —Era l'últim recurs que se li acudia—. Crist va perdonar la Magdalena.

—Sí, però jo no soc Crist.

—Ell va dir: «El que feu als altres, m'ho feu a Mi». Si ajudem aquesta noia, estem ajudant Nostre Senyor. La menysprearàs i la deixaràs penjada?

—La nostra cosina se'n va anar ahir d'Ingolstadt. Encara que volgués, no podria col·locar-la amb ella.

—I la nostra patrona? Té dos nens i una casa molt gran, estic segura que necessita ajuda. Si l'hi paguem nosaltres…

—Cap dona decent tindria a casa seva una dona caiguda.

—Però de moment no se li nota gens. Després pensarem una altra solució. De moment, només de moment, si us plau…

—Aquesta nit ja ho sabrà tota la ciutat. Si la nostra patrona l'accepta a casa seva, es posarà en contra a tothom per una desconeguda.

La Nora va deixar anar un esbufec. Tot era complicadíssim en aquella maleïda època.

—Doncs llavors has d'anar a parlar amb el culpable i demanar-li que doni diners a la noia perquè es pugui mantenir fins que neixi la criatura. —Va començar a recordar vagament una cosa que havia llegit en una novel·la—. Podem portar-la a alguna granja dels voltants i, si té una mica de diners per pagar-se l'estada, segur que l'acullen bé durant uns mesos.

—I que es pensin que el pare soc jo…

—No. Ho faré jo. A mi tant me fa que pensin que el nen és meu.

Es van mesurar amb els ulls durant uns segons.

—Tu aconsegueixes aquests diners i jo la porto on sigui —va insistir la Nora quan va notar que en Max semblava haver-se estovat una mica.

—Els diners no són cap problema. En tinc més que de sobres.

—Però si els poses tu, és gairebé una confessió de culpabilitat... Ja ho entenc.

—Espera. Li he de preguntar una cosa.

Es van tornar a acostar a la noia, que els va rebre amb una lluïssor il·lusionada als ulls.

—De qui és, aquest fill? —va preguntar en Max amb una ganyota, com si estigués mossegant una llimona—. I no em diguis que no ho saps, perquè et deixem aquí en aquest mateix moment.

—És... un estudiant. En Ferdinand Schneider. Em va prometre matrimoni. Em va donar això. —Els va ensenyar un filet platejat que envoltava el seu dit anular—. És un estudiant pobre, no tenia res millor, però em va prometre que, quan fos metge, es casaria amb mi.

—Has parlat amb ell?

La noia va tornar a sanglotar.

—Sí. M'ha fet fora. M'ha dit que com puc creure'm que un futur metge es casaria amb una... amb una com jo, que a ell no li agraden les curtes... que com s'havia de casar amb la cambrera d'una fonda... —Va acabar amb un sanglot terrible que li va sortir del fons del pit—. Jo l'estimava de veritat... L'estimo de veritat.

La Nora es moria de ganes d'abraçar-la i acariciar-li els cabells fins que s'anés calmant, però en aquesta realitat ella era un home i un home no abraça una dona desconeguda, i menys en públic.

—Vine —va dir amb suavitat, en lloc de tocar-la—. Vine amb nosaltres a veure si t'aconseguim algun lloc on puguis quedar-te. Ets de per aquí a prop?

—A dues jornades d'aquí. Però si arribo al meu poble, me'n faran fora i caurà la vergonya damunt de tota la meva família. Per sempre.

La Nora estava desesperada. Al seu món hi hauria tantes possibilitats d'arreglar una situació com aquella! El primer, al seu món podria endur-se-la a casa, fer-li una xocolata calenta i deixar-la dormir al sofà fins que, juntes, decidissin quina era la millor solució. Malgrat tot aquí... Ella se sentia inútil, absurda, depenent per tot del que en Max pogués pensar o decidir. Tot i que... ara ella també era un home.

—Si és necessari, diré que és la meva amant i li buscaré un llit en algun lloc. Estic segura que a ningú li semblarà estrany que un aristòcrata jove tingui una amigueta amagada en algun lloc. M'equivoco? —va preguntar a en Max, desafiant.

—No és res que jo voldria fer o que em sembli bé, però és possible, sí. El meu cosí Johannes ja n'ha tingut unes quantes en aquestes circumstàncies, però em sembla menyspreable.

—Doncs em temo que no hi ha més remei. Tu em deixaries els diners necessaris? Te'ls tornaré tan bon punt pugui treballar.

—No és responsabilitat nostra.

—Ho és. És un ésser humà necessitat de la nostra ajuda. Si no l'ajudes ara, no ets millor que l'Schneider ni que el teu cosí Johannes.

En Max va serrar les dents.

—Endu-te-la a fer una volta pel riu. He de pensar i veure què s'hi pot fer.

La Nora va estar a punt de saltar-li al coll de pura alegria, però es va limitar a oferir-li la mà d'home a home per encaixar-les. Durant els segons en què les seves mans es van trobar, tots dos van sentir la necessitat d'abraçar-se, que els seus llavis es trobessin com els seus ulls, però eren al mig del carrer i davant d'un testimoni, de manera que tots dos van inspirar profundament i, renuents, es van separar i van començar a caminar en direccions oposades.

Des del llindar d'una porta a la part oposada del carrer, un parell d'ulls va seguir amb la vista els dos joves que s'acabaven de separar: un seguit de prop per la criada de la fonda. L'home va esperar que Von Kürsinger girés la cantonada següent i, amb displicència fingida, va sortir darrere seu.

* * *

Poc després del migdia, el cotxe de posta va fer una pausa per canviar els cavalls i perquè els senyors viatgers poguessin estirar les cames i menjar alguna cosa a la fonda abans de seguir el viatge. En Frankenstein, que s'havia quedat durant hores en la mateixa posició al costat de la finestreta amb els ulls tancats fent veure que dormia per evitar la conversa i les preguntes dels seus companys de camí —dos comerciants que es dirigien a Munic per coses de negocis, una senyora gran que havia dedicat la major part del temps a passar el rosari o a parlar en veu baixa amb un sacerdot que llegia el seu breviari quan no xerrava amb ella—, va obrir els ulls quan va notar que ja havien baixat tots.

No tenia gana, però, com que no sabia quan farien la pròxima parada, va decidir baixar a comprar alguna cosa que es pogués guardar per a després i, si podia ser, una ampolla de vi o d'aiguardent. Ja feia moltes setmanes que feia servir l'alcohol com a única medicina per caure adormit, ja que si intentava dormir estant serè, es passava les hores fent voltes al llit i, quan per fi aconseguia adormir-se, els malsons eren tan espantosos que gairebé preferia seguir despert.

Ni tan sols tenia gaire clar on es dirigia, però al seu cor hi havia una nostàlgia vaga que el duia cap al sud, cap a la seva terra estimada de les muntanyes i els llacs, on vivien les persones que més estimava al món: el seu pare i els seus germans. El que més l'angoixava era què els diria si apareixia per Ginebra a la meitat del curs acadèmic després de quatre anys sense veure'ls i sense haver-los avisat ni tan sols per carta. Què els podia dir? Que estava malalt i que necessitava el seu amor i la seva companyia? Que acabava de donar vida a un monstre horrible i no suportava la por de quedar-se a Ingolstadt i exposar-se al que pogués passar?

Li feia vergonya no haver-se pres el temps ni tan sols d'acomiadar-se d'en Maximilian, d'explicar-li, encara que només hagués sigut molt per damunt, què li havia passat en els últims mesos... Però la vergonya i la por havien sigut superiors a ell. Ja li escriuria una carta quan arribés.

Va tornar al cotxe amb un tros de pastís de cérvol embolicat amb paper d'estrassa i una ampolla d'un vi tan fosc i espès com la sang. Va arrencar-ne el suro amb les dents i va fer-hi un glop llarg abans de tornar a emboçar-se en la seva capa de viatge, recolzar el cap contra el marc de la finestreta i tancar els ulls de nou, unes hores més lluny del terrible esguerro que havia creat.

* * *

En un racó del laboratori, encongida i amb els braços envoltant-se els genolls, la criatura acabada de néixer tremolava de fred i de por. S'havia despertat quan la llum del sol havia començat a llepar com un gos la llosa on jeia. La calor del sol havia sigut un bàlsam per a ell i durant un temps s'havia deixat portar per la dolça sensació de calidesa damunt de la seva pell sense preguntar-se qui era ni on era. Aleshores, a poc a poc, el fred va anar substituint l'escalforeta i el seu estómac va començar a rugir de gana i a llançar espasmes per tot el seu cos. Sense adonar-se'n, va començar a produir sons, una mena de vagit d'animal indefens reclamant escalfor i aliment, però ningú va acudir a la seva necessitat. Va anar passant el temps, el fred i la gana van augmentar i la soledat es va anar fent cada vegada més terrible.

Va flexionar les cames, els braços, va moure els dits de les mans, es va passar la mà per la panxa, per la cara, pels genitals, pels genolls... sentint que estava viu, encara que no sabés res d'ell mateix, ni qui era ni on era ni què havia passat...

Es va asseure a la llosa i va mirar astorat les restes de sang, de fluids, de fàrmacs i a poc a poc va anar passant la vista per tot aquell lloc atapeït d'objectes incomprensibles, pots a l'interior dels quals dansaven cossos estranys, vísceres o animals, grapats d'herbes seques suspeses de les altes bigues, aparells que no era capaç d'imaginar quin ús tenien. «Bruixeria», se li va acudir. Allò semblava la cova d'una bruixa o d'un fetiller. Què hi feia ell, allà? Què volien fer-li?

Va aixecar les dues mans davant dels ulls, i el terror va estar a punt d'arrencar-li un crit. Una de les seves mans, la dreta, no era seva. Algú li havia tallat una mà i l'havia substituït per la d'una dona, molt més petita i fina que la pròpia. A l'altura dels canells, una cicatriu deixava ben clar que l'hi havia cosit al cos.

Va moure els dits amb compte. Funcionaven.

Es va tocar el tou dels dits, els uns contra els altres. Excepte per la qüestió de la mida, els sentia tots, encara que era com si la seva pròpia mà —l'esquerra— estigués tocant la d'una altra persona. Per fortuna, sempre havia sigut esquerrà i la seva mà més útil era la que havia quedat. Es va preguntar què devien haver fet amb l'altra i si podria recuperar-la.

Tenia més cicatrius al pit i, pel que va poder discernir al tacte, també a la cara. Li faltaven uns trossos dels dits dels peus i una orella. Li feien mal els ulls, però la seva visió era bona.

Amb compte, va començar a explorar-se el cos, tocant alternativament amb les dues mans, fins a assegurar-se que no li faltava res més i que tenia sensibilitat a tot arreu. El més negatiu era que continuava sense recordar el seu nom ni saber com havia arribat fins allà.

El fred i la gana cada vegada eren més intensos. Es va aixecar i, vacil·lant, sobre unes cames que semblaven de pastís de gelatina de vaca, va anar inspeccionant l'habitació. Hi va trobar un davantal brut i se'l va tirar per damunt, com si fos una capa, però no hi havia res comestible.

Es va acostar a una de les finestres petites d'aquelles golfes enormes i, a través del vidre, va poder reconèixer la torre de la catedral de Nostra Senyora la Bella, fet que li va arrencar un sospir de felicitat. Almenys era a casa, i sabia que aquella era la seva església, encara que ara no recordés el nom de la seva ciutat.

Estava segur que aviat vindria algú a socorre'l o a explicar-li què era allò. Li donarien menjar, li dirien què havia passat, per què tenia parts que no eren seves, com era possible que després de fer-li aquelles coses continués viu i no tingués grans dolors, ni febre ni res més que gana i set.

Almenys d'aigua sí que n'havia: un càntir mig buit que es va beure gairebé sense respirar.

No tenia més remei que esperar. Ja arribaria algú.

* * *

Ja feia més d'una hora que passejaven amunt i avall per la riba del riu esperant que en Maximilian tornés del que fos que havia anat a fer. El dia ja arribava a la seva fi perquè, tot i que encara no eren les quatre, com que era un dia ennuvolat de febrer la foscor començava a apoderar-se del paisatge. No hi havia ni una ànima pels voltants i la Nora va sentir un calfred que no es devia a la temperatura quan es va imaginar què els podia passar a dues noies soles en un paratge tan agrest en caure la nit. Aleshores es va adonar que, per qualsevol que pogués veure-les en passar, eren un home i una dona i això ja era suficient perquè les deixessin en pau, a menys que volguessin robar-li la bossa, però per la seva roba estava clar que era un estudiant i els estudiants no són precisament famosos per les seves riqueses, de manera que va intentar relaxar-se i esperar amb paciència.

La criada, que es deia Sanne (una abreviatura de Susanne), ja li havia donat les gràcies deu mil vegades dient-li «excel·lència» fins a fer-li venir ganes de vomitar i li havia ofert servir-lo a ell, a la seva dona i als seus fills fins al final dels seus dies. Per la resta, s'havia limitat a plorar, a sospirar i de tant en tant a oferir-li un somriure tímid ple d'esperança quan li deia que tot s'arreglaria i que aviat tornaria el senyor comte amb bones notícies.

Per fi van veure que en Max se li acostava i el cor de la Nora va fer un salt dins del seu pit. Simplement veure'l ja la posava de bon humor.

Li va indicar amb un gest que s'acostés i deixés la noia al marge. La Sanne, obedient, es va girar i es va quedar mirant el riu mentre els cavallers parlaven entre ells.

—Quines notícies portes?

—Se m'ha acudit una cosa, almenys de moment.

—Explica, explica.

—Si és cert que en Frankenstein se n'ha anat aquest matí amb el cotxe de posta això significa que com a mínim durant uns dies o un parell de setmanes, o més, el seu laboratori estarà buit, igual que les seves habitacions. Ell els té pagats fins al final del curs acadèmic i si cal res més, puc pagar-ho jo. La mossa...

—Es diu Sanne —va interrompre la Nora.

—La mossa, que no m'importa com es diu en aquests moments, es pot quedar allà. Jo parlaré amb la patrona d'en Viktor i li diré...

—Que és la meva... amant o com prefereixis dir-ne.

—Sí. Em temo que hauré de fer alguna cosa així. Si li dic que és amant meva, arruïnaré la meva reputació.

Encara que la Nora havia suggerit ella mateixa aquesta solució, la va molestar que ell posés la seva pròpia reputació per damunt de la d'ella.

—Així només arruïnem la meva, és clar.

—Així mateix. —Va somriure—. Però això tant és, perquè en Leonhard von Kürsinger no existeix. Ens l'hem inventat nosaltres, ja no te'n recordes? I perquè, amb l'ajuda de Déu, el passatge tornarà a quedar lliure i tu podràs tornar al teu món i a la teva vida, Nora —va acabar, inclinant-se cap a ella, amb una veu tan suau que el seu alè li va fer pessigolles a l'orella, unes pessigolles delicioses que li hauria agradat continuar fins que es transformessin en una altra cosa.

—Gràcies, Max. És una idea genial.

Ell li va oferir un somriure encara més ampli.

—A vegades, pensant, arribo a conclusions útils. Així ella està sola i tranquil·la. Tu i jo tenim cadascun les nostres habitacions i podem controlar el passatge cada dia. Si en Viktor torna, ja ho arreglarem amb ell. Si no torna fins al naixement de la criatura, pensarem després on l'entreguem, et sembla bé?

Amb una mirada per damunt de l'espatlla per assegurar-se que la Sanne continuava d'esquena a ells, la Nora es va llançar al damunt d'en Max i el va abraçar amb totes les seves forces.

El cos d'ell es va encarcarar en sentir-la tan a prop, però ben aviat es va deixar portar per la calidesa i la dolçor de tenir-la als seus braços. Gairebé era de nit, ja. Només una llum malva es reflectia al corrent del riu i no hi havia ni una ànima als voltants. En Max va inclinar el cap cap a ella, la Nora va alçar el seu buscant els seus llavis i un segon més tard s'estaven besant desesperadament.

* * *

Des de l'empara de la fila de cases que donaven al riu, l'assassí mirava l'escena amb un somriure tort. Ja era gairebé de nit, però encara s'hi veia prou per adonar-se del que passava.

Uns minuts abans, quan el jove comte es dirigia cap al riu caminant sol pels carrers cada vegada menys concorreguts, hauria pogut complir amb el seu encàrrec, però ell acostumava a deixar-se portar pels seus instints i havia tingut el pressentiment que no era el millor moment, que encara s'havia d'esperar per clavar-li al cor l'estilet fi que havia triat aquesta vegada com a arma. El seu instint li havia donat la raó perquè se li acabava d'acudir una idea digna del millor dels cervells i volia exposar-la a Sa Excel·lència abans de fer cap pas en aquella direcció.

L'únic que l'aturava era que, com que ell mateix no era la mà executora, el senyoràs no voldria pagar-li el que havien convingut i la seva idea es posaria en marxa sense que ell tragués profit de l'assumpte. Això no li convenia per res del món i hauria de pensar-s'ho bé abans de fer-ho, de manera que, girant-se d'esquena als tres joves, es va perdre pel laberint de carrerons. Ja els buscaria l'endemà quan hagués madurat el seu pla.

* * *

Van arribar a la casa d'en Frankenstein quan les campanes de Nostra Senyora la Bella tocaven les cinc i els carrers s'havien quedat deserts. En Max va triar una clau llarga de diverses que duia en una anella i la va introduir al pany.

—Tens la clau de la casa del teu amic?

—Sí i no. Tots dos vam decidir fa temps deixar una còpia de les claus de les nostres cases en un lloc secret per a qualsevol eventualitat. Lògicament, les nostres patrones no ho saben i mai fins ara ha sigut necessari fer-les servir.

Van pujar sigil·losos com gats fins a les golfes; no hi havia més llum que la que feia un llumet d'oli davant d'una imatge de la Verge al primer replà. En Max obria la marxa. La Sanne anava resant entre dents aferrada a la capa de la Nora/Leo.

Al final de l'escala van arribar a una porta massissa de fusta i ferramentes que amb prou feines podien veure. Al cap d'uns moments de forcejar amb el pany, en Max va aconseguir obrir-la, van entrar amb rapidesa i van tornar a tancar darrere seu per no delatar la seva presència.

—Doncs ja hi som. A veure si trobo alguna cosa per fer llum. El que he portat no durarà gaire.

Va treure un pedrenyal, va picar fins a fer una bona espurna i la va aplicar al cul d'una espelma curta i gruixuda que també duia a la bossa i que d'un instant a l'altre va semblar florir, il·luminant un cercle al seu voltant en el qual, de sobte, es van perfilar aparells estranys, lluïssors de vidres i líquids, eines tallants i punxants disposades en fila en una taula amb superfície de pedra.

En Max coneixia el laboratori d'en Viktor, però les dues noies es van acostar més l'una a l'altra. La Sanne s'ho mirava tot amb els ulls dilatats per la por.

—A veure si trobem algun fanalet o algun llum d'oli, almenys.

Van tenir sort, i poc després, en Max va encendre una espelma grossa que de seguida va col·locar dins d'un fanalet amb parets de vidre.

La Nora estava desesperada. No s'havia adonat mai de l'angoixa i la impotència que es pot arribar a sentir quan no hi ha manera de fer llum en el moment en què la necessites, quan no hi ha interruptor que animi el llum del sostre, quan no hi ha mòbil amb funció de llanterna, quan no tens a mà ni una miserable llanterna de piles barata. Tenia la sensació d'haver-se quedat gairebé cega perquè aquella llum que, pel que semblava, els altres dos trobaven bé, a ella li provocava ganes de cridar d'angoixa.

—Bé, a veure si aconseguim saber per què se n'ha anat en Frankenstein.

La Sanne va estirar la capa de la Nora per cridar-li l'atenció abans de parlar.

—Sí?

—No m'hauré de quedar aquí tota sola a passar la nit, oi?

Es notava que estava autènticament espaordida.

—No —va somriure en Max—. Les habitacions d'en Frankenstein són al pis de sota: un dormitori i un estudi petit. Ara baixarem i podràs posar-te a dormir si vols.

En aquell moment, procedent de les profunditats del laboratori, del racó més fosc, van percebre una mena de grunyit sord que els va fer acostar-se els uns als altres. En Max es va col·locar davant de les dues noies i, amb tota naturalitat, va agafar un dels ganivets que reposaven a la taula de pedra.

—Qui hi ha aquí? —va preguntar.

Ell sabia que el seu amic, com tots ells, feia de tant en tant experiments amb animals, però no acostumaven a ser més terribles que les rates i els gats o gossos de carrer, tot i que si en Viktor havia deixat allà un gat famèlic ara podria resultar realment perillós enfrontar-s'hi.

Des del fons els va arribar un moviment, un fru-fru d'una roba potser, una mena de vagit inarticulat. Es van estremir. Van forçar la vista al màxim intentant discernir què era allò. Aleshores, sorgint de la foscor, van començar a percebre unes passes arrossegades que s'acostaven a ells.

—Frankenstein? Viktor? Amic meu, ets tu?

No hi va haver resposta. Les passes se'ls van continuar acostant i a poc a poc una figura alta i encorbada es va anar destacant contra la lluminositat pàl·lida de la finestra del fons.

Un altre vagit, un estossec i després un intent de parla.

—Aaaa-juuu-daaa... —Els va semblar entendre.

Les mans estirades d'una criatura estranya van penetrar en el cercle de llum, una grossa, basta i morena, l'altra més petita i més pàl·lida. Aleshores, a poc a poc, les espatlles amples i nues, el cos travessat de cicatrius, el cap més petit del que es podria esperar en un ésser tan alt, els dos ulls de diferent color i mida damunt d'unes ulleres morades, la boca implorant que continuava repetint: «Ajuda, ajuda».

En veure que aquell ésser estava despullat i que era evidentment un home, en Max es va treure la capa i l'hi va posar per damunt per tapar-li les vergonyes davant de les dues dones que el contemplaven amb la boca oberta. L'ésser es va emboçar amb la capa, agraït per l'escalfor, i es va quedar on era, tremolant, i sense apartar la vista d'ells.

—Qui ets? —va preguntar en Max amb una veu menys ferma del que li hauria agradat.

—No sé —va contestar la criatura després de pensar-ho un moment—. No recordo.

La veu era rasposa però comprensible, malgrat que estava clar que li costava un gran esforç articular les paraules.

—On és en Frankenstein?

—No sé. Jo... estic sol. Gana.

—T'hauràs d'esperar una mica. No portem res. Vine. Seu.

En Max i la Nora es van mirar. Allò recordava molt el moment en què ells s'havien conegut, quan en Max, totalment desorientat, no aconseguia recordar ni tan sols el seu nom. Era un altre dels experiments d'en Frankenstein?

—Jo tinc una cosa —va dir la Sanne amb timidesa—. Quan em van fer fora, en lloc de pagar-me, en van donar un pa i l'he guardat per quan tingui gana de veritat. —Va treure una fogassa petita del fardell, en va trencar un bon tros i el va allargar a l'ésser estrany, que ara, embolicat amb la capa d'en Max, s'havia assegut en un escambell a prop de la gran llar de foc apagada. La criatura el va agafar amb avidesa i va començar a rosegar-lo.

—Necessitem entrar en calor. Aquí hi fa un fred horrorós. I hem de saber què ha passat. Mossa! Fes-nos un bon foc! —va exigir en Max.

La Sanne es va treure tot d'una la capa gastada que la tapava i es va precipitar a la xemeneia a veure quins materials hi havia. Per a Nora, va quedar clar que la Sanne estava acostumadíssima al fet que li ordenessin fer coses i ni li va passar pel cap no fer el que li havia dit en Max. I també estava clar que, per a ell, ordenar a la Sanne que fes un foc era tan normal com per a un noi de la seva pròpia època ho era prémer l'interruptor d'una estufa. Es devia haver criat amb dotzenes de servents que ho feien tot per ell. Ni tan sols s'havia molestat a dir «si us plau».

Al cap d'un moment, les flames començaven a prendre als troncs que la Sanne havia disposat amb una gràcia increïble a la xemeneia. Tots es van acostar al foc, atrets per la llum i l'escalfor, i fins i tot el rostre estrany de la criatura es va il·luminar amb un somriure.

La campana de la catedral va tocar dos quarts.

—Nostra Senyora —va mussitar l'home.

—Saps on som? —va preguntar en Max.

Ell va assentir amb el cap.

—A casa.

La simplificació va fer que en Max somrigués.

—Recordes com es diu la ciutat?

—Ingolstadt.

—Bé. I tu qui ets?

—No recordo.

—Saps res d'en Frankenstein?

—No. Qui és?

«Un irresponsable», va ser el primer que va pensar en Max, tot i que no ho va dir.

—D'això... L'inquilí d'aquestes habitacions.

La criatura va mantenir la vista clavada en en Max durant uns segons, com si s'esforcés per recordar; després va abaixar els ulls i va continuar menjant.

—Sanne —la va cridar llavors allargant-li unes monedes—, ves a buscar alguna cosa per menjar per a tots. Hem de pensar moltes coses i decidir-ne més, i no ho podem fer amb la panxa buida.

La noia es va guardar les monedes a l'escarsella i es va tirar la capa a les espatlles.

—Vaig amb ella —es va oferir la Nora.

—Ni pensaments. Tu et quedes.

—No pots donar-me ordres.

—No és cap ordre. He de determinar com seguim. Això comença a resultar massa complicat i et dono la possibilitat que m'ajudis a prendre les decisions següents. Tot i que si prefereixes que ho resolgui tot sol...

La Nora es va quedar entre en Max i la Sanne, indecisa sobre què fer. Li semblava malament que una noia embarassada i a qui li acabava de caure el món a sobre hagués d'anar-se'n a buscar menjar per a tots, però en Max parlava amb sensatesa i ella volia prendre part en aquesta cerca de possibles solucions.

—D'acord. Em quedo.

—Deixa la porta de baix ajustada i torna de pressa —va dir en Max a la noia, que va plegar els genolls en una reverència breu.

La Sanne se'n va anar en silenci. La criatura estranya continuava rosegant el llonguet de pa amb la vista clavada a les flames. En Max i la Nora es van acostar a la finestra del fons per poder parlar amb una mica d'intimitat.

—Sembla que en Frankenstein s'ha tornat boig —va dir en Max amb veu baixa, en un to que denotava una tristesa profunda—. És evident que ha continuat endavant amb aquells experiments dels quals només havia parlat amb mitges paraules, i ha tingut èxit. Aquest... ésser..., a part del que m'ha passat a mi mateix, n'és bona prova.

—Tu creus que ha aconseguit reanimar un cadàver de veritat? —La Nora se sentia com ficada en una pel·lícula o una novel·la antigues. Tot allò s'assemblava massa a *Frankenstein*, la novel·la de Mary Shelley, que ella sempre havia pensat que era ficció.

—Més que això. Ja et deus haver adonat que es tracta de diversos trossos de cadàvers. Les mans són diferents, el cap no es correspon amb el cos.

—Però... com? Amb aquests mitjans? —Va fer un gest circular que abraçava tot el laboratori.

—Després investigaré amb deteniment per intentar saber com. Ara el que més importa és saber què se n'ha fet, d'ell, i què podem fer nosaltres. De moment, baixarem a les seves habitacions. Potser s'hi ha quedat adormit després de l'esforç.

Cap dels dos va mencionar la informació que els havia donat la cambrera de la taverna: que havia vist en Frankenstein agafant el cotxe de posta que partia cap al sud.

En Max es va acostar a la llar de foc.

—Tornem de seguida. Anem al pis de sota.

El monstre va assentir amb el cap. La Nora va tenir la sensació que els seus ulls estaven més clars i la seva mirada semblava més intel·ligent.

Tant el dormitori com el petit estudi d'en Viktor estaven deserts. Sota la llum del fanalet, en Max va comprovar que no es devia haver endut gens d'equipatge i que no havia deixat cap nota, cap missatge per a ell, ni per a ningú.

—Ha fugit! —va exclamar, incrèdul, asseient-se damunt del llit del seu amic—. Ha abandonat la seva creació i se n'ha anat sense més ni més. S'ha d'haver tornat boig...

—Suposo que tornar la vida a un mort recosit és una cosa que pot tenir aquest efecte, sí. —La Nora esperava un somriure per part d'en Max, però el seu rostre va restar seriós—. Segurament deu estar espaordit i no ha pensat en el que pot passar...

—Però..., però és responsabilitat seva... Com pots deixar abandonat a la seva sort un ésser que no sap qui és ell mateix, que no recorda res, que és gros com una torre i no sabem ni tan sols si és un assassí?

La Nora va arronsar les espatlles. A ella també li semblava demencial, però de base era com un noi de la seva època que atropella algú amb el cotxe i en lloc de baixar a veure què ha passat i avisar una ambulància, surt rabent perquè ningú sàpiga que ha sigut culpa seva. Pur terror. Pura irresponsabilitat.

—No m'esperava això d'ell.

—Deu pensar que te n'ocuparàs tu... Començo a pensar que és el que has fet sempre.

—Em temo que no tindré més remei. A més, és el deure de l'amistat.

—I què fem?

En Max va fer descansar els colzes als genolls i el front a les mans. En els últims dies havia passat de ser un estudiant de Medicina feliç a ser un home turmentat per més obligacions de les que mai hauria pensat possibles. Estava acostumat a despatxar dos cops l'any amb el seu oncle Franz i amb l'apoderat que s'ocupava de les seves terres mentre ell acabava els seus estudis a Ingolstadt; sabia com prendre decisions que afectaven els criats o la resolució de petits problemes domèstics de casa seva i les seves finques a Salzburg, però mai havia hagut de solucionar la situació d'una noia que venia del futur i de la qual, a més, s'estava enamorant, ni resoldre l'existència d'un ésser que fins feia unes hores era simplement un garbuix de parts de cadàvers.

Se sentia profundament dolgut pel fet que el seu millor amic l'hagués deixat en aquella situació sense ni tan sols avisar-lo, sense haver-lo informat del tipus d'experiments que estava duent a terme.

—Què podem fer amb ell, Max? —va insistir la Nora, alçant els ulls significativament cap al sostre, cap a les golfes, on, davant del foc, esperava la creació d'en Frankenstein—. Fa una estona pensava que solucionar el problema de la Sanne seria difícil, però ara mateix ja no em sembla tan terrible comparat amb l'altre problema. —Es va asseure al llit al seu costat en la foscor gairebé total, només alleujada pel fanalet que havien portat i que reposava a terra als seus peus, i, després d'uns segons de dubte, li va estrènyer la mà. Ell, agraït, li va tornar l'estreta.

—Em temo que ens n'haurem d'anar d'aquí. Anar a les meves terres, a Hohenfels. Allà jo soc el senyor, podem col·locar la Sanne com la teva donzella i dir que és una jove vídua, que el seu marit, que era pescador al Danubi, s'ha mort en un accident. Tu tornes a ser l'Eleonora.

—La teva cosina?

Ell la va mirar als ulls, dos pous d'ombra a la llum del fanalet.

—No, Nora; això és impossible. Allà em coneixen tots. Tots saben que la meva única cosina és la Katharina, la filla del meu oncle Franz.

—I doncs? —La Nora començava a estar realment espantada. I si ara havia de fer de criada i permetre que tothom li digués què havia de fer?

—Hauràs de ser la meva promesa. —Ho va dir amb una veu cautelosa, neutra, que no deixava clar si se n'alegrava o s'espantava, o era realment només una excusa per al futur pròxim.

Ella es va aixecar del llit i va fer dues passes cap a la porta, sense contestar, sense saber què dir, espaordida de sobte per tot el que estava passant i tot el que allò implicava.

—I què fem amb... amb aquest pobre...? —va preguntar per desviar la resposta que en Max segurament esperava.

—Confio que sigui capaç de treballar d'alguna cosa i puguem donar-li feina del que sigui, a ser possible on no el vegi ningú i no es comencin a preguntar per què és tan estrany, i tan lleig, i per què està ple de cicatrius.

—Que generós que ets, Max! —va dir la Nora a mitja veu des de la porta.

—No m'has contestat, Nora.

Ella es va escurar la gola per guanyar temps.

—És que... és que si marxem d'aquí... què passarà amb el passatge? Com sabrem si s'obre?

Van passar uns segons. La Nora gairebé podia sentir com el cervell d'en Max rumiava els pensaments contraposats que feien voltes a la seva ment.

—Tens raó. Haurem de buscar una altra manera.

Alguna cosa en la seva veu li va fer pensar que la seva resposta li havia fet mal però que era massa orgullós o massa cavaller per dir-ho, però abans de poder intentar aclarir-ho tots dos van sentir les passes cauteloses de la Sanne, que tornava de fer l'encàrrec. Es van reunir amb ella al replà i van pujar junts a trobar-se amb el monstre.

* * *

Des de la finestra del seu allotjament, una fonda miserable als afores d'Ingolstadt que, malgrat tot, era el millor que es podia trobar sense travessar les portes de la ciutat, en Johannes von Kürsinger va veure marxar l'assassí que acabava d'abandonar les seves habitacions després d'haver-li esbossat un pla que, ho havia d'admetre, era realment enginyós.

Havia acomiadat els dos babaus que havien fracassat en el primer intent i s'alegrava d'haver trobat aquest, a qui anomenaven Wolf. El Llop.

Era un home alt i fort, ràpid de reflexos i hàbil amb tota mena d'armes. Alguna cosa del seu port resultava més elegant del que seria esperable en algú de la seva mena; se li va acudir que, ben vestit, gairebé podria passar per un cavaller. I això podria resultar-li útil. Potser, si sortien bé les coses i ell arribava a convertir-se en comte de Hohenfels, podria quedar-se'l com a *garde de corps* i home per a tot. En companyia seva ja no s'hauria de preocupar d'evitar segons quins llocs i quins ambients que tenia molt d'interès a visitar, però no eren recomanables per a algú que volgués conservar tant la bossa com la vida.

El pla del Llop era arriscat, però bo. No només destruiria el seu cosí sinó també la seva reputació, per sempre, i ningú podria demostrar mai que ell hagués intervingut en res. Havien quedat que s'ho pensaria fins a l'endemà i llavors es posarien en marxa. Ja li havia pagat la meitat del que havien convingut, però no pensava pagar més. Al cap i a la fi, el Llop només li havia subministrat una idea, una simple idea que també se li hauria pogut acudir a ell mateix. I si després li oferia quedar-se al seu servei, amb això estaria més que pagat. Entrar a la casa del comte de Hohenfels era una cosa que molt pocs estaven en posició d'aconseguir.

Sense poder evitar-ho, com tantes vegades, va tornar al tema que no li deixava repòs: la maleïda successió del títol. El seu pare havia sigut el segon fill d'en Friedrich von Kürsinger, comte de Hohenfels, i ell, tot i que era el fill primogènit del seu pare, no tenia cap dret ni al títol ni a les propietats perquè el pare d'en Maximilian, com a primer fill d'en Friedrich, era l'hereu de tot. Mort el seu pare, en Maximilian havia heretat tot el que existia i ell, que era més gran, més intel·ligent, més valent i més ben plantat, no era més que un de segona fila i ho continuaria sent mentre el seu cosí fos viu.

Podria haver intentat casar-se amb la filla d'un dels petits nobles vienesos o, millor encara, un dels comerciants enriquits amb les guerres contra els turcs i el comerç amb Orient; però això només li donaria fortuna, cosa que no era de menystenir, però no li proporcionaria el prestigi i l'honor d'un dels grans títols nobiliaris. Era absolutament necessari que en Maximilian desaparegués i el títol de la família, amb el seu castell, les seves terres i els seus camperols passés a les seves mans.

A més, ara, amb el que li acabava d'explicar el Llop, fins i tot els escrúpols morals havien sigut eliminats. Era just, necessari i convenient que en Maximilian pagués pels seus pecats. Només amb sang es podia netejar la taca terrible que havia caigut sobre l'honor dels Von Kürsinger, sobre el comtat de Hohenfels.

Es va apartar de la finestra després d'haver seguit en Wolf amb la vista fins que ell i el seu cavall es van perdre en el camí que duia a Ingolstadt, es va servir una copa de vi i va començar a concretar els seus plans. La veritat era que cada vegada li feia més fàstic el seu cosí i la idea li semblava realment deliciosa. Va deixar anar una riallada i es va acabar el vi d'un sol glop.

* * *

—T'acompanyo a casa, Leo. —En Max es va posar dret després del sopar que havien pres al laboratori asseguts a la catifa davant del foc: pa, pernil i formatge, regats amb una ampolla de vi negre.

—Jo també vinc —va dir la Sanne, nerviosa. Li feia terror la idea de quedar-se sola amb aquell home tan estrany.

—No. Tu et quedes. Ara t'obro el dormitori d'en Frankenstein i t'estires fins demà. Jo acompanyo el meu cosí i torno aquí a passar la nit, a veure si mentrestant el nostre amic ha recordat res i decidim què fem.

L'ésser, que havia estat dormitant amb el cap recolzat contra la xemeneia, va obrir els ulls i els va mirar a tots, un per un.

—Continuo sense recordar el meu nom —aquesta vegada la dicció era diferent: més clara, més articulada—, però us vull donar les gràcies per la vostra compassió i generositat en ajudar-me en unes circumstàncies tan terribles.

Tots tres es van mirar, perplexos. Aquell monstre parlava com un cavaller.

—No sé de quina manera puc contribuir al vostre benestar, però, si puc fer res, serà un honor per a mi. M'agradaria haver pogut dir-vos això vestit decentment, dret damunt de les meves dues cames, i haver fet una reverència en acabar, però per desgràcia, les cames encara no m'aguanten i no estic segur de poder inclinar el cap sense marejar-me irremissiblement.

—Per a nosaltres és un deure d'humanitat, senyor —va contestar en Max, i es va estar a punt de mossegar la llengua quan es va adonar que acabava d'anomenar «senyor» a un esguerro construït per en Frankenstein a base de trossos humans, a un ésser monstruós que no havia nascut de mare com qualsevol cristià.

—Soc conscient que el meu aspecte deu ser monstruós —va dir amb parsimònia com si li hagués llegit el pensament—. No vaig ser mai un home ben plantat, però ara que, per procediments que ignoro i que gairebé m'atreviria a dir-ne diabòlics, he tornat a la vida convertit en això que veieu, sé que el més normal seria que retrocedíssiu espantats davant meu. Us agraeixo la vostra elegància per no fer-ho.

—Com sabeu que no éreu ben plantat? —va preguntar en Max, fascinat.

—Perquè, encara que no recordi el meu nom, tinc record de mi mateix i, molt pitjor, tinc un record molt clar de la meva mort.

—Mort? —La Nora tenia els ulls molt oberts quan ho va preguntar.

—Sí, jove, soc conscient que vaig morir, tot i que no sé quan, al meu propi llit, amarat de suor, bullint de febre. Recordo la mirada de pesar del metge que m'atenia, el seu moviment negatiu amb el cap en direcció a la meva patrona, que plorava desconsolada mentre s'eixugava les llàgrimes amb el davantal. Recordo que llavors vaig pensar què se'n faria, dels meus llibres, els meus escrits, ja que mai vaig tenir fills ni em quedava família a qui deixar-los. Vaig pensar que potser serien repartits entre els meus estudiants... però no recordo res més.

—Estudiants? Sou professor?

—Ho era. Professor de llengües vives. L'anglès era la meva especialitat. Acabava de tornar d'un llarg viatge que m'havia portat des d'Anglaterra fins al Nou Món, i estava entusiasmat pensant en tots els coneixements que podria impartir als meus estudiants quan, de sobte, vaig contraure unes febrades que van resultar mortals. Ho vaig saber quan va venir el rector de Nostra Senyora a donar-me l'extremunció. Em vaig posar en pau amb Déu, vaig tancar els ulls i, quan els vaig tornar a obrir, em vaig trobar en un cos que no era el meu, sinó molt més jove i fort, amb una mà que sembla de dona, a falta d'una orella i... un aspecte que, si s'havia de jutjar per totes les meves cicatrius, imagino horrible. Em temo, amics i salvadors meus, que m'he convertit en un monstre. Podeu dir-me res de com he arribat a això?

En Max es va passar la mà pel front, pels ulls, es va treure la perruca i la va deixar, després d'allisar-la amb cura, damunt de la llosa on havia estat estirat l'esguerro que ara els preguntava.

—Soc Maximilian von Kürsinger, comte de Hohenfels i estudiant de Medicina en aquesta universitat. El meu condeixeble Viktor Frankenstein, en el curs d'uns experiments que no s'ha dignat a compartir amb cap de nosaltres, ni estudiants ni professors, ha aconseguit, pel que sembla, trobar un mètode per tornar a la vida la matèria morta. —Es va acostar la mà al coll, es va desfer amb calma el nus del coll de la camisa, es va obrir els botons i va mostrar les cicatrius que li travessaven el pit—. Jo en soc la primera prova; vós la segona, tot i que en el meu cas sembla que la mort s'havia produït poc abans i en el vostre la situació ja va ser molt més complicada.

—I on és en Frankenstein?

—He de confessar, per a la meva vergonya i la seva, que tot sembla indicar que ha fugit quan s'ha adonat del seu atreviment.

El monstre no va dir res, tot i que es notava en la seva expressió el disgust que li produïa la covardia del seu creador.

—Quina edat té? —va preguntar per fi.

—Vint-i-dos.

—Jove, però ja un home fet. —Va deixar passar uns instants—. Per desgràcia, la maduresa científica no sempre va aparellada amb la maduresa emocional. No és estrany que s'hagi espantat d'un miracle, però la seva obligació hauria sigut acceptar la seva responsabilitat i carregar amb les conseqüències dels seus actes.

Es va fer un silenci llarg. En Max pensava el mateix, però no volia haver de donar la raó a un desconegut, insultant així el seu millor amic, de manera que va escollir callar. Al cap d'un minut, va tornar a dir:

—Anem, Leo.

Aquesta vegada la Nora no va dir res. Es van acomiadar del professor, van deixar la Sanne a l'habitació d'en Frankenstein i li van advertir que passés el baldó fins que ells tornessin a buscar-la, i van baixar les escales amb el cap cot, cadascun perdut en els seus pensaments.

Els carrers estaven deserts i humits. Les llambordes, molles pel rellent de la nit, brillaven als cantons on titil·lava la llum dèbil d'un llumet d'oli encès davant d'una imatge. No hi havia cap so, com si estiguessin travessant una ciutat fantasmal.

La Nora va intentar agafar-se a la mà d'en Max, però ell se'n va apartar com si cremés mentre xiuxiuejava:

—En públic, mai.

Ella va deixar anar una rialleta histèrica.

—D'això en dius estar en públic, tu? Mai, però mai en tota la meva vida, he estat en una ciutat tan morta, t'ho juro.

Ell no va contestar.

—Estàs ofès? —va preguntar ella per fi quan ja estaven a la vista de la casa.

—Per què ho hauria d'estar? Ets molt lliure de rebutjar la meva oferta.

—Quina oferta?

—Creus que per a mi és fàcil? —Es va encarar amb ella al mig del carrer, intentant mantenir sota control la veu, que amenaçava pujar de to—. Creus que serà bufar i fer ampolles presentar-me a casa meva, a les meves terres, amb una promesa sortida de no se sap on, una dona que no té família, ni sap comportar-se, que va vestida de qualsevol manera i contradiu els homes en públic i té opinió de tot el que és opinable i no respecta el seu promès? No t'adones del que significa per mi fer-te una oferta així? I tu ni tan sols has contestat...

La Nora es va quedar perplexa per la violència verbal del que acabava de dir en Max. Suposava que tenia raó i era veritat tot el que havia dit, però a ella tenir la seva pròpia opinió i comportar-se lliurement li semblava normal. Mai s'adaptaria al fet que la consideressin un ésser de segona només per ser dona.

—Anem a donar un cop d'ull a l'armari —va dir, empassant-se la ràbia que començava a sentir—. Si el passatge és obert, me'n vaig i et deslliuro d'un problema.

Van entrar en silenci, sumits en una tensió gairebé tangible.

La porta de l'armari es va obrir sense fer soroll. A dins no hi havia res més que foscor, però de totes maneres, la Nora va entrar-hi amb els braços estirats fins que les seves mans van tocar la paret del fons.

Aleshores va repenjar els colzes a la barrera que la separava del seu món i la seva vida, i va esclatar a plorar desconsolada.

* * *

L'endemà, després de les classes del matí, en Max va tornar a casa d'en Frankenstein, va parlar amb la seva patrona per explicar-li que el seu amic havia hagut d'anar-se'n precipitadament per un tema familiar de summa gravetat i que, fins que tornés, ell es faria càrrec del laboratori, on havia instal·lat un criat de confiança perquè li servís de fàmul, i s'allotjaria a les seves habitacions una serventa que s'ocuparia de la seva roba i de la del seu cosí Leonhard, així com de diversos altres menesters.

A la dona no li va fer gens de gràcia; estava clar que suposava que aquella criada era una d'aquelles dones que els cavallers anomenaven *protégées* tot i que no són altra cosa que prostitutes, i temia per la reputació de casa seva, però en Max va aconseguir que acceptés de bon grat el nou tracte després de pujar una mica la quantitat que en Viktor havia acordat amb ella. Li resultava repugnant que tot pogués solucionar-se amb diners, però així era com sempre havia funcionat el món. Per això li agradava la lògia a la qual pertanyia: perquè tots compartien el somni que en un futur el món fos un lloc regit per la bona voluntat entre els éssers humans, lliures i iguals, una fraternitat en la qual tots poguessin aspirar a la seva felicitat i a la pau de l'univers.

Després d'acomiadar-se de la patrona, va passar a buscar la Sanne i la va enviar a fer una altra petita compra que els permetés dinar i sopar al laboratori a recer de mirades indiscretes. Després va obrir l'armari i el bagul d'en Frankenstein i, amb menys escrúpols dels que havia pensat possibles, va anar dipositant peces de vestir damunt del llit fins que va aconseguir trobar el més adequat per intentar vestir el pobre ésser que l'esperava embolicat encara amb la seva capa més càlida. Per culpa seva havia passat fred tot el matí. Per culpa seva i per culpa de la Nora, que tenia la seva segona capa i que no s'havia dignat a aparèixer per la universitat.

Quan va arribar a la porta del laboratori, va tustar-hi amb els artells i va entrar-hi sense esperar resposta. Tampoc era cosa d'extremar la cortesia amb un monstre.

L'home ja l'esperava dret i, encara que seguia sent horrible, els seus trets havien millorat perquè la intel·ligència animava les seves faccions, malgrat que un dels seus ulls era tan blau com un cel d'estiu i l'altre profundament negre.

—He recordat qui soc —va anunciar, orgullós—. Soc el doctor Samuel Plankke, o més aviat el vaig ser. Per servir-vos, senyor comte.

En Max li va entregar la roba que li havia portat i unes botes d'en Viktor molt gastades, cosa que potser permetria que fossin prou amples perquè pogués caminar-hi. Mentre el doctor es vestia i ell, d'esquena, mirava per la finestra, li va anar explicant la seva conversa amb la patrona.

—Lamento haver hagut de convertir-vos en criat meu, però no se m'acudia cap altra solució de moment. Em temo que tornar a casa vostra, a la vostra càtedra i a la vostra vida ja no resultarà possible per més que el cap, amb la seva intel·ligència i els seus coneixements, continuï sent el mateix.

—Jo també ho penso, efectivament. Crec que m'hauré d'acostumar al meu nou aspecte i al fet que, de sobte, soc vint o trenta anys més jove que quan vaig morir.

—Com sabeu quina edat teniu? O, més aviat, l'edat del vostre cos nou.

El somriure al rostre horrible, del qual encara no havien desaparegut les ulleres morades, va ser gairebé un xoc per a en Max.

—Per un procés molt natural en els homes que es pot observar quan es desperten i que, als cinquanta anys que tenia, ja no em passava amb tanta freqüència.

Ara va ser en Max qui va somriure. Pel que semblava, no tot eren desavantatges.

—Teniu algun projecte en el qual us pugui ajudar? —va preguntar el doctor després d'haver-se vestit.

—No. La veritat és que mai he aspirat a res més que acabar els meus estudis, exercir com a metge i intentar pal·liar en la mesura de les meves possibilitats el dolor i la misèria dels meus congèneres.

—Un projecte de vida preciós.

—I què penseu fer, vós, professor Plankke?

—Ho ignoro. Si no us ho preneu malament, us pregaria que em concedíssiu la gràcia de quedar-me aquí un temps per reflexionar sobre el futur.

—Per descomptat. Les habitacions us pertanyen fins al final del curs acadèmic. Només us prego que, de cara a l'exterior, us comporteu com si fóssiu el meu fàmul. Aquí us deixo uns quants diners per a petites despeses. Avui mateix escriuré a en Frankenstein per fer-li saber el resultat del seu experiment i exigir-li que assumeixi la seva responsabilitat envers vós.

—Hi he estat pensant i no crec que n'hi hagi.

—Responsabilitat?

—Al cap i a la fi, jo ja estava mort. I suposo que les altres persones que em constitueixen també ho estaven.

—Però el resultat és un ésser viu que no té existència legal en aquest món ni un pare que s'ocupi d'ell.

—Per fortuna, el meu cervell funciona i la meva ànima continua amb mi. Podré tornar a guanyar-me la vida d'una manera o altra. No tinc edat de tenir pare ni necessito per a res aquell nano covard.

—Aquell nano és el vostre creador.

—El meu creador és Déu, igual que el vostre. No hi ha un altre Creador.

En Max va restar en silenci. No podia rebatre-li una cosa tan evident i, malgrat tot, també era cert que, en contra dels designis divins que havien portat a la mort tant al professor Plankke com al jove de qui era el cos en el qual habitava, la criatura que tenia al davant havia sigut si no *creada*, almenys *construïda*, per en Frankenstein, i això el feia responsable de la seva existència.

—Li escriuré de totes maneres.

—En teniu tot el dret.

—Aquesta nit tornaré i soparem junts, si us sembla bé.

—Aquí em trobareu. Tinc moltes coses per pensar. Gràcies altra vegada.

En Max se'n va anar angoixat i molest. Podia tractar amb un ésser desgraciat, maldestre i abandonat, però li resultava molt més difícil relacionar-se amb un home que uns dies abans havia ocupat una càtedra a la seva universitat, que raonava i parlava com ell mateix, que tenia lliure albir i estava en perfecte ús de les seves capacitats mentals, a part de ser gairebé trenta anys més vell que ell i un professor universitari.

Però estava clar que no s'havia mirat encara en un mirall. Si sortia de casa, els nens el perseguirien a pedrades, els gossos el bordarien fins a esgargamellar-se i les dones es desmaiarien al seu pas.

On podria trobar un mirall prou gros perquè es pogués veure el cos sencer i convèncer-se del fet que les seves possibilitats de portar una vida independent eren molt reduïdes, per més intel·ligent que fos? La seva tieta Charlotte en tenia un, regal de l'oncle Franz pel seu vint-i-cinquè aniversari de noces; fins i tot ell tenia un mirall gros, però era a Salzburg, a diverses jornades de viatge. Li hauria de preguntar a la Sanne; les dones sabien aquella mena de coses.

Pensar en dones el va portar a pensar en la Nora i en com l'havia sentit sanglotar a la seva habitació durant tota la nit. Havia tingut mil vegades l'impuls de baixar a consolar-la, però tenia por del que pogués passar entre ells dos si es tornaven a abraçar com ho havien fet a la riba del riu i, a més, estava realment ofès per la falta de resposta d'ella a la seva generosa oferta. No li havia semblat tan malament deixar-la patir unes hores; era una manera adequada d'aprendre'n. A ell li havia passat moltes nits.

Moltes moltes vegades, sobretot després de la mort de la seva mare, s'havia adormit passada la mitjanit, esgotat de plorar sense que ningú anés a consolar-lo, ni la institutriu ni molt menys el seu pare, que, després ho va saber, també es tancava a plorar a la biblioteca. Haurien pogut fer-se companyia i ser un el consol de l'altre, però no havia passat així. Al matí tots dos tenien els ulls secs, tot i que envermellits, i els cabells convenientment pentinats.

La Nora també n'havia d'aprendre. Era fonamental, sobretot si el passatge es negava a obrir-se de nou i ella quedava condemnada a restar al seu món, al seu temps, a l'any del Senyor de 1781, sense poder arribar a assolir mai el que fins feia ben poc era la seva vida de cada dia.

Repetiria la seva oferta. Li explicaria que la seva única possibilitat real era acceptar aquell compromís. I potser també li diria que l'estimava, tot i que allò eren consideracions secundàries. Ara l'important era resoldre els problemes que se'ls acabaven de plantejar. Ja hi hauria temps per a les emocions.

7

El professor Plankke va sortir al carrer sense haver pogut comprovar realment que el seu aspecte amb aquella roba deixada fos més o menys acceptable. Mai havia sigut un home elegant però, excepte durant els seus viatges pels llocs més salvatges, tampoc s'havia vestit mai amb tan poc gust i amb peces que no casessin realment o que no fossin de la seva talla; tanmateix de moment no podia triar. Per sort, si tot anava bé, aviat podria anar a encarregar-se un vestuari nou, modest, i els seus germans l'ajudarien a trobar on viure i una feina que li permetés tirar endavant.

Hi havia meditat molt i havia arribat a la conclusió que no podia continuar amagat en aquell laboratori a mercè de la caritat d'aquells joves aristòcrates. Sabia que no seria fàcil, però al cap i a la fi ell era membre de ple dret de la Germandat de la Rosa i tots els germans s'havien juramentat per ajudar-se entre ells en cas de necessitat, amb total independència dels motius que els haguessin portat a aquella situació. El gran mestre de la seva lògia, que per a tots els altres habitants de la ciutat no era més que el mestre Gruber, el mestre enquadernador, vivia gairebé davant de la catedral al pis de sobre del seu taller. Primer havia pensat anar de nit al lloc on se celebraven les sessions, però al final havia considerat millor anar-lo a visitar en privat i parlar amb ell a la rebotiga. Quan el gran mestre hagués decidit què era el millor per al seu cas, ja ho comunicaria als altres.

Tan bon punt va sortir al carrer, i malgrat que anava ben embolicat amb una capa gastada, però càlida, va notar les mirades espantades dels seus conciutadans; fins i tot algun es va senyar al seu pas, cosa que li va fer abaixar -se més el barret damunt dels ulls i emboçar-se millor amb la capa. Per fortuna, el barret era un model antic, d'ala ampla, i no un d'aquells graciosos tricorns que s'havien posat de moda recentment i que no li hagués permès ocultar el seu rostre.

El cos que tenia ara era força alt i prim, molt més fort també, i li resultava estrany fer-lo servir, com quan t'acostumes a fer anar un carro pesat tirat per una mula vella i de sobte n'has de portar un de lleuger, amb un cavall jove i nerviós. Se sentia exactament així: nerviós. La inquietud s'estenia pel seu interior com les arrels d'una planta. Per sort, aviat seria a la càlida rebotiga del seu germà i li podria explicar el seu problema.

Li costaria creure'l, però la prova estava a la vista i, si aconseguien localitzar aquell tal Frankenstein, podrien arrabassar-li el secret de la vida, amb la qual cosa la Germandat de la Rosa es convertiria en l'orde més poderosa del món perquè els seus membres no moririen mai, i podrien aconseguir qualsevol meta o favor a canvi de ressuscitar algun difunt que fos important per a la persona que tingués el poder.

Ara no només tenia un cos jove, sinó que estava a punt d'entregar als seus germans el secret més important que haguessin vist ulls humans, molt més que qualsevol de les petites conquestes de l'alquímia.

Va sonar una campaneta quan va obrir la porta i el professor es va quedar quiet, davant del taulell, esperant que sortís el mestre. No hi havia ningú, ni tan sols un aprenent. Es va obrir la cortina que separava la botiga del taller i el mestre Gruber va aparèixer amb cara de pocs amics.

—Què se t'ofereix? —va preguntar sense ni tan sols saludar.

La descortesia de la rebuda el va colpejar amb una força gairebé física. Ni li havia dit bon dia! I li acabava de parlar de tu!

—Mestre Gruber, crec que seria millor que parléssim a la rebotiga. El que us he de dir és secret.

—Pots dir-me el que sigui aquí mateix.

El professor es va acostar al taulell i, discretament, però perquè l'enquadernador ho veiés, va col·locar els dits de la mà esquerra, la pròpia, en la posició que servia als germans per reconèixer-se entre ells en llocs públics. El mestre no va reaccionar, tot i que estava clar que ho havia vist.

—Germà... —va mussitar el professor Plankke.

—No sé de què em parles.

—Excel·lència...

—Soc mestre enquadernador. No tinc títol d'excel·lència. Ves-te'n del meu taller i no tornis, esguerro!

—Si us plau, mestre. Soc membre de l'Orde, gairebé des de la seva fundació. Soc en Plankke, Osiris a la lògia. —Parlava en veu baixíssima mentre s'inclinava cap a l'altre per damunt del taulell.

—D'on has sortit, escòria? No sé com has pogut inventar-te tantes bestieses, però això demostra com n'és, d'escàs, el teu cervell. Deixa'm en pau o et denunciaré als gendarmes!

—Mestre... hem jurat ajudar-nos en els moments de necessitat. He d'entregar una cosa a l'Orde, una cosa molt important. Però necessito ajuda.

De sota del taulell, el mestre Gruber va treure una pistola i l'hi va apuntar.

—Ves-te'n d'aquí i no tornis, m'has sentit? Mai. No tornis mai.

En Plankke va sortir de la botiga trontollant, com si estigués borratxo. De tots els escenaris possibles, l'únic que no se li havia acudit era aquell. Com era possible que l'hagués tractat tan malament, a ell, a un membre de l'Orde, a la qual havia servit més de deu anys?

Es va quedar paralitzat al mig de la plaça, mirant al seu voltant sense veure-hi. Uns dies enrere, ell era un membre respectat del Collegium Academicum, un professor apreciat pels seus estudiants, un home de món que havia vist meravelles en llocs tan bells i llunyans que semblaven trets de la imaginació. Després havien arribat la malaltia i la mort, però, en lloc de descansar i ser cridat més tard per la trompeta de l'arcàngel el dia del Judici Final per ocupar el seu lloc a la vida perdurable, s'havia despertat en un laboratori pudent i tot el que alguna vegada havia sigut i tingut li havia sigut arrencat sense pietat i per sempre.

Les portes de Nostra Senyora semblaven cridar-lo amb dolçor. Va entrar a l'església. No tenia cap altre lloc on anar. Es va creuar amb dues dones que en sortien en aquell moment i l'expressió de terror als seus rostres el va deixar perplex. Tan horrible era? Tan important era l'aspecte exterior de les persones? Totes dues es van senyar i una, fins i tot, li va fer una figa, el gest antic per espantar el diable, que ell no havia vist des de la seva infància llunyana.

Va caminar a poc a poc cap a l'altar i es va agenollar a la primera fila, aclaparat. Volia resar, però no aconseguia calmar-se prou. Els seus pensaments donaven voltes i voltes al seu cap, i les paraules del parenostre es confonien amb imatges en les quals es veia aferrant amb totes dues mans el cap del mestre Gruber i esclafant-li contra una pedra fins que tot s'omplia de sang.

Ell sempre havia sigut un home pacífic i, malgrat tot, ara sentia que l'odi li omplia el cor i que no podia fer res per canviar-ho.

Va sentir unes passes lentes que s'acostaven al banc on estava agenollat, però no va voler aixecar la vista per veure qui era. Es va enfonsar més el barret damunt dels ulls i va resar perquè s'allunyés. No va tenir sort.

—T'has de destapar a la casa de Déu —va dir una veu profunda.

Va sentir vergonya per no haver-ho fet encara i es va treure el barret. Va percebre amb claredat la inspiració de l'home que evidenciava la seva sorpresa, o fins i tot por. Va alçar la vista cap a ell i en va tenir la confirmació immediata. El sacerdot va fer dues passes enrere.

—Està a punt de començar la santa missa. Et prego que te'n vagis.

Un altre que el tutejava, com si el conegués de sempre o fos un nen, un servent o un menestral.

—Per què me n'hauria d'anar d'aquesta santa casa? Estic batejat i soc creient.

—A aquesta hora venen moltes dones i dames que es podrien espantar de la teva presència. Serà millor que, si vols assistir a missa, tornis aquesta tarda, després de les sis.

—No cal que ningú s'espanti de mi. Soc un bon cristià.

—Fes el que et dic o enviaré algú que no et tractarà amb tanta simpatia! És una malaltia contagiosa això que tens?

La pregunta el va deixar de pedra. Per això li tenien por! Va negar amb el cap.

—He tingut un accident.

—Ves-te'n, fill, ves-te'n. Déu és a tot arreu. Resa-li allà on siguis, que Ell t'escoltarà.

Es va posar dret, marejat. Mai, ni als països més llunyans i salvatges, havia patit un tracte així. La humiliació feia que la sang li xiulés a les orelles i el cor li bategués a la gola.

Va sortir al carrer sense saber què fer ni a on anar, amb un desig vague de destrucció que no es va calmar quan, en creuar-se un gos al seu camí, li va clavar una puntada de peu que el va enviar udolant a l'altra banda del carrer.

* * *

Després de gairebé vint-i-quatre hores sense veure's ni parlar, ja que la Nora no havia anat al laboratori per dinar, en Max estava desesperat; igual que ella, que havia estat fent tombs i temps per no posar-li fàcil, però havia acabat per confessar-se a ella mateixa que allò era una estupidesa i que s'havien de trobar, aclarir les coses i buscar la millor solució per a tots.

Van coincidir a l'escala de casa seva quan ella en baixava a tota velocitat per anar al laboratori i ell hi pujava per enèsima vegada per veure si ella era a la seva habitació. Van ensopegar en girar el revolt que anava a parar al replà i, per instint de supervivència, per no caure, es van aferrar l'un a l'altre.

Durant un instant cap dels dos va dir res. Es van limitar a gaudir del contacte del cos de l'altre, de la seva olor, que per a la Nora era en general massa forta perquè les dutxes brillaven per la seva absència, però que en el cas d'en Max li resultava meravellosa: una olor d'ell mateix, barrejada amb l'olor de llibres, de cuir i de cafè.

El noi li va posar el cap al coll i va inspirar fondo, com si se la volgués beure, mentre augmentava la pressió dels seus braços. Al cap d'uns segons, adonant-se de la situació real, va afluixar i es va separar d'ella.

—On anaves? —va preguntar.

—Al laboratori, a buscar-te. I tu?

En Max va somriure.

—A les teves habitacions. A buscar-te.

Mai en tota la seva vida havia parlat així de clar amb una dona, però a ella no semblava fer-li cap efecte, com si fos el més normal del món. Això el confonia d'una manera terrible.

—Doncs som-hi. Em moro de gana.

D'altra banda, era facilíssim, comodíssim, poder tractar-la com a un home, un company d'estudis, sense donar mil voltes a tot ni pensar quines paraules podia fer servir ni com formular les coses perquè no s'ofengués, de manera que va arronsar les espatlles i la va posar al dia de les coses que el monstre li havia explicat d'ell mateix.

—Vaja, ara resulta que la criatura és més gran que nosaltres, que no ens necessita per a res i que, a més, és professor! Quin monstre ens ha sortit! Escolta, Max, hi ha una cosa que encara no t'he explicat, perquè fins ara no hi havia hagut ocasió —va captar la mirada d'alarma als ulls del noi i va afegir—: Res greu, no et preocupis. És només que, al meu món, al meu temps, en Frankenstein és molt conegut...

—En Viktor? És conegut com a científic dos segles més tard?

Ella va remenar el cap.

—Científic? No, en absolut. És un personatge d'una novel·la i de moltes pel·lícules.

—Què són les pel·lícules?

La Nora es va mossegar el llavi inferior amb les dents de dalt mentre pensava com explicar-l'hi.

—Una mena d'obra de teatre, diguéssim. A veure... —va pensar de pressa quin personatge de teatre podria ser conegut per en Max al segle XVIII—, en Frankenstein seria com... com Faust, per exemple —va veure la mirada d'incomprensió—, de Goethe, Johann Wolfgang von Goethe, no et sona?

En Max va fer que no amb el cap. La Nora va suposar que potser s'havia equivocat d'època; a ella li semblava vellíssim, però tal vegada era contemporani d'en Max, un jove poeta que encara no havia escrit res d'importància i a qui no coneixia ningú. Estava a punt de posar-li l'exemple de Hamlet o Romeu i Julieta, però es va afigurar que les obres de Shakespeare segurament tampoc li devien sonar perquè eren estrangeres.

—Èdip —se li va acudir—. Antígona. Medea. —Els clàssics grecs eren gairebé igual d'antics per a ella que per a ell.

—Sí. Aquests sí.

—Doncs en Frankenstein és una cosa així. Tothom el coneix, o almenys li sona. Jo he llegit la novel·la, fa molt de temps, i a la Heike, la meva companya de pis, li encanta. Es devia escriure ara, per aquesta època, vull dir, o una mica més tard. És la història d'un estudiant de medicina, en Viktor Frankenstein, que crea un monstre amb trossos de cadàvers i li dona vida d'una manera que no queda gaire clara al llibre. Llavors s'espanta del fet que sigui tan horrible, s'adona del que ha creat, surt corrents i el deixa abandonat a la seva sort. El pobre monstre, que és bo de naixement, es va fent cada vegada més dolent en sentir-se abandonat i rebutjat per tothom, començant per qui l'ha creat. En Frankenstein no arriba ni a donar-li un nom, imagina't. A poc a poc comença a aprendre a parlar, a pensar..., a tot..., però la gent s'espanta d'ell i una vegada que salva una nena hi ha un malentès, pensen que volia matar-la i el disparen. Ell esbrina qui ha sigut el seu creador i va a buscar-lo, però ell el rebutja. Aleshores el monstre mata el germanet d'en Viktor i la violència va augmentant... en fi, no ho recordo tot, però sí que la novel·la diu que no ens hem de creure Déu i, sobretot, que no podem eludir les conseqüències dels nostres actes.

Quan va acabar de parlar, va inspirar sorollosament, com ensumant-se la mucositat que se li havia acumulat al nas. En mirar-la, en Max es va adonar que tenia els ulls plens de llàgrimes. Li hauria agradat abraçar-la però estaven travessant la plaça del mercat; per a tothom qui els veiés eren dos homes, i hi havia massa gent al voltant.

—És el que m'ha passat a mi, Max —va dir la Nora en veu baixa i trencada pels sanglots que intentava controlar—. Vaig travessar aquell passatge pensant que seria divertit i ja ho veus... les conseqüències... Mai podré tornar a casa... No vaig pensar en el que podia passar.

—Jo tampoc —va xiuxiuejar—. Perdona'm.

—Per què t'he de perdonar? Vaig ser jo la imbècil, la que ho va deixar tot per seguir-te i veure què passava.

—Però jo soc l'home. Jo hauria d'haver calculat tots els perills; no hauria d'haver permès que vinguessis aquí.

—Mira, Max, no m'ho facis més difícil, vols? Deixa estar d'una vegada això d'home i dona i altres estupideses. Som éssers humans i en paus.

—D'acord. Però els éssers humans s'equivoquen a vegades. *Errare humanum est.*

—Quina raó que tens! En resum, tots dos vam ficar la pota i ara no ens queda més remei que empassar-nos-ho.

Van caminar uns metres en silenci, esquivant la gent que semblava entestada a caminar cap a la direcció oposada a la seva.

—I com acaba aquesta novel·la?

—No me'n recordo. Crec que malament. Suposo que es moren tots. Però a les pel·lícules, a les obres de teatre que et deia… és gairebé pitjor, perquè presenten el monstre com un ésser horrible, sanguinari, perill pur. Són pel·lícules de terror, saps? Fetes per espantar la gent que va a veure-les. Potser fins ara m'he pres la cosa amb tanta naturalitat perquè semblava que estigués a dins d'un llibre o d'una pel·lícula, com si el que estava passant no tingués res a veure amb mi, m'entens?

En Max va assentir, tot i que no entenia del tot el que la Nora intentava dir-li. Per a ell, allò era molt real i un dels pitjors embolics en els quals s'havia ficat en tota la vida, que, fins al moment, i exceptuant la mort de la seva estimada mare, sempre havia sigut molt senzilla i convencional.

—Saps? —va començar gairebé a la porta d'en Frankenstein, tot i que sabia que tindria temps d'explicar-li el que tenia al cap—. He rumiat que potser, només potser…

—Què? Va, home, no em facis passar ànsia.

—Que és possible que en Frankenstein no hagi fugit com pensem.

—No?

—Recordes que a mi em van apunyalar i em van deixar per mort al mig del carrer? Doncs potser a en Viktor li ha passat el mateix. Potser l'estem culpant de falta de responsabilitat per la seva criatura i podria ser que ara estigués mort, mal enterrat en algun lloc.

—Per què ho hauria d'estar?

En Max va arronsar les espatlles.

—No se'ns va acudir cap motiu pel qual voldrien matar-me a mi quan vaig parlar amb ell sobre el meu apunyalament. Però potser algú ens vol veure morts als…

—Als què?

En Max va tancar els ulls uns instants. Havia jurat guardar el secret més absolut sobre l'existència dels Illuminati, als quals pertanyia des de l'any anterior.

—Si aquest collaret que portes al coll significa res per a tu, ja deus saber per què no puc parlar-ne —va dir molt seriós—. Em sap greu.

Ella el va mirar, exasperada. No tenia ni idea de què parlava. Va acostar la mà al collaret. Era un mussol ben normal que s'havia comprat en un centre comercial perquè a principis de curs s'havien posat de moda i li havia semblat bonic. Que simbolitzés la intel·ligència i fos l'animal d'Atena, la deessa grega, també li havia semblat un punt positiu, però per a ella no significava res especial, com ell semblava creure.

—Bé, bé, doncs res, secret absolut. Si un dia d'aquests et trobo apunyalat al carrer, no ho diré a ningú. Deixa-ho! No vull saber-ho! Pugem, estic morta de gana. Ara ens espera un sopar meravellós amb un monstre mig zombi i una mossa deshonrada, per no parlar d'una estranya que va disfressada d'home i no té on tornar i un jove comte ple de secrets i misteris i que, com que és un home, i aristòcrata, ho sap tot, i força millor que els altres.

Amb un esbufec, va clavar una empenta a la porta que en Max acabava d'obrir amb la clau, i, deixant-lo enrere, va pujar els graons de dos en dos sense preocupar-se per no fer soroll. Al cap i a la fi, ara ella també era un home i podia fer el que li donés la gana.

* * *

Quan van arribar a dalt es van trobar amb dues sorpreses: una agradable i una desagradable. La bona era que la Sanne havia fet un estofat que feia una olor meravellosa. La dolenta, que el monstre havia desaparegut sense deixar ni tan sols una nota.

—Quan he arribat ja no hi era —els va explicar la noia—. Encara sort! Perquè la veritat és que em fa una mica de por, encara que parli tan bé i que es noti que abans va ser un cavaller.

—Els que més por t'haurien de fer són els cavallers, Sanne —va dir la Nora encara empipada amb en Max—. Sembla mentida que encara no te n'hagis adonat. Sobretot els que són guapos i semblen prínceps.

La mossa es va mossegar els llavis, es va ensumar el nas i es va ajupir d'esquena a ells per remenar l'estofat, que havia penjat d'un trespeus damunt del foc.

—I ara què fem? —va preguntar en Max en veu alta, tot i que el més probable era que parlés només per a ell mateix. Curiosament, no s'havia donat per al·ludit amb allò de nois guapos.

—Res —va contestar la Nora—. Sopar i després anar-nos-en a dormir. Si no torna, ens hem desfet d'un problema.

—Jo he d'assistir a una reunió a les vuit. T'acompanyaré a casa a tres quarts, si no et fa res.

—T'ho agraeixo, però no necessito la companyia de ningú, estimat cosí —va contestar la Nora amb sorna—. Sé molt bé com arribar a les nostres habitacions i ja em vaig familiaritzant amb la ciutat.

Ja amb la boca oberta per contestar, en Max la va tornar a tancar perquè el cap no li donava per més. Aquella dona l'estava tornant boig. La majoria de les vegades es comportava com un home: parlava quan li semblava, donava opinions a tort i a dret, feia el que li donava la gana, no semblava tenir por de caminar sola pels carrers, mirava als ulls, posava la mà on volia amb total confiança i llibertat, tan aviat li tustava l'espatlla, que es recolzava contra ell, que li agafava el braç sense mirar on eren; i el pitjor era que a ell li agradava, que si estigués sol amb ella i no els veiés ningú, li semblaria meravellós tenir una companya que se sentís totalment còmoda portant calçons com ell i que no semblava que trobés necessari empolvorar-se la cara ni desmaiar-se de tant en tant ni fer xisclets d'alarma quan es creuava amb un gos de carrer.

I malgrat tot..., alhora..., l'angoixava que fos tan poc femenina, que no en tingués prou amb ser tractada amb cortesia i cavallerositat, com a ell li havien ensenyat que s'ha de tractar les dones. Ella volia que li dispensessin el mateix respecte que es deu a un home, a un cavaller, i això, que ben mirat, tenia el seu fonament, en el sentit que els éssers humans tenen una dignitat igual i van ser creats per Déu, a ell li resultava dificilíssim de fer perquè, per meravellosa que fos, la Nora no era més que una dona i no podria ser mai igual que un home.

La Sanne va servir dos plats, va posar dos gots de vi damunt de la llosa on fins feia poc havia jagut l'esguerro i es va retirar a un racó.

—Tu no menges? —va preguntar la Nora.

La noia la va mirar, espantada, i va passar la vista a en Max, que ni tan sols se'n va adonar.

—Després, Excel·lència. —Va respondre al cap d'uns segons en veu molt baixa.

—Au va, per Déu, serveix-te'n un plat i ves al racó a menjar-te'l si estàs més còmoda, però menja, dona.

En Max va aixecar la mirada just quan la Sanne, obeint l'ordre del seu «cosí Leo», s'havia retirat al fons amb un plat d'estofat. Ara la Nora, no contenta de comportar-se com un home, semblava haver decidit que tampoc era necessari respectar la separació taxativa i necessària entre amos i criats. Hauria de parlar de ella en algun moment i explicar-li que, si volia viure allà, hi havia determinades normes de conducta que era necessari seguir fil per randa.

Durant una estona no es va sentir més soroll que les culleres repicant contra la vaixella i el crepitar del foc. A l'exterior havia començat a nevar i la neu s'havia empassat tots els sorolls de la ciutat.

—Leo —va començar en Max, temptejant l'humor de la Nora—. Tu creus en la fraternitat universal?

—Jo crec en la igualtat, i l'equitat entre els homes i les dones, entre pobres i rics, entre gent de totes les ètnies i totes les religions. Pel que fa a això de la fraternitat..., també s'hi hauria d'afegir la sororitat.

—Com?

—El mateix, però amb les dones.

—Entre si, suposo.

—No. Això seria un convent de monges. Fraternitat i sororitat perquè tots siguem iguals davant la llei i en el nostre tracte quotidià.

—I això de les ètnies i les religions? No deus voler dir que no creus que la nostra raça és superior a la negra, per posar-ne un exemple, i que la nostra religió no és superior al paganisme d'altres indrets.

—Doncs sí. És just el que vull dir. No crec que els blancs ni els cristians siguem superiors.

En Max va empassar-se la saliva ostensiblement.

—Això és fins i tot més del que creu el meu mestre.

—Jo estic una mica avançat al meu temps... —va dir ella, i un segon després ja reia gairebé histèrica, primer per haver caigut a controlar-se i no deixar anar «jo vinc del futur», i segon per haver-se recordat de fer servir el masculí en parlar d'ella mateixa. Començava a pensar que acabaria tornant-se boja.

—T'agradaria venir aquesta nit a una reunió de cavallers on es discuteixen aquesta mena de qüestions?

La Nora se'l va quedar mirant sense poder creure el que deia. Les rialles se li van tallar d'un instant a l'altre. L'estava convidant de veritat a compartir el seu secret? Era allò? Potser ho havia entès malament, però s'havia d'arriscar i acceptar la seva proposta, encara que l'hagués anomenat «cavaller» i la portés a la reunió sota un nom i un gènere falsos.

—Serà un gran honor, Maximilian —va contestar amb total serietat, mirant-lo als ulls, intentant posar el seu agraïment en aquella mirada sense que la Sanne s'adonés de res; però la serventa estava dreta, observant per la finestra mentre menjava del seu bol, i per sort no es va adonar quan la Nora va regalar a en Max un somriure que li va escalfar el cor.

* * *

En una taverna de pescadors al costat del riu, l'home que havia sigut el professor Plankke ja havia consumit la seva segona gerra de vi i començava a sentir-se agradablement distant de tot, tant de la realitat que l'envoltava com dels seus propis problemes, que eren molts. Massa.

S'havia dirigit primer a la fonda que acostumava a freqüentar quan encara era un membre reputat de la universitat, però l'havien fet fora de males maneres. Durant un moment no havia sabut què fer, sol, humiliat, tremolant sota la neu; però de seguida, d'una manera gairebé miraculosa, alguna cosa l'havia encaminat a on era ara, un tuguri que no coneixia però on ningú havia tingut inconvenient d'acceptar les seves monedes a canvi d'una gerra de vi negre. Segurament era l'home més lleig del local, si s'havia de jutjar per les mirades que li havien llançat fins que s'havien cansat d'observar-lo, però n'hi havia uns quants més que podrien haver-li disputat el títol: vells decrèpits, homes de totes les edats amb cicatrius terribles a la cara com a conseqüència d'algun accident, amputats que havien sobreviscut a l'operació, un a qui li faltava un ull i hi duia un pedaç brut al damunt, un altre que es recolzava en una crossa de fusta i en una pota de pal, algun amb la pell arrugada com una pell de cabra cremada pel foc… escòria humana, però almenys entre aquella escòria havia sigut ben rebut, mentre que a la fonda on es reunien els cavallers cristians de bona reputació l'havien fet fora a cops de peu tot i la seva formulació impecable i portar diners a la butxaca.

Durant una estona, fins que el vi va començar a fer-li efecte, va sentir que l'odi i la impotència amenaçaven d'ofegar-lo. Desitjava posar a prova la força del seu braç, del seu puny, que mai havia sigut tan fort com el que tenia ara. Entre els vapors de l'alcohol va pensar que seria bo començar una baralla amb algú per veure si, amb el seu cos nou, era capaç de lluitar i, per una vegada, guanyar.

Va passar la mirada per la sala pudent, només il·luminada per uns quants llums d'oli que feien un fum greixós, dels que s'enganxaven a la gola i feien tossir. Un jove assegut amb uns altres a la taula del costat de la finestra el mirava enfavat.

L'home que havia sigut en Plankke es va aixecar ensopegant i se li va plantar al davant amb ganes de destrossar-li la cara a cops de puny.

—Què dimonis mires?

El noi va remenar el cap en una negativa.

—Res. És que així, al fons on eres…, m'havies semblat un amic que vaig tenir, però no pot ser.

—Per què no pot ser?

S'esforçava per fer servir poques paraules perquè ningú s'adonés que, malgrat l'aspecte, no era de la seva classe.

—Perquè està mort. —Va fer un glop llarg del seu got, fins que se'l va acabar.

—Te'n pago un i m'ho expliques.

Amb un gest, el taverner va dipositar una altra gerra damunt de la taula llardosa. En Plankke va agafar un tamboret i s'hi va asseure. Els altres es van moure arrossegant el cul pel banc de fusta fins a amuntegar-se a la taula del costat. El jove es va afanyar a omplir-se el got abans que qui el convidava canviés de parer.

—Es deia Michl. Era de la meva edat... uns divuit. Era pescador, com jo, però un senyor li va oferir una feina de jardiner a casa seva i va deixar el riu. No li havia agradat mai. Al cap d'un temps, l'esposa del senyor, que era jove i s'avorria, va començar a perseguir-lo, però en Michl no era burro i sabia com acaben aquestes coses, així que li va dir que no. Amb tota l'educació del món, no et pensis..., però no va servir de res. Ella va dir al marit que en Michl li havia robat una joia; la van trobar al seu farcell, a l'estable on dormia, i el van penjar. No va servir de res protestar i dir que era mentida. El van matar. Si almenys se l'hagués fet... s'hauria endut alguna cosa a l'altre món.

—I per què no va voler?

—Perquè era burro, ja t'ho dic. Perquè deia que, si l'enxampaven, el matarien, que és veritat, és clar... a cap senyoràs li agrada que la seva dona li posi les banyes... i d'altra banda... perquè li agradava una xicota d'aquí, però no s'atrevia a parlar-hi i patia molt quan ella flirtejava amb els estudiants. Ara ja tant és. Està mort, el pobre.

En Plankke li va omplir el got i se'n va servir un altre. El noi va continuar parlant.

—Però quan t'he vist allà al fons... no ho sé... la teva manera de moure't, aquestes espatlles tan amples... no ho sé... m'has recordat a ell. Ara bé, de prop, no. Què t'ha passat? —Va assenyalar vagament les cicatrius que li marcaven la cara.

—Un accident. A la mina. Vaig quedar sepultat per un esfondrament.

El noi va tocar l'ase.

—Mala sort. I això dels ulls?

—Vaig néixer així. Un de cada color. —Havia estat amagant la mà dreta perquè no li preguntés res; per sort era esquerrà i podia servir el vi amb l'esquerra amb tota comoditat—. Com et dius?

—Heinz. I tu?

—Samuel.

Tots dos van beure sense brindar, sense donar-se la mà ni fer-se cap mena de reverència. La vulgaritat també tenia alguns avantatges, va pensar en Plankke.

—No ets d'aquí, oi? —va preguntar en Heinz—. Sent miner...

—No. Estic de pas. Vaig cap al sud, a veure si trobo alguna cosa que em permeti guanyar-me la vida. Potser a les mines de plata del Tirol hi calgui gent.

Curiosament se sentia a gust amb aquell jove pescador, com si el conegués de feia temps, i a poc a poc l'ambient anava deixant de desagradar-li. Aquella taverna cada vegada era més acollidora, amb les seves taules fosques i llardoses, la seva olor i el seu fum, com si tot allò li portés records d'una vida que no era la seva.

Es va aixecar ajudant-se amb la taula i es va adonar que en Heinz s'havia quedat adormit amb el cap contra la paret de troncs. Li va servir al got el que quedava a la gerra i va sortir a l'exterior, a un paisatge nevat tan pur que, il·luminat per la lluna creixent, gairebé feia mal a la vista.

Des del llindar de la porta, el Llop, que li havia anat al darrere des que al matí l'havia vist sortir de les habitacions d'en Frankenstein, el va seguir amb la vista fins que es va perdre pel carreró que menava cap amunt. Era evident que ja no es trobaria amb ningú ni faria res d'interès per a la seva missió.

Es va preguntar, com tantes vegades al llarg del dia, d'on devien haver tret aquell esguerro. No es tractava només que fos espantosament lleig, que ho era, sinó que hi havia alguna cosa en ell que resultava repugnant, ofensiu, tort. Si ell hagués sigut creient, hauria dit que alguna cosa en aquell ésser era diabòlica, però com que només creia en la seva intel·ligència, la seva força, els seus reflexos i la bossa de diners que duia ben enfonsada al gec de cuir de búfal, va ratllar mentalment allò de «diabòlic» i ho va substituir per «estrany». Molt estrany.

* * *

La reunió a la qual l'havia convidat en Max no era res secret ni misteriós, com ella suposava, sinó un grup d'estudiants de diverses carreres, més o menys de la seva edat, que es veien periòdicament en una taverna anomenada L'Os Gris per debatre sobre les noves idees que, amb certes dificultats, anaven arribant sobretot de França, però també d'Anglaterra i fins i tot del Nou

Món, dels ara anomenats Tretze Estats Units d'Amèrica, que amb prou feines feia cinc anys que s'havien independitzat del Regne de Gran Bretanya i estaven treballant per proclamar una constitució. En Max l'hi va explicar mentre anaven cap allà, sota la lluminositat blanquinosa de la lluna, trepitjant neu acabada de caure que sonava com si caminessin per damunt de galetes cruixents. Feia fred, però la Nora se sentia com immersa en un paisatge màgic, com si tots dos estiguessin ficats en un petjapapers de vidre. Li hauria vingut molt més de gust continuar passejant sols, agafar-se de la mà, fer-se un altre petó, en lloc d'anar a discutir coses que per a ella serien evidents però que li costaria un món que ells acceptessin; a part que tenia por que en Max, que ara estava radiant, es tornés a molestar per alguna de les seves opinions o perquè no havia formulat el que havia dit amb el respecte que tocava. Es va fer el ferm propòsit de parlar tan poc com fos possible. Veure, escoltar i callar, tot i que es coneixia prou bé per saber que allò de callar dependria molt de les bajanades que hagués d'aguantar.

Al cap d'una hora i dues gerres de vi compartides entre sis, a la Nora/Leo se li va començar a oblidar què s'havia promès a ella mateixa. Malgrat tot, a en Max no semblava importar-li que expressés les seves idees davant dels seus amics, i això la va animar a anar participant amb alguna opinió o altra.

En Franz deia que els «americans» —les cometes eren clarament audibles quan pronunciava la paraula— devien estar bojos rematats, perquè havia sentit comentar que pensaven que els homes tenien dret a ser feliços i així l'hi havien escrit al rei d'Anglaterra en la seva Declaració d'Independència.

—Com voleu que la felicitat sigui un dret? —preguntava, clarament sense esperar resposta—. Les Sagrades Escriptures diuen ben clar que aquest món és una vall de llàgrimes. Els homes ens hem de guanyar el pa amb la suor dels nostres fronts i les dones han de parir amb dolor. La felicitat, si existeix, és el premi que tindrem al Cel.

—A mi també em sembla una estupidesa i, molt pitjor, una frivolitat imperdonable —va dir en Ferdinand, que era suís com en Frankenstein.

—El més probable és que no sigui cert que hagin escrit una cosa així a la Declaració d'Independència —va intervenir en Max—. La gent s'inventa tota mena de despropòsits.

—Sí que és cert —va replicar la Nora, gairebé mossegant-se la llengua en adonar-se que ja havia parlat i els altres cinc la miraven. Va notar que era necessari donar alguna mena d'explicació i va continuar, improvisant a la babalà—. El millor amic del meu pare és jurista i els vaig sentir fa poc comentant la Declaració d'Independència de les Tretze Colònies. Si voleu, us puc citar el text.

—De memòria? —va preguntar en Friedrich, que estudiava jurisprudència—. Bravo! T'escoltem!

Per a la Nora la cosa era molt fàcil perquè, com que el seu pare era estatunidenc i havia viscut a Nova York durant la major part de la seva adolescència, se sabia de memòria la frase concreta que Lincoln va pronunciar durant el seu discurs de Gettysburg, tot i que allò va ser gairebé un segle més tard. Esperava que no li fessin gaires preguntes, però amb no pronunciar el nom de Lincoln, llestos. Si n'hi demanaven detalls, encara recordava que l'impulsor més fervent de la independència va ser Thomas Jefferson.

Es va escurar la gola, va recordar la frase completa i la va anar traduint de l'anglès original:

—«Considerem com a evidents aquestes veritats: que tots els homes són creats iguals; que són dotats pel seu Creador de certs drets inalienables; que entre aquests drets hi ha el dret a la vida, a la llibertat i a la recerca de la felicitat». Així que, com veieu, d'una banda és cert, però no estan bojos, perquè el que postulen és que els éssers humans tenim dret no a ser feliços, això seria efectivament una estupidesa, però sí a buscar la nostra felicitat i a lluitar per ella. A mi això em sembla perfectament raonable.

—Els «éssers humans», has dit, Leo?

—És clar. O penses que només els homes tenen drets? —Tot i que sabia que s'estava ficant en un terreny perillós, la Nora es va deixar portar.

—Vols dir que els homes i les dones haurien de tenir els mateixos?

—Evidentment.

Va passejar la mirada per tots els rostres masculins, que la miraven sense expressió.

—Què és el que us estranya tant? —va preguntar per fi.

—Res, res... —van anar contestant. En Franz es va aixecar de la taula i es va perdre cap al fons; en Friedrich va anar a buscar el patró per demanar més vi; en Ferdinand va començar a preguntar a en Max i a en Simon si sabien res de les noves butlles que segons semblava havien sigut autoritzades per Roma per menjar carn durant la Quaresma i que resultaven més assequibles fins aquell dia.

La Nora va estar a punt d'aixecar-se per anar al lavabo quan es va adonar que era impossible. No hi havia lavabo. En aquella taverna només hi entraven homes i, quan tenien una necessitat, anaven al pati i orinaven drets, contra una de les parets; ja ho havia notat l'última vegada que havien anat en Max i ella a menjar en una fonda. S'hauria d'aguantar fins que tornessin a casa. No podia sortir, abaixar-se els pantalons i ajupir-se damunt de la neu, tement tota l'estona que aparegués algú i descobrís que era dona.

Després d'una altra ronda en la qual va deixar parlar els nois i no es va deixar picar quan es va debatre el terme *igualtat* com la concebien en els escrits francesos que els havien arribat recentment, van sortir al carrer força tocats pel vi que havien consumit. En Simon i en Ferdinand van caminar amb ells durant un parell de carrers i llavors es van separar a l'altura de la Moritzkirche.

—Em sap greu —va dir la Nora abans que en Max comencés a retreure-li la seva intervenció—. M'he deixat portar, però em rebenta aquesta superioritat masculina, com si homes i dones fóssim dos tipus diferents d'animals.

—La veritat és que has estat molt bé, Leo. Això de saber-te de memòria aquell paràgraf m'ha impressionat. No sé com pots saber tantes coses.

—Ja te n'aniràs adonant... —va fer broma ella.

—Saps? No paro de donar voltes a com és possible que en Frankenstein s'hagi convertit a la teva època en un personatge conegut, i no pels seus mèrits científics sinó per la seva desgraciada actuació amb aquell pobre ésser.

—Vols que t'expliqui el que sé sobre qui va escriure la seva història?

—Amb gran plaer.

Els carrers estaven deserts, la neu il·luminada per la lluna feia brillar la ciutat, se sentien a la llunyania els cops que el sereno feia amb el seu bastó contra les cantonades, la campana de Nostra Senyora la Bella va tocar les onze.

La Nora va intentar reunir totes les dades que tenia, que no eren poques, perquè la Heike era una gran admiradora de *Frankenstein* i, com que precisament l'any 2018 es complien dos-cents anys de la publicació de la novel·la, participaria en un festival amb música i disfresses que s'estava organitzant per a l'estiu. Li havia explicat mil coses i ella ara només les havia de resumir per a en Max.

—Veuràs, fa més de dos-cents, anys, a l'estiu del 1816 —el noi va fer un bot quan es va adonar que el que ella li explicava com si fos un passat remot encara era un futur per a ell—, diversos poetes anglesos se'n van anar de vacances al llac de Ginebra, a Suïssa.

—Què són, les vacances?

—Temps de lleure —va dir ella sense immutar-se; ja començava a acostumar-se al fet que les coses més normals fossin desconegudes per a en Max—. Dos d'ells ja eren famosos a la seva època —va continuar—, i ara se'ls considera entre els grans poetes anglesos de tots els temps: Lord Byron i Percy Bysshe Shelley.

—I segurament ni tan sols han nascut encara, per això no em sonen de res —va afegir ell, pensatiu.

—Eren cinc al grup, si no recordo malament: aquests dos poetes; el secretari de Lord Byron, que es deia Polidori; i dues noies que eren germanastres, Claire Clermont i Mary Godwin.

—Les seves dones? També eren poetes? —va preguntar, sorprès.

—No. Totes dues escrivien, però més aviat contes i novel·les, i en aquells moments totes dues eren amants dels dos homes: la Claire estava embarassada d'en Byron i la Mary s'havia fugat amb en Shelley; després, quan la dona d'ell es va suïcidar, es van casar.

—Nora, t'ho prego, no m'expliquis més coses d'aquestes persones menyspreables. No vull saber-ho. No m'estranya gens que el meu amic hagi sigut calumniat d'aquesta manera per una gent sense principis ni moral.

—Pots estar tranquil —va dir la Nora, intentant amagar el somriure. Li semblava entre ridícula i tendra la beateria d'en Max, però no volia que ell ho notés—. Quan Mary va escriure la novel·la, ja s'havia casat, era una dona respectable i es deia Mary Shelley. Es va inventar aquesta història perquè aquell estiu va fer un temps horrible; resulta que a l'altra banda del món, a l'oceà Pacífic, va explotar una illa volcànica i durant un any tota l'atmosfera del planeta va estar coberta d'una capa fina de cendra que va ocultar el sol i va provocar freds i pluges. El 1816 s'anomena «l'any sense estiu». El cas és que sempre estaven ficats a casa perquè no es podia sortir a la muntanya, ni a passejar en barca pel llac, ni fer berenars campestres. Es van dedicar a llegir i a explicar-se històries —va estar a punt de dir-li que també a prendre làudan, que era una droga derivada de l'opi molt consumida en aquella època, i a tota mena de diversions sexuals, però va decidir guardar-s'ho de moment per no escandalitzar en Max—, i una nit a en Byron se li va acudir que podrien escriure una història de terror cadascun d'ells per després llegir-les en veu alta i donar un premi a la millor. Al final, els únics que van escriure alguna cosa van ser en Polidori i la Mary. Ella va escriure *Frankenstein o el Prometeu modern*, la novel·la que es va publicar el 1818 i que avui en dia, bé, vull dir a la meva època, el 2018, es continua llegint encara. Però ningú sap que en Frankenstein va ser una persona real.

—No pot ser casualitat que la senyora Shelley hagi escrit una cosa que s'assembla tant a la realitat del meu amic Viktor.

—Qui sap? Potser aquell estiu del 1816 li van presentar el Viktor Frankenstein real i ell li va insinuar alguna cosa de la seva història.

—D'aquí a trenta-cinc anys.

Tots dos es van sentir sacsejats per un calfred. Quan arribés aquella data, tots dos tindrien més de cinquanta anys. «Si encara som vius», va pensar en Max, recordant els seus pares, que no havien arribat a viure tant.

La Nora va treure la clau i van entrar, vigilant per no fer soroll. A en Max li resultava increïble que de pressa s'havia acostumat a estar amb ella, arribar a casa junts, xerrant de tot el que era humà i diví, que bonic que era tenir una companya en qui confiar tot el que li passava per la ment i el cor. Feia temps que no se sentia tan feliç. De fet, mai a la vida havia experimentat aquesta sensació que tenia ara d'estar complet quan era amb ella.

Com que no tenia germans i per causa del seu caràcter retret i llibresc, sempre havia estat sol i havia preferit gaudir de la seva soledat. Malgrat tot ara... quan pensava a haver de prescindir de la companyia de la Nora, alguna cosa dins de la seva ànima es retorçava de dolor pur i estaria disposat a qualsevol cosa per evitar-ho.

—Et fa res que ho torni a intentar? —va xiuxiuejar ella quan va passar per davant de l'armari.

Intuïa que tot continuaria igual, però no podia deixar d'intentar-ho, de manera que es va escapolir per davant d'en Max, va entrar al quarto i, amb els braços estirats, va fer el parell de passes que la van portar a la paret del fons. Es va girar i va tornar, aquesta vegada sense plorar.

—Res?

—Res.

En la foscor gairebé total, ell la va abraçar.

—Me n'alegro —li va mussitar a cau d'orella—. No suportaria quedar-me sense tu.

Es van fer un petó amb dolçor. I un altre, i un altre, i un altre.

—Au va —va dir ella separant-se d'en Max—. Anem a dalt.

Alguna cosa en la seva veu li va deixar clar que la Nora no parlava de separar-se quan arribessin al primer pis perquè cadascun es retirés a la seva habitació.

—N'estàs segura?

—Sí. És clar que sí.

Van pujar en un silenci total, agafats de la mà, notant els batecs del cor.

—Espera. —Quan van arribar al replà del primer pis, en Max la va tornar a abraçar, amb prou feines un instant; llavors va plegar un genoll, li va agafar la mà i, tot i que amb prou feines podia veure-la, li va dir en veu baixa—: Em faràs l'honor de concedir-me la teva mà? Seràs la meva esposa, Eleonora?

La Nora sabia que allò era una bogeria, però no podia evitar-ho perquè, encara que era absurd haver-se enamorat d'un noi dos-cents anys més vell i haver de viure en una època en la qual les dones eren pràcticament propietat dels homes, s'havia de confessar a ella mateixa que era així. S'havia enamorat com mai a la seva vida i no podia imaginar res millor que estar amb en Max per sempre.

—Sí —va xiuxiuejar—. Em casaré amb tu, però que quedi clar que mai et juraré obediència. La resta sí, obediència no.

Ell es va posar dret, va tornar a abraçar-la i la va besar delicadament als llavis, però abans que pogués dir res la porta de l'habitació de la Nora/Leo es va obrir amb violència i la llum d'un fanalet els va ferir els ulls, alhora que el soroll inconfusible d'una espasa sortint de la seva beina va fer que en Max abracés més fort la Nora i intentés protegir-la amb el seu cos.

Quan es van haver acostumat a la llum, el que van veure els va deixar desconcertats: dos algutzirs de guàrdia, un sacerdot i un paio alt i fort, de cabells i barba grisos i somriure de llop, els contemplaven amb diverses expressions de fàstic.

—Feu-vos presos en nom del rei i de la Santa Mare Església! —va cridar gairebé un dels dos algutzirs.

—Acusats de què? —va preguntar en Max amb una fredor enorme.

—No us sembla evident? De sodomia —va contestar el sacerdot amb una ganyota de menyspreu—. Tots els que som aquí hem sigut testimonis del vostre pecat. Dos homes abraçats en la foscor i a punt d'entrar en un dormitori!

—Hi ha una explicació —va intervenir la Nora, desagafant-se d'en Max.

—No, Leo! Calla, t'ho prego! Deixa'm parlar a mi! —Llavors es va enfrontar als seus captors—. Soc el comte de Hohenfels i no toleraré que ni jo ni el meu cosí siguem tractats com a delinqüents. Exigeixo la presència del professor Weishaupt. Ell parlarà per nosaltres.

El nom del famós catedràtic de Dret Canònic va fer que tornés un lleuger respecte als rostres dels algutzirs i del sacerdot, però no al dels cabells grisos, que continuava amb el somriure de llop amb el qual els havia rebut mentre acariciava l'empunyadura de la daga que duia al cinturó, una daga i un gest de manefla, igual que el gec de cuir que li cobria el tors i el capell d'ala ampla que li amagava gran part del rostre.

—De moment, passareu la nit al calabós de la

guàrdia —va dir el sacerdot—. Demà ben d'hora els algutzirs aniran a parlar amb el professor. Després ja es veurà. Vinga!

—No penseu donar-me cap recompensa per haver assenyalat el pecat nefand a la nostra mateixa ciutat? —va preguntar el manefla.

—El vostre premi és la satisfacció d'haver obrat bé, fill meu. Ves en nom de Déu.

L'home es va inclinar davant del sacerdot, i va escombrar el terra amb l'ala del seu barret, però tant la Nora com en Max van veure que la seva expressió no era precisament submisa. Va tornar a col·locar-se el barret, es va embolicar amb la seva capa i va sortir abans que ells, llançant-los una mirada que els va deixar confosos, una barreja de diversió i perill.

Quan baixaven les escales, en Max va aprofitar per xiuxiuejar a la Nora:

—No diguis la veritat, Leo. En cap cas. No suportaries el càstig. Confia en mi.

Un grunyit per part de l'algutzir va posar fi a les seves paraules.

Després van sortir al carrer, al fred i a la neu, que ja es començava a endurir.

8

El Llop va desmuntar davant de la taverna on l'esperava l'home que l'havia contractat. Era un tuguri enganxat a la muralla de la ciutat on només hi anava escòria i gent que portava entre mans assumptes que no eren precisament nets, però tenia l'avantatge que encara estava intramurs i no era necessari haver de subornar la guàrdia per poder anar a la fonda de fora de la ciutat on s'allotjava aquell senyoret de pa sucat amb oli, ni esperar fins a l'endemà per donar-li la notícia del que havia passat. L'home tenia molta pressa per conèixer els fets; en Wolf esperava que tingués la mateixa per pagar-lo. D'aquesta manera podria anar-se'n de seguida i posar rumb a Itàlia. Feia massa temps que era a Baviera i començava a resultar conegut, cosa que no li convenia en absolut perquè la força d'algú de la seva professió es fonamentava, entre altres coses, en ser tan discret com fos possible.

L'interior pudia a humanitat, a fum i a greix, i la major part dels llums d'oli ja s'havien consumit sense que ningú penses a tornar-los a omplir perquè estaven a punt de tancar. No hi havia més que quatre o cinc borratxos dormitant als bancs de fusta i un home de mans blanques amb un bon abric. La caputxa enrivetada de pell de guineu li tapava el rostre gairebé del tot, però era evident que es tractava del mateix que li havia donat l'encàrrec.

Es va asseure davant d'ell sense esperar el seu senyal, cosa que va fer que els llavis de l'home es contraguessin en un rictus d'enuig.

—Missió complerta —va dir sense ni tan sols saludar—. Els dos ocellets ja són a la gàbia en aquests mateixos moments.

—Bé. I ara?

—Ara ja no és a les nostres mans. Amb sort, és la foguera. Amb menys sort, flagel·lació pública. De totes maneres quedarà deshonrat i, per tant, serà desposseït dels seus títols i privilegis. Si el que preteneu és destruir-lo, ho heu aconseguit.

—Estaria més tranquil si estigués mort.

—Es pot arreglar. L'elecció és vostra.

—Mmm... —L'home es va quedar pensatiu, amb la barbeta recolzada als artells de la mà en la qual brillava una gran pedra preciosa.

—Però, de moment —va continuar el Llop—, vull cobrar els meus serveis mentre us penseu si necessitareu res més.

—Cobrar? —L'home semblava genuïnament sorprès—. En quin concepte? Ets un simple assassí i no has matat a ningú, que jo sàpiga. Per què t'hauria de pagar res?

En Wolf va treure una daga amb naturalitat, com si li molestés per inclinar-se. La va col·locar damunt de la taula i se'l va mirar.

—Jo us vaig suggerir com treure-us aquell nano de sobre sense córrer el risc de ser acusat d'assassinat d'un familiar. Us vaig avisar que tenia un preu.

—No ho recordo. —Es va acabar d'un glop el vi que li quedava al got—. T'avisaré si per fi decideixo que necessito els teus serveis. Ara em retiraré.

Es va posar dret, va treure un parell de peces de coure de la bossa i les va deixar damunt de la taula, mirant desafiadorament el Llop, que no havia canviat d'expressió.

Tan bon punt va fer la primera passa per allunyar-se de la taula, l'assassí, ràpid com un llampec, va travessar amb la seva daga la capa de l'home i la va clavar a la fusta del banc, cosa que el va fer ensopegar, li va arrencar l'abric de les espatlles i el va deixar de genolls a terra, amb una expressió de perplexitat que resultava gairebé còmica.

Aleshores li va passar el braç pel coll i va estirar cap enrere, acostant-se'l cap al cos.

—Els meus diners —li va dir a cau d'orella en Wolf, en veu baixa, gairebé suau—. Si no em pagues, no sortiràs viu d'aquí.

L'home va clavar una ullada al seu voltant: els borratxos roncaven, el patró no hi era, els llums d'oli s'estaven apagant. Mossegant-se els llavis, va començar a tibar amb nerviosisme dels cordons de la bossa, va ficar-hi la mà i en va treure una moneda de plata. El Llop va somriure. Amb una fluïdesa total, d'un sol gest, li va prendre la bossa de cuir i se la va guardar sota el gec.

—Ara ja us podeu retirar, gran senyor. El compte està liquidat.

Va treure la daga de la fusta i, sense parar de somriure, va estripar la roba fins a la mateixa vora de la pell.

—La vostra capa. Vaja. Haureu de fer-la arreglar, però estic segur que deveu haver-hi cosidores ben hàbils al vostre servei a les quals tampoc deveu estar pagant el salari just.

A punt d'explotar de ràbia, però sabent que no es podia enfrontar a un assassí professional, l'home es va tirar la capa per damunt de les espatlles en silenci.

—I no em busqueu per al pròxim encàrrec. Acabo de decidir que la meva daga ja no està al vostre servei.

* * *

Al calabós on els havien tancat, en Max i la Nora estaven encadenats al mur, un al costat de l'altre, però prou lluny entre ells perquè no es poguessin tocar. El nom del professor Weishaupt i el títol esgrimit per en Max no havien sigut suficients per evitar-los les cadenes, però sí per permetre'ls disposar d'un banc petit de fusta que, d'una banda, els estalviava haver d'asseure's damunt de les lloses de pedra gelades i, de l'altra, els permetia tenir els braços a una alçada raonable. Si els haguessin tancat les argolles estant asseguts a terra, al cap de mitja hora el dolor dels braços i les espatlles els hauria tornat bojos.

La foscor era gairebé total, tot i que per la finestreta es colava una mica de llum de lluna, tan blanca i glaçada com la neu que cobria la ciutat. El fred era terrible, a la cel·la.

—Qui és aquest professor que has demanat que vingui? —va xiuxiuejar la Nora al cap d'una estona, quan es va convèncer del fet que estaven realment sols i, com a mínim de moment, continuarien així.

—Una eminència en dret canònic.

—I de què el coneixes?

En Max es va mossegar els llavis.

—No estic en llibertat de dir-t'ho.

La Nora va posar els ulls en blanc, fastiguejada.

—Es diu Weishaupt, no? Adam Weishaupt?

—Sí.

—El gran mestre dels Illuminati.

Si la Nora hagués pogut veure amb claredat l'expressió de sorpresa d'en Max, s'hauria posat a riure.

—Xxt! —va exclamar ell, mirant la porta de la cel·la, alarmat—. Com ho saps? Qui t'ho ha dit? No pot ser que ho sàpigues, i menys sent dona. És secret. Només ho sabem els iniciats.

—Sempre se t'oblida d'on vinc.

—Però... però... com?

—Estudio a la Universitat d'Ingolstadt, de manera que abans de matricular-m'hi vaig estar llegint la seva *home page*... bé, les informacions generals sobre la història i el més rellevant de la institució a la qual pensava pertànyer. Allà em vaig assabentar de l'existència d'aquesta orde i unes quantes coses més, com que d'aquí a un parell d'anys serà dissolta.

—No és possible.

—Si no recordo malament, el 1784 o 1785. D'aquí tres o quatre anys. Però ara el que més m'importa és què farem i per què no puc dir senzillament que soc una dona i que estem promesos.

—Perquè el càstig per portar roba de l'altre sexe

és una pena d'assots, bastonades o fuetades a la qual no sobreviuries, a més de l'escarni públic. De totes maneres, tan bon punt aconsegueixi entrevistar-me amb el professor, li explicaré la situació i farem el que ell ens aconselli. Potser la pena no serà tan terrible aquí a Baviera, o potser a ell se li acudirà una solució millor.

—I si ens condemnen per sodomia, què pot passar?

—Ens cremarien vius, a la plaça pública.

—Per ser homosexuals? —La Nora estava escandalitzada.

—No havia sentit mai aquesta paraula, però sí, aquest és el càstig quan dos homes tenen relacions... íntimes.

—Quina animalada!

—L'Església catòlica considera que no hi ha cap pecat pitjor.

—Doncs comencem a deixar-nos de ximpleries. Prefereixo que m'assotin que no que em cremin.

—Esperarem en Weishaupt.

—I si no ve?

—Vindrà. No és només una qüestió privada. Està clar que algú vol destruir la nostra lògia o fins i tot la nostra orde.

—Qui?

—Els jesuïtes, els maçons, els rosacreus, els de la Germandat de la Rosa... hi ha moltes possibilitats. Tenim molts enemics. Ja han matat un germà nostre, en Frankenstein ha desaparegut, a mi també em van intentar matar, i ara això. No pot ser casualitat.

—Éreu tots de la mateixa lògia?

—Sí.

Es va sentir un soroll de cadenes al passadís i tots dos van callar, però ningú va obrir la porta i van sospirar, alleujats. Van moure els braços i les espatlles per mitigar el dolor que començaven a sentir i per intentar entrar una mica en calor. Després es van tornar a quedar quiets.

—Puc fer-te una pregunta? —va dir en Max en veu molt baixa al cap d'una estona, quan la Nora gairebé s'havia adormit amb el cap repenjat a la paret.

—És clar —va contestar, endormiscada.

Ell es va escurar la gola unes quantes vegades abans de parlar.

—De veritat que t'hauries entregat a mi abans, a casa, encara que no estiguem casats?

La Nora va somriure en la foscor, contenta que ell no ho pogués veure.

—Sí, Max.

—Per què?

Ella sabia la resposta, però no aconseguia decidir quina era la millor manera de formular-la, de manera que es va acabar optant per la més senzilla i probablement la més sincera:

—Perquè t'estimo.

—Ah! —Hi va haver un silenci en el qual ell va intentar organitzar en la seva ment tota la informació, esforçant-se per no jutjar-la com ho hauria fet si s'hagués tractat d'una dona de la seva pròpia època. Ella era tan clara, tan directa... No devia saber que una jove no diu mai «t'estimo» si no ho ha dit primer l'home. La pobra era tan innocent que, si no s'hagués topat amb ell, qualsevol podria aprofitar-se d'ella i destruir la seva reputació. Per fortuna, ell estava disposat a protegir-la costés el que costés, de manera que va acabar dient—: Jo també t'estimo, Nora, però m'hauria agradat fer les coses més a poc a poc, com s'ha de fer. No vull causar-te mal.

—Jo... confio en tu, Max —va replicar ella, sabent que era el que més necessitava, ell, en aquell moment—. Sé que puc confiar en tu. I ara... deixa'm dormir una estona, si us plau.

—Et trauré d'aquí com sigui, Nora. T'ho juro.

* * *

La Sanne es va despertar d'hora però, com que per primera vegada a la vida no tenia res concret per fer, es va tornar a estirar al llit —el millor llit en el qual s'havia estirat mai— i va intentar adormir-se de nou. La ciutat devia estar nevada, si s'havia de jutjar pel soroll sord que feien els cascos de les cavalleries, i una llum grisosa entrava per la finestra. Tenia la punta del nas glaçada i les orelles força fredes tot i el capell, però a sota de l'edredó s'estava calentona, de manera que no li venia de gust sortir d'allà. S'aixecaria més tard, pujaria al laboratori i començaria a posar alguna cosa per al dinar; potser unes llenties amb verdura i una mica del pernil fumat que Sa Excel·lència li havia fet comprar.

Havia tingut molta sort, sobretot amb el cosí més jove dels dos, que s'havia convertit en el seu protector. Esperava que la seva ajuda durés els mesos necessaris per poder tenir el seu fill en pau, aleshores ja es veuria. Pel seu gust, es quedaria amb el nadó, però no creia que fos possible. Ningú voldria tenir al seu servei una mare soltera, i ningú es voldria casar amb una mossa que estava a punt de tenir el fill d'un altre. L'hauria de deixar en un convent o, si tenia sort, se'l quedaria algun matrimoni sense fills i el criaria com a propi.

Com cada dia, es va dir ximpleta un munt de vegades seguides per haver cregut en les promeses d'aquell senyoret de pa sucat amb oli que ara no volia saber res d'ella ni del nen que naixeria, encara que fos el seu propi fill. Com podien ser tan cruels, els homes? Donar vida i negar-se a cuidar-la i protegir-la. Ni els animals tenien tan mala fe.

Tanmateix, era el que també havia fet l'estudiant Frankenstein: donar vida i abandonar la criatura a la seva sort. Menyspreable. A ella aquella criatura monstruosa, li feia força feredat a però no era ella qui l'havia creat, així que tampoc hi tenia cap obligació. I, malgrat tot, li sabia greu ser tan mala cristiana i no anar a oferir-li la seva ajuda.

A pesar d'estar tan bé sota l'edredó i del fred que feia a fora, es va aixecar, es va vestir de pressa, gairebé tremolant, i després de rentar-se la cara i les mans a la palangana, va treure l'orinal de sota el llit, el va tapar amb el davantal i el va portar a la finestra de l'escala per buidar-lo al pati. Es va assegurar que no hi hagués ningú a sota i en va abocar el contingut tan a prop de la paret com va poder. Després el va tornar a desar a sota el llit i, reunint tot el seu valor, va pujar les escales disposada a oferir al monstre alguna cosa per esmorzar, tot dient-se estúpida per dins. Per una vegada que no tenia mil coses a fer només llevar-se i que no hi havia ningú clavant-li crits ni dient-li mandrosa! Però no ho podia evitar. Estava clar que havia nascut per treballar i, a més, ja tenia gana.

Va obrir amb compte, desitjant que estigués adormit i poder menjar-se el seu llonguet de pa amb tranquil·litat; encara quedava una mica de saïm amb llardons i la boca se li feia aigua només de pensar-hi. Estirat davant de la xemeneia apagada, l'ésser estrany jeia embolicat amb una capa i tapat amb una manta que ella no havia vist mai, però com a mínim semblava que dormia.

El laboratori estava encara més fred que l'habitació de la qual venia, gairebé hauria preferit anar-se'n al carrer, on l'aire faria bona olor, però li havien manat sortir tan poc com pogués i no pensava incomplir les ordres. Després, quan arribessin els senyors, els demanaria permís per anar a missa, però de moment no tenia més remei que quedar-se allà.

No per primera vegada a la vida se li va acudir que meravellós seria saber llegir i poder asseure's a la butaca, ben embolicada amb l'edredó del llit, a llegir un llibre que li expliqués coses de llocs llunyans i de les aventures que vivien els herois més enllà de les muralles d'Ingolstadt, però llegir era un luxe reservat als nobles i a alguns burgesos, i gairebé no hi havia dones, per més que fossin de família il·lustre, que sabessin fer-ho.

Va començar a rosegar el llonguet de pa amb saïm sense apartar els ulls de la xemeneia i el bony que jeia al davant. Podria intentar passar pel seu costat, ajupir-se i fer un foc, encara que fos un de petit, per no morir-se de fred i que llavors els servís per anar fent el dinar? O seria massa d'hora i gastaria massa llenya? I si despertava el monstre? No volia haver de mirar-lo, no volia que li parlés; li feia por estar amb ell sense ningú més al voltant, encara que el dia abans s'hagués adonat que, malgrat el seu aspecte horrible, era un home educat.

De totes maneres, ella feia tant de temps que servia en una taverna a la qual anaven estudiants i professors que sabia molt bé que allò no significava gaire. Hi havia molts homes educats que tractaven les dones pitjor que els animals i pensaven que tenien dret a tot, només perquè ells eren homes i ella no tenia ningú que la defensés.

Al cap d'una estona, però, quan ja no li quedava res per rosegar, es va aixecar de la cadira i es va anar acostant a poc a poc a la llar de foc, vigilant per no fer soroll damunt del terra de fusta. Acabava de decidir que faria aquell foc. Segur que al monstre també li aniria bé una mica d'escalfor, i els senyors el tractaven amb força consideració, cosa que volia dir que no s'enfadarien si s'adonaven que havia fet servir una mica més de llenya de la que era estrictament necessària per fer el dinar.

Va passar al costat del monstre, es va ajupir davant de la llar i va començar a muntar la construcció de troncs que garantirien millor un foc constant i durador. El va prendre i se'l va quedar mirant, feliç, notant-ne l'escalfor a la cara.

De sobte, sense saber com, dues grapes la van aixecar per la cintura i es va veure estirada damunt de l'home, mirant els seus ulls de colors diferents i les ulleres terribles, gairebé negres, que els envoltaven.

L'alè li pudia horriblement a vi barat i a vòmit. Es devia haver emborratxat la nit anterior.

—Vaja, vaja —va dir amb veu espessa—. Quina bona manera de començar el dia! Una colometa que m'ha vingut a despertar. La primera cosa bona que em passa des de fa segles.

Ella va començar a picar de peus, lluitant per desfer-se de les urpes que la tenien apressada i havien començat a passejar-se per la part de darrere del seu cos.

—Deixa'm anar, deixa'm! Em fas mal. Deixa'm en pau. Cridaré! Fins que vingui algú!

El monstre va esclatar a riure.

—Aquí? Qui vindrà aquí, estúpida? La patrona? A salvar una qualsevol que ja sap què és un home tot i ser soltera? No em facis riure... Has fet bé d'encendre el foc... així passaràs menys fred quan et despulli.

Ja a punt de posar-se a cridar, el monstre va girar sobre si mateix i la Sanne es va veure esclafada pel seu pes enorme. Més enllà de totes les coses horribles que pogués fer-li, l'únic que pensava era «Que no intenti fer-me un petó, per favor, que no em faci un petó», barrejat amb «Que no faci mal al meu nen». Ella brandava el cap d'un cantó a l'altre i, quan va voler fer un crit, la mà esquerra del monstre, la grossa, es va estavellar contra la seva boca i la va fer sagnar.

—Estigues quieta, colometa. Ningú et salvarà d'això. I ja saps que no està tan malament. Si t'estàs quieta, acabarem abans i no t'hauré de pegar.

—Nooo!!! —va aconseguir cridar.

Per què no venien els senyors? Per què no es podia obrir la porta perquè entressin els dos cosins, tan elegants i tan bons? Per què l'havien deixat sola amb un monstre, pensant-se que, només perquè en una altra vida havia sigut catedràtic a la universitat, era bona persona?

L'altra mà del monstre havia començat a aferrar-se a la roba de la seva faldilla, intentant aixecar-la. La Sanne es continuava debatent, esgarrapant tot el que podia, cridant quan la mà que li tapava la boca deixava una mínima escletxa. Va pensar que podria matar-la, però en aquell moment tant li feia. Només volia defensar-se fins a on pogués.

El monstre va començar a grunyir, com si també estigués lluitant per dins amb alguna cosa que el molestava profundament. D'un moment a l'altre, es va girar, apartant-se de damunt seu com si algú li hagués clavat una empenta. Però no hi havia ningú.

Ella va aprofitar per posar-se dreta mentre ell es debatia a terra, grunyint i clavant mossegades, amb els ulls en blanc. La Sanne havia vist una vegada a la taverna un home que havia tingut un atac que feia que li sortís espuma per la boca. Ara el monstre estava tenint una cosa semblant i ella no pensava posar-li un pal entre les dents, com havia vist fer als estudiants de Medicina que el van atendre. Si es mossegava la llengua, millor que millor.

Amb l'esquena enganxada a la paret, es va anar escapolint cap a la porta sense apartar els ulls de l'ésser que es retorçava per terra, intentant posar-se dret sense aconseguir-ho.

—Surt d'aquí! —li va sentir dir, com si parlés amb ell mateix—. Deixa'm, dimoni!

La Sanne es va senyar, amb els ulls a punt de sortir-li de les òrbites per la por. Aquell ésser estava posseït per un altre de pitjor! En Frankenstein havia animat un cadàver posant al seu interior un diable! Per això l'havia atacat d'aquella manera!

Havia d'anar a buscar els senyors, els havia de dir què estava passant. Ja no podien quedar-se allà i dissimular el que havia fet aquell estudiant. Per això se n'havia anat! De pur terror de les conseqüències dels seus actes.

Va arribar fins a la porta, la va obrir i va clavar una última mirada a l'interior. El monstre havia aconseguit posar-se de genolls i ara, de cop, incomprensiblement, l'observava amb una expressió del tot diferent en la seva cara horrible. Una expressió que es podria dir dolça.

—Sanne! Ves-te'n! —va dir amb una veu diferent de la que ella li coneixia—. Ves-te'n i no tornis sola!

Aleshores va tornar a caure damunt de la catifa i es va quedar immòbil.

La Sanne va fugir per les escales, confosa i espaordida.

* * *

En Max i el professor Weishaupt ja feia dues hores que estaven reunits en una habitació de l'ajuntament, dos pisos per damunt del calabós on havien estat retinguts, quan hi va entrar un algutzir, es va inclinar cap a l'orella del catedràtic i li va xiuxiuejar alguna cosa.

—Coneixeu una mossa que es diu Sanne? —va preguntar el professor a en Max.

—Sí. És una criada meva. Es deu haver assabentat de l'assumpte i deu haver vingut a veure si necessitem alguna cosa que ella ens pugui portar

—Sembla que és alguna cosa més que la vostra criada... No us he de recordar el vostre jurament de no faltar mai a la veritat. —L'expressió del professor era severa.

—No sé què voleu dir, doctor.

—Pel que m'acaba de dir l'algutzir... la mossa... acaba de confessar que espera un fill vostre.

A en Max se li va desencaixar la cara.

—Menteix.

—N'esteu segur?

—Per descomptat que n'estic segur.

—A vegades... ja sabeu... una nit de borratxera... un repte entre camarades... un rampell quan un ja està fart d'estudiar i la noia ve a portar el menjar...

—No. Mai. Per qui em preneu?

—És ben habitual entre els estudiants. I més si són rics i nobles.

—No.

Van callar uns segons mirant-se als ulls fins que el professor va abaixar els seus.

—A més —va continuar en Max—, us acabo de confessar que estimo la Nora i em casaré amb ella.

—Això no és obstacle. No seríeu el primer.

—No he estat mai amb una dona, doctor. És una llàstima que, en els homes, un metge no sigui capaç de comprovar-ho de la mateixa manera que passa amb les dones. Em sotmetria de bon grat a la prova. Vam recollir aquella noia per pura llàstima, de fet va ser la Nora qui em va convèncer d'ajudar-la. Sé qui és el pare, encara que no vingui al cas: un condeixeble meu que, si no m'equivoco, és membre de la Germandat de la Rosa.

—I per què diu la noia que el nen és vostre?

—No se m'acut.

En Weishaupt va restar en silenci mentre s'acariciava el mentó i s'estirava els llavis, sumit en els seus pensaments.

—És possible que estigui intentant ajudar-vos —va dir per fi—. Si és una mossa agraïda i de bon cor, pot haver pensat que dient que està embarassada de vós queda prou clar que l'acusació de sodomia és falsa. La creieu capaç?

En Max ho va meditar un instant i va assentir. La Sanne no era tan llesta ni tan atrevida com la Nora, a qui considerava més que capaç d'haver pensat d'aquesta manera.

—Doncs no és mala idea... —va continuar el professor—. No té res de particular que un jove adinerat es diverteixi una mica amb una criada, tot i estar promès; això no afectarà la vostra reputació. El que sí que és important és deixar clar que el vostre suposat cosí Leo és una dona.

—I quin càstig l'espera per vestir-se d'home?

—A Baviera, poca cosa. Una multa i una amonestació.

—A Salzburg seria flagel·lació pública.

—Salzburg és un principat-arquebisbat. Les lleis són diferents, i algunes molt cruels, però aquí, tan bon punt demostrem que l'Eleonora és una dama, no hi hauria d'haver cap mena de conseqüències, o molt lleus.

Haurem de dir que estàveu enamorats en secret, que ella va venir a buscar-vos per dur a terme el matrimoni i que... No ho sé. Com justifiquem que de sobte es vestís d'home?

—Podríem dir que ho vam fer perquè, de moment, pogués viure a la mateixa casa que jo, de manera que jo estigués en posició de protegir-la fins que es realitzés el matrimoni i pogués presentar-la oficialment com la meva esposa.

—Així ho farem. —En Weishaupt va somriure per fi, després de més de dues hores de conversa—. I tan bon punt sortiu d'aquí, us he de demanar que abandoneu Ingolstadt al més aviat possible. Aquí no esteu segur. Investigarem el cas del *minerval* apunyalat, el del vostre intent d'assassinat i la desaparició d'en Prometeu, però mentrestant em sentiré més segur si us n'aneu a casa.

Prometeu era el nom que en Frankenstein havia triat per formar part de l'Orde dels Illuminati, de la mateixa manera que en Max duia per nom Chronos. Triar un nom en clau garantia l'anonimat.

—Podeu prosseguir els vostres estudis a Salzburg, tot i que de moment hi ha moltes tensions amb Baviera pel control de la universitat i, si tot surt com jo espero, el curs acadèmic que ve podreu tornar, ja amb la vostra esposa si ho desitgeu, tot i que el meu consell seria que la deixéssiu a casa. Quan arribi el moment ja estarà en estat i per a vós serà molt més productiu estudiar sense haver d'ocupar-vos d'una dama.

Quan van abandonar la sala on havia tingut lloc la conversa i van baixar al claustre, la Sanne els esperava asseguda en un banc de pedra, fregant-se les mans per fer-les entrar en calor. Es va aixecar tot d'una i els va saludar amb una reverència.

—Què fas aquí? —va preguntar en Max.

—No m'han deixat esperar a dins, Excel·lència. —Va ficar la mà en algun lloc entre el davantal i la faldilla, i va treure un paper—. Han portat això per a vós. M'ho va donar la vostra patrona quan jo sortia de casa del Herr Frankenstein.

En Weishaupt va sospirar alleujat. La mossa era educada i digna. No hi hauria cap escàndol. Ara la portaria perquè li prenguessin declaració i en unes hores tot s'hauria arreglat.

—Vaig a buscar l'Eleonora i a veure si ja han arribat les religioses que l'han d'examinar.

—És necessari fer-la passar per aquesta vergonya? —va preguntar en Max, molest.

—Pitjor seria que la fessin despullar davant del jutge, no creieu?

—Efectivament. Confio en vós, doctor.

Deixant Von Kürsinger i la Sanne al claustre, ell llegint la carta que acabava de rebre i ella altra vegada asseguda al banc, es va dirigir a la sala on l'Eleonora havia estat esperant, encara vestida d'home; però, abans d'arribar-hi, va retrocedir.

—Noia! Saps com aconseguir roba de dona?

—La roba de la Nora és a la seva habitació, a la casa on tots dos tenim habitacions llogades —va dir en Max, apartant la vista de la carta.

—Doncs corre fins allà i porta-la de seguida.

La Sanne se'ls va mirar a tots dos, sense saber ben bé què li demanaven.

—És un vestit groc, una bosseta de mà, la perruca... no ho sé ben bé —va ajudar en Max—. Ho trobaràs de seguida, només té això.

—Però... però... qui és la dona?

—Ah! —En Max s'acabava d'adonar que la Sanne no tenia ni idea de com estaven les coses—. La meva promesa. La Nora. Tu la coneixes com a Leo.

* * *

En una habitació petita gairebé buida, a excepció d'un crucifix gros de fusta fosca, una taula i dues butaques, la Nora, amb els braços ben aferrats al voltant del cos, passejava com una fera engabiada, cinc passes cap amunt, cinc passes cap avall, des de feia força estona, sense que ningú hagués anat a dir-li què passava. Des que l'havien separat d'en Max sense donar-n'hi explicacions, ja havia passat per totes les fases de la por, el terror, la desesperació, el plor i ara, per fortuna, a poc a poc, una certa indiferència que es podia deure a l'esgotament, la gana i el fred.

Es van sentir dos cops educats a la porta i va entrar un cavaller de perruca blanca, vestit gris. L'Adam Weishaupt, el mateix que coneixia per la *home page* de la Universitat d'Ingolstadt, només que ara de carn i os, i força més jove del que semblava als gravats antics, tot i que igual de lleig.

Es van asseure a les dues butaques, després que li hagués besat la mà, i durant una estona només va parlar ell, per explicar-li què havien decidit per al futur pròxim.

—Aleshores…, ara he de passar un examen per demostrar que soc una dona.

—Així mateix.

—Un metge?

—No, per Déu! Sou una dama! Us examinaran dues religioses, de la congregació de les Germanes Pobres de Santa Clara, darrere d'un paravent, en presència d'un jutge. Només elles us veuran el cos.

Va estar a punt de tenir un atac de riure. Arribats a aquell punt, hauria estat disposada a despullar-se davant de mig món si això li havia de garantir la llibertat, però sabia que en Weishaupt esperava que es mostrés agraïda i per això va abaixar la vista i va dir:

—No sabeu com us ho agraeixo, professor.

No li va revelar que d'aquí a ben poc l'orde que havia fundat seria prohibida i els seus membres dispersats per tot Europa. Potser més endavant, quan hi hagués ocasió, sí que li diria que, gràcies a moltes de les seves idees, l'antic ordre del món acabaria subvertit per les revolucions que esclatarien una darrere l'altra a imitació de la francesa, per la qual només faltaven vuit anys. Però ara no era el moment adequat; tenien altres problemes més pràctics i urgents.

—Veniu amb mi, Eleonora. Aviat recuperareu el vostre sexe i la vostra roba.

«Gènere —va pensar per pur automatisme—, el que recuperaré és el meu gènere; el sexe no l'he perdut ni canviat.»

Seguint en Weishaupt, va sortir al claustre i va entrar a l'altra sala, aquesta vegada una d'enorme, que es trobava al final del passadís. La por no la deixava respirar. Allà, un home vestit amb toga negra i una perruca blanca grossa, franquejat per dos algutzirs, escrivia alguna cosa amb una ploma d'au en un foli groguenc.

Quan van entrar-hi ells, tots tres se la van quedar mirant d'una manera que la va fer posar vermella. Era evident que els interessaven particularment les cames, que els calçons marcaven amb tota claredat, i que també intentaven distingir els pits, a través de la camisa i la jaqueta. Per fortuna, era hivern i la capa cobria tota la part posterior. No volia ni imaginar-se com li haurien mirat el cul, ben definit per la roba masculina.

—Acabem de pressa —va dir el jutge de mal humor—. Tinc coses més importants per fer que preocupar-me per les disfresses d'una nena consentida i eixelebrada.

Dues persones escurant-se la gola alhora van fer que es girés. Al fons de la sala, dues monges vestides amb hàbit marró i corneta blanca, amb les mans ocultes dins de les mànigues i els ulls baixos, l'esperaven al costat d'un gran paravent de pergamí.

Ella va passar al darrere i, abans que ningú li demanés res, va començar a despullar-se. Primer havia pensat quedar-se en sostenidors i calces, però llavors es va adonar que aquelles peces de roba no formaven part del que era normal en l'època, sobretot les calces, i va decidir treure-se-les amb els pantalons. Per sort els sostenidors eren dels que es descorden per davant i també se'n va poder desfer juntament amb la camisa.

Les dues monges la miraven sense expressió, amb dues rosasses a les galtes, com si el fet de veure-li els pits a una altra dona els semblés una cosa espantosa.

La Nora va notar com, complint amb el seu deure, totes dues van passar la vista pels genitals per assegurar-se que allà no hi havia res que no pertanyés a una femella.

—Germanes! —va tronar la veu del jutge—. Us heu assegurat bé que no hi ha engany?

—Si poguéssiu... obrir una mica les cames... —va demanar una d'elles amb un fil de veu.

La Nora va fer el que li demanava i la religiosa, totalment mortificada, es va ajupir una mica per mirar que no hi hagués res ocult.

—Ja us podeu vestir —va concloure l'altra, assenyalant una cadira que la Nora no havia vist quan hi havia entrat, on descansava la seva roba, la que havia llogat al teatre en un temps que semblava increïblement llunyà, quan pensava que tot allò era una aventura divertida.

Va fer el que li demanaven i només quan es va posar aquella roba es va tornar a adonar del fred que feia a la sala. Tenia tota la pell de gallina i estava a punt de desmaiar-se de gana i d'esgotament. Li feien un mal terrible els braços i les espatlles dels maleïts grillons, i tenia la sensació d'estar a punt de constipar-se.

Les monges la van ajudar a sortir de darrere del paravent perquè, de cop i volta, se sentia tan dèbil que va creure que les cames no l'aguantarien.

Les mirades dels homes la van tornar a sacsejar. Mai en tota la seva vida s'havia sentit com un tros de carn. Era fastigós.

Va aguantar com va poder el discurs del jutge i la seva amonestació, mentre en Weishaupt rebia el document que l'exonerava. Aleshores, agafant-se al braç del jurista, va sortir de la sala a passes curtes, com corresponia a una dona, i tan bon punt va sortir al passadís del claustre es va deixar caure al primer banc i es va posar a plorar.

* * *

Estimat amic,

T'escric corrents i de pressa, camí a la meva estimada Ginebra, des d'una fonda on passarem la nit. Vull que aquesta carta surti amb el cotxe de posta a l'albada perquè t'arribi tan aviat com es pugui, de manera que és possible que no hi hagi temps per dormir, però és absolutament necessari que aquestes línies t'arribin com més aviat millor, perquè em temo que deus estar greument preocupat i no hi ha res més lluny de la meva intenció que ser causa de la teva angoixa. Sé que el que he fet és imperdonable i no intentaré donar-te excuses del meu comportament, però sí una explicació que tu et mereixes més que ningú.

Fa gairebé quatre anys vaig començar a experimentar amb cadàvers d'animals i els meus petits progressos em van anar confirmant que hi havia una possibilitat —remota però real— de complir el somni més gran de la humanitat: tornar la vida a la matèria morta.

Tu em coneixes bé i saps quant vaig patir de nen la pèrdua de la meva estimada mare; no és res que tu no coneguis. Sé perfectament que tu, per desgràcia, has compartit aquest sentiment terrible d'impotència quan la persona que més estimes al món perd l'espurna vital i, tot i que el seu cos encara és present, la seva ànima ja no és allà per il·luminar-li els ulls ni encendre-li el somrís.

Crec que va ser precisament aquesta dolorosa experiència la que em va portar des de ben petit a interessar-me per la química i la medicina, i suposo que de tu es podria dir el mateix, tot i que en el teu cas hi ha un gran component d'empatia i compassió amb els que pateixen, mentre que les meves passions em porten més cap a l'experimentació i el descobriment, deixant de banda els malalts concrets.

En aquests dos últims anys he avançat d'una manera que gairebé podria anomenar diabòlica, si no fos perquè ni tu ni jo creiem en el diable. Deus recordar que, en una ocasió, un dels professors francesos que va venir a fer unes xerrades ens va parlar dels experiments de Von Guericke del segle passat, per després continuar amb els desenvolupaments que s'estaven produint a la Universitat de Leiden i acabar amb el postulat de Franklin que els núvols estan carregats d'electricitat i els llamps són descàrregues de caràcter elèctric.

Durant un temps vaig estar jugant amb la idea de produir una descàrrega per reanimar el cadàver i vaig arribar fins i tot a tenir cert èxit en experiments amb granotes, però aviat em vaig adonar que aquest no era el millor camí, de manera que vaig començar a treballar químicament.

No em puc allargar, però et diré que va arribar el dia en què vaig aconseguir sintetitzar un elixir en el qual tenia grans esperances. El problema era fer arribar el líquid a l'interior del cadàver que pensava reanimar. Per fortuna, determinats escrits em van arribar per ajudar-me i al final vaig encarregar i aconseguir una agulla buida i un aparell proveït d'un cilindre que acolliria l'elixir, que després seria injectat al cos mitjançant un èmbol.

El resultat has pogut apreciar-lo amb tu mateix. El que no he arribat a explicar-me i no em deixa repòs és com les venes i les fibres trencades han pogut tornar a soldar-se de manera que tot l'organisme funcioni com si mai hagués estat malmès. Seria molta supèrbia pensar que el líquid que he aconseguit sintetitzar tingui, a més de la propietat de tornar la vida o evitar el trànsit de l'ànima, com prefereixis dir-ne, la increïble capacitat de reparar i segellar tot el que ha quedat destruït al cos. He dut a terme diversos experiments sobre això, però encara no puc dir res concloent.

El que sí que he aconseguit —Déu em perdoni— és donar de nou la vida ja no al cadàver d'un semblant, sinó a un ésser obscè construït amb trossos d'altres cadàvers. Puc dir en descàrrec meu que mai va ser la meva primera intenció. Vaig passar molt temps esperant una ocasió per robar un cadàver recent, si era possible d'un penjat jove o d'un home que hagués tingut un atac de cor, amb l'esperança que la resta del cos estigués en perfectes condicions. Aleshores, quan per fi vaig aconseguir el cos que ambicionava, després dels dos dies d'exposició a l'escarni públic, va resultar que el botxí a qui jo li havia comprat el cadàver me'l va portar gairebé esquarterat: li faltava el cap, una mà i alguns dits d'un peu.

Vaig poder reunir el que faltava i fins i tot vaig aconseguir portar al meu laboratori un cap nou, el d'un home que havia mort de febre i al qual li faltava una orella, ignoro per què.

Tot allò m'estava destruint, Maximilian. Sé que ho sospitaves i m'hauria agradat poder dir-t'ho, però segur que hauries intentat o bé dissuadir-me dels meus projectes o bé ajudar-me a dur-los a terme, i jo no podia permetre cap de totes dues coses. Temia per la teva ànima, entens? La meva ja l'havia donat per perduda.

No crec en el diable, és cert, però sé que hi ha un càstig per a aquells que oblidem la nostra condició humana i, encara que sigui per un temps curt, ens creiem déus. Sé que el purgatori m'espera. Fins i tot l'infern, que segurament no deu ser un lloc ple de dimonis banyuts, però sí un buit, una soledat, una absència... l'allunyament total de Déu, per tota l'eternitat.

Sé que un home cabal s'hauria enfrontat a les conseqüències dels seus actes, però no vaig poder, amic meu, no vaig poder. Quan aquell ésser es va començar a moure, el pànic que vaig sentir va ser de tal magnitud que vaig pensar que el meu cor deixaria de bategar a l'acte. Tant de bo ho hagués fet!

No vaig pensar, no vaig reflexionar, no vaig decidir. Vaig sortir del meu laboratori com un esperitat, sense encomanar-me a ningú, sense equipatge, sense els meus fàrmacs i instruments, intentant només posar la màxima distància possible entre jo mateix i aquell ésser espantós que, en la meva supèrbia, havia construït.

Espero que no t'hagis topat amb ell, perquè és gros i fort, i ignoro del tot què passa per la seva ment. Allunya-te'n, Maximilian, i si pots, intenta matar-lo o més aviat busca algú que el mati. Aquella abominació no es mereix viure, i no només perquè es tracta d'un ésser creat artificialment per un aprenent de bruixot com he sigut jo, sinó per una cosa encara pitjor. T'asseguro, amic meu, que només de pensar a confiar al paper el que et diré ara em tremolen les mans.

He necessitat fer una pausa i beure uns quants glops d'aiguardent per continuar.

En aquestes hores que he passat a la diligència, bevent i pensant, se m'ha acudit una cosa encara més monstruosa. He arribat a la conclusió que la criatura que, per desgràcia meva, he creat podria tenir dues ànimes reunides en aquell cos enorme.

Tots ignorem quina és la seu de l'ànima i, a falta d'idees millors, ens conformem pensant que la personalitat d'un individu ha de residir al cervell. Perquè és l'òrgan més gros? Perquè encara no sabem bé quines són totes les seves funcions? Possiblement. Però... jo em pregunto... i si el cervell només fos el motor, i l'ànima estigués repartida per tota la resta del cos, o tingués la propietat de canviar de seu com i quan vulgui? En aquest cas, podria passar que, en trasplantar un membre o un òrgan d'un ésser a un altre, fos també l'ànima, la personalitat de cada ésser humà, la que migrés amb ell.

Aquesta idea no em deixa en pau, estimat Maximilian. Perquè, si fos així, ara te les hauries de veure amb un monstre d'un sol cos, però amb dues ànimes enfrontades pel seu domini. I no em refereixo als impulsos bons i dolents que conviuen en tots els éssers humans, sinó a una cosa pitjor, molt pitjor.

No sé si desvariejo. Tant de bo només es tracti dels meus malsons! No hi ha hagut home sobre la terra que hagi fet tant mal com jo, malgrat les meves bones intencions. Et demano perdó des del més profund del meu ésser.

Vaig fer bé d'escollir el nom de Prometeu. Ell també, com jo, va intentar regalar als homes una cosa robada del cel per millorar-los les vides. Ell també va ser castigat.

Et prego, amic meu, que, tan bon punt et resulti possible, passis pel meu laboratori per posar en lloc segur dues coses: una, el maletí gros i panxut que trobaràs a l'armari dissimulat que hi ha a mà dreta de la xemeneia; l'altra, la capsa de fusta plena de flascons que ocupa el lloc central de la prestatgeria. Allà també hi ha l'aparell injector i les dues agulles buides. Si no fossin on t'indico, busca'ls i guarda-te'ls, t'ho prego.

Al maletí també hi hauria d'haver un bon feix de papers, notes meves en les quals he documentat tot el procés. No vull que es perdin, però sobretot no vull que caiguin en mans de gent sense escrúpols. Pots destruir-les si ho prefereixes, però no les deixis a l'abast de ningú.

Això és tot.

Si encara desitges veure'm, em trobaràs a casa del meu pare, a Ginebra. No saps l'alegria que representaria per a mi que vinguessis. Crec que estic perdent el cap. Amb prou feines dormo i, quan a força de vi o d'aiguardent aconsegueixo agafar el son, els malsons em maten. Veig aquell ésser horrible caminant per una ciutat amb una torxa a cada mà, cremant tot el que li surt al pas, o amb una destral de llenyataire tallant braços i cames de la gent honrada que intenten aturar-lo, o estrangulant amb les seves mans —una d'home i una de dona— una nena vestida de blanc.

No sé si aguantaré gaire més, estimat Maximilian. Sé que em mereixo aquest càstig, però també sé que la meva intenció va ser bona, que només vaig intentar ajudar la humanitat, vèncer la mort.

Ja he d'acabar aquesta missiva. M'ha costat tota la nit redactar-la perquè els sanglots m'han fet aturar moltes vegades. Sento moviment sota la meva finestra. El conductor del cotxe de posta sap que li entregaré una carta, però no confio que ho recordi a temps.

Tant de bo ens tornem a veure! Que Déu em perdoni!

T'abraça el teu amic,

Viktor

***

Quan en Max va acabar de llegir li tremolaven les mans i els llavis i, per un instant, va pensar que es desmaiaria allà mateix; per això es va asseure al banc, al costat de la Sanne, que el mirava espantada, i va tancar els ulls.

—Us trobeu malament, Excel·lència? Esteu molt pàl·lid.

Ell va moure el cap en una negativa.

—Gana, cansament... —va dir en veu baixa poc després.

—Si em doneu unes monedes, aniré a buscar-vos alguna cosa per menjar.

—No pot ser. Encara ens espera la declaració.

Ella va abaixar la mirada i es va posar vermella.

—Per què ho has fet, Sanne?

—Vós em vau salvar a mi.

—No m'agrada la idea de salvar-me a través d'una mentida, però et dono les gràcies.

Van callar un moment, mentre ella rumiava si havia d'explicar-li el que havia passat amb el monstre o si seria millor deixar-ho per a més endavant. El pobre senyor estava a punt de desmaiar-se d'esgotament i de nervis, i pel que semblava, la carta del seu amic li havia donat el cop de gràcia. Va decidir esperar que, com a mínim, hagués menjat.

En aquell instant es va obrir la porta del fons del passadís i va aparèixer el professor Weishaupt de bracet d'una dama vestida amb la roba que ella havia portat, de manera que s'havia de tractar de la persona que fins feia molt poc ella havia pensat que era en Leonhard, el cosí petit del comte.

També estava molt pàl·lida i semblava malalta, però la mirada se li va il·luminar tan bon punt va veure Sa Excel·lència i ell es va posar dret tot d'una i va avançar a trobar-la a grans gambades. Com li agradaria a ella trobar algú que l'estimés així! Però ara ja no seria possible mai. Cap home decent la voldria per esposa. Havia quedat condemnada a la soledat per a la resta de la seva vida. Per estúpida. Per haver-se cregut les mentides d'un estudiant que l'havia tractat com una reina i fins i tot li havia regalat bombons com a una dama fins que va aconseguir el que volia d'ella.

La Nora es va deixar anar del professor i ja estava a punt de llançar-se als braços d'en Max quan ell la va aturar oferint-li les dues mans, que ella va estrènyer perplexa.

—Aquí no —va xiuxiuejar ell—. Tot bé?

Ella va assentir amb el cap.

—Doncs ara te'n vas a casa, o potser millor al laboratori, i descanses fins que pugui venir jo.

—Al laboratori no —va dir la Sanne des de darrere d'ells.

En Max es va girar, enfadat. Aquella criada començava a prendre's massa llibertats.

—Per què no?

La Sanne els mirava alternativament mentre es mossegava els llavis i es passava la llengua per les dents. No podia parlar davant del professor i ells no semblava que se n'adonessin.

—T'he fet una pregunta.

—No és un bon moment per anar al laboratori. Allà hi fa molt de fred —va improvisar—. No he tingut temps d'encendre un foc i la senyoreta patiria molt. Val més que vagi a casa i li demani a la patrona que li doni alguna cosa calenta.

—La patrona sap qui soc, Sanne. Ella espera en Leo. —La Nora encara estava esgotada, però el seu cervell aconseguia pensar prou.

—Doncs llavors anem a un cafè, senyoreta. Ara n'hi ha un de nou molt elegant on també van dames soles. El Cafè de París, molt a propet de la plaça del mercat. Si vol la senyoreta, quan acabi de declarar, la recullo allà i l'acompanyo a… a on vulgui —va acabar sense saber ben bé què dir.

—Em sembla bona idea —va intervenir en Weishaupt—. És, efectivament, un local molt ben posat, pensat sobretot per a les senyores de bona família, tot i que encara no ha corregut del tot la veu i continua sent una mica atrevit deixar-se veure per allà, però almenys Fräulein Eleonora estarà abrigada fins que acabem.

Un algutzir se'ls va aproximar i els va demanar que el seguissin per prendre'ls declaració. En Max va estrènyer les mans de la Nora una darrera vegada i va enfilar a caminar passadís amunt acompanyat del jurista. La Sanne es va quedar un moment enrere, es va acostar a la Nora com si volgués arreglar-li el llaç de l'esquena i, posant-se de puntetes, li va xiuxiuejar a l'orella:

—Ni se li acudeixi anar al laboratori, senyoreta. Val més morir-se de fred al carrer, l'hi juro. Ja li explicaré tot quan pugui.

Un gest d'impaciència dels homes la va obligar a separar-se de la Nora i sortir gairebé corrents pel passadís per reunir-se amb ells.

9

En Johannes von Kürsinger estava furiós. Més furiós que mai ho havia estat en tota la vida. Havia sigut robat, humiliat i tractat com un bergant, com un zero a l'esquerra. No havia tingut més remei que quedar-se a dormir a la fonda de dins de la ciutat, i per alleujar la seva ràbia i els seus desitjos de venjança s'havia vist obligat a prendre una quantitat de làudan de Sydenham superior a la normal.

Ara, després d'unes hores de son que no havia resultat tan reparador com li hauria agradat, la seva fúria s'havia purificat i condensat, de manera que podia tornar a pensar amb relativa claredat, però tots els seus pensaments anaven encaminats a venjar-se d'aquell bastard que s'havia atrevit a enfrontar-se a ell. Encara no tenia cap pla, però estava segur que al llarg del dia s'aniria perfilant. Fins a aquell moment de la seva vida sempre havia aconseguit tot el que havia desitjat, per uns mitjans o per uns altres. Això li donava la seguretat que, tan bon punt aconseguís traçar un nou pla, tot cauria al seu lloc: el Llop rebria el càstig que es mereixia i el seu odiat cosí Maximilian desapareixeria de la capa de la Terra, i el deixaria així a ell com a hereu del comtat.

Va baixar a menjar alguna cosa a la taverna que ocupava la part baixa de la fonda. El menjar, si era possible una bona carn vermella, sempre feia que el seu cervell funcionés millor i de pas potser podria captar alguna notícia sobre com anava l'afer del seu cosí. Si el Llop no li havia dit cap mentida, devia haver passat la nit a la presó i en aquells mateixos instants tota la ciutat sabria que havia sigut detingut per sodomita, cosa que li va arrancar un somriure. Sempre havia odiat el seu cosí, però mai li hauria passat pel cap que no fos un home com cal, que pogués ser un d'aquells degenerats que desitgen altres homes. Ara, per la seva gran fortuna, resultava que era així i que això, fins i tot si no el portava a la foguera, podria ser utilitzat en contra seva pel que suposava de deshonor per a la família. Malgrat la seva fúria contra el Llop, havia de reconèixer que les coses no pintaven malament.

Va fer fora dos camperols que ocupaven una taula al costat de la finestra i, mentre esperava la carn fent mossegades de pa acabat de fer, regats amb glops abundants de vi negre, va preguntar al patró per les notícies de la ciutat.

Com suposava, el nom de la seva família no es va trigar a sortir. L'home semblava estar ben informat —no en va la seva fonda era amb prou feines a dos carrers de l'ajuntament—, però el que li va explicar no era el que ell esperava.

—Així que —va acabar les seves explicacions el patró— ha resultat que el jove comte està promès amb una dama que s'havia vestit d'home per poder anar al seu costat, i a més el molt murri ja havia deixat embarassada una criadeta mentre esperava el seu amor. —Va deixar anar una riallada després d'haver-li picat l'ullet—. De manera que ara tots contents. Els joves es casaran, la noieta tindrà un altre bastard i la col·locaran lluny d'Ingolstadt, i el món continuarà sent el que ha sigut sempre. Amb el vostre permís, Excel·lència, vaig a veure si la carn està llesta.

Quan l'home es va retirar, a en Johannes li tremolaven les mans de fúria en estat pur. Hauria volgut agafar la gerra de vi i encastar-la contra la paret, però això l'hauria posat en evidència i, ara que el seu cosí havia sortit en llibertat, no es volia arriscar que ningú sabés que ell havia passat per allà.

Li havia marxat la gana, però es va forçar a menjar-se la carn perquè sabia per experiència que li calia tenir la panxa plena per prendre decisions importants i la força necessària per fer-les complir.

Hauria de tornar a contractar el Llop? Ell li havia deixat clar que no estava disposat a acceptar un altre encàrrec, però estava segur que era qüestió de diners. Per a gent de la seva mena, tot era qüestió de diners. Aquesta vegada segur que li demanaria un pagament per endavant. Potser el que podia fer era oferir-lo ell directament en lloc d'esperar que l'assassí l'hi demanés i tingués la sensació que l'havia intimidat.

Es va netejar el greix de la màniga, que ja començava a brillar —no havia volgut portar ni tan sols el seu criat de confiança perquè pensava que la cosa no li suposaria més d'una setmana, comptant el viatge—, es va escurar les dents, es va acabar el vi i, després d'eructar sorollosament, va sortir al carrer a buscar l'assassí.

* * *

En Wolf, el Llop, havia pensat sortir d'Ingolstadt ben d'hora del matí, però després de la seva entrevista nocturna amb l'imbècil del cosí del comtet, havia decidit gaudir una mica dels plaers de la civilització aprofitant que tenia una bossa plena amb la qual fer-los possibles i s'havia permès unes hores de bon vi i bona companyia femenina en una de les millors cases de la ciutat. Aleshores s'havia llevat tard i, abans d'abandonar Baviera, s'havia deixat caure per l'ajuntament per pura curiositat per veure en què havia quedat el seu pla.

«Un individu intel·ligent, el comtet! —va ser el primer que li va passar pel cap quan es va assabentar del que havia passat—. I tu, Wolf, un estúpid rematat, per no haver-te adonat que aquell nano que acompanyava el comte era una noia.»

Però és que aquella noia es movia i es comportava com un home, no com una dona disfressada. Una dona decent que es posa per primera vegada a la vida uns calçons d'home no fa més que tapar-se les cames i li fa terror la idea que tothom pugui veure els contorns de la part inferior del seu cos, mentre que una dona indecent procura que tothom vegi el que pot oferir i li vingui de gust l'oferta. Malgrat tot, aquella noia anava vestida d'home amb una naturalitat absoluta; per això havia aconseguit enganyar-lo fins i tot a ell. Estava clar que era una dona estranya.

Així eren les coses, i així les havia d'entomar. No havia sobreviscut a tants perills sulfurant-se per qualsevol error. Sempre havia de tenir en compte possibles desviacions en qualsevol pla que tracés.

Es va preguntar què passaria ara. Es quedarien tots tres a la ciutat en amor i companyia? O no era més raonable que els dos colomins se n'anessin a les terres del comte per contraure matrimoni amb tranquil·litat, envoltats dels seus familiars, i no tornessin fins que les aigües estiguessin més tranquil·les? I la criada embarassada del bastard? Se l'endurien també? I l'esguerro estrany que vivia a casa d'en Frankenstein i que, pel que havia aconseguit esbrinar, era el fàmul de Von Kürsinger? Pensaven viatjar també amb un paio que feia por de veure?

Una de les seves millors qualitats, i també la que l'havia ficat en més embolics, era la curiositat. Al capdavall, tampoc tenia tanta pressa per sortir d'Ingolstadt. Podia endarrerir una mica la seva partida i esbrinar què pensaven fer. Potser tindrien necessitat d'algú que els protegís durant el viatge i així ell podria matar dos pardals d'un tret: viatjar cap al sud i treure'n diners.

* * *

Quan per fi van arribar al laboratori, després d'haver menjat alguna cosa en una fonda modesta i que la Sanne, amb molts titubejos i algunes llàgrimes, els hagués explicat el que havia passat amb la criatura creada per en Frankenstein, en Max estava molt més nerviós del que volia confessar a les dues noies. La carta del seu amic, que els havia resumit per sobre, deixant a banda les parts més preocupants, el cremava per dins, ja que casava perfectament amb el que la Sanne els havia relatat.

Ell havia conversat amb el professor Plankke, un home educat i elegant, ja gran, amb experiència de la vida i prou tolerància amb els errors dels altres per ser capaç de disculpar en Viktor pel seu atreviment; i ara la Sanne li havia parlat d'un ésser vulgar, luxuriós i violent, cosa que venia a confirmar que el temor d'en Frankenstein s'havia fet realitat: hi havia dues ànimes a l'interior d'un sol cos. La part dolenta era que no li havia donat cap indicació de què es podria fer per desplaçar-ne una, a part que fins i tot si fos possible, això platejaria un segon problema ètic de gran envergadura: quina de les dues ànimes s'havia de quedar al cos i quina n'havia de ser expulsada per sempre? No eren les dues ànimes iguals en dignitat i drets, encara que els comportaments no ho fossin?

A més que, després d'haver llegit diverses de les obres de Monsieur Rousseau, el filòsof ginebrí que havia conegut a través d'en Viktor, havia quedat convençut de la bondat fonamental dels éssers humans. Tot nen neix bo. És la societat que, amb el temps, la mala educació i les males experiències, acaba per fer-lo vil.

Si això era així, i en Max no ho dubtava, l'ésser creat pel seu amic era, fins a cert punt, un nou ésser i, per tant, bo. Encara que en el seu cas no estava tan clar, perquè la personalitat d'en Plankke havia sigut formada pels seus cinquanta anys de vida i l'altra personalitat, la que encara no coneixien, era probablement la d'un criminal, si s'havia de jutjar per com havia acabat la seva existència: a la forca.

Quan van obrir la porta, l'esguerro, que durant el temps que feia que no el veien semblava que s'hagués aprimat, els va mirar amb aprensió, com si hagués oblidat qui eren. Estava encongit davant d'un foc agonitzant i s'embolicava amb força amb la capa. Al cap d'un segon, quan la Sanne també va entrar al laboratori darrere seu, els ulls de la criatura van començar a brillar i un somriure va semblar que li il·luminés el rostre. Estava clar que a ella sí que l'havia reconegut.

—Professor —va començar en Max—, lamento haver-vos abandonat durant tant de temps, però circumstàncies alienes a la meva voluntat han impedit el nostre retorn fins a aquest mateix moment. Sanne, dona al professor el que li hem portat per menjar.

La mossa el va mirar amb ulls esmolats. Com era possible que, després del que els acabava d'explicar, li demanés que s'acostés al monstre? En lloc d'allargar-li les viandes, va agafar el cistell que duia al braç, en el qual hi havia un tros de pa i un formatge, i es va limitar a deixar-li al davant.

—Gràcies, Sanne —va dir una veu que a tots els va semblar diferent de la que coneixien.

—Com és que saps el meu nom? —Des que havia sortit corrents d'allà no havia deixat de pensar per què l'havia cridat pel seu nom quan li havia dit que marxés i que no tornés sola.

—Perquè et conec. He anat moltes vegades a la taverna, només per veure't, però tu no tenies ulls més que per als estudiants.

Tots tres es van quedar mirant entre ells sense saber què passava.

—On és el professor Plankke? —va preguntar en Max—. Qui sou vós?

—Mai ningú m'havia tractat de vós —va dir el monstre somrient—. No sé res d'en Plankke, excepte que ha intentat violentar la Sanne i jo he aconseguit reduir-lo.

—El professor Plankke? No és possible. Qui ets tu? —va preguntar de nou en Max, amb la boca seca de sobte.

—Tots em diuen Michl. Sou metge, senyor? Què em passa?

La Sanne va contestar abans que en Max o la Nora haguessin arribat a decidir què li explicarien.

—Et van penjar per lladre, per robar una joia a la teva senyora. Llavors Herr Frankenstein et va ressuscitar o alguna cosa per l'estil. —La noia es va senyar quan va parlar de resurrecció. En Michl es va tapar la cara amb les mans—. Però com que el teu cos havia perdut alguns trossos, el va completar amb altres, d'altres persones, oi, Excel·lència?

En Max va assentir. La Sanne havia entès perfectament el que li havien explicat i, tot i que al principi havia demostrat un terror supersticiós, en qüestió de dues hores i després d'un bon àpat li havia marxat gairebé tota la por derivada de conviure amb un cadàver animat. A en Max el valor d'aquella mossa cada vegada li semblava més increïble.

—Jo no soc cap lladre, no he robat res a ningú. Frau Grete em va acusar per despit. —En Michl va creuar la mirada amb l'altre home present, implorant-li que no l'obligués a explicar més. No volia haver de dir a les dues dones que la seva senyora havia intentat ficar-lo al seu llit i que ell s'hi havia negat.

Es va fer un silenci. Ningú sabia què fer. En Max acabava de comprovar que en Viktor tenia raó amb el que li havia dit a la seva carta: ara el problema era seu i no tenia ni idea de com seguir. L'únic que començava a semblar evident era que havien de sortir d'Ingolstadt i anar-se'n a resoldre els seus problemes a algun lloc on, o bé no els conegués ningú, o bé estiguessin prou aïllats i protegits per prendre totes les decisions pendents.

—El primer —va dir la Nora, com si contestés les preguntes mentals d'en Max— és recollir l'instrumental d'en Viktor i totes les seves notes. És possible que allà trobem alguna cosa que ens pugui servir per solucionar alguns dels problemes. Després haurem de veure com sortim d'Ingolstadt. —Era obvi que ella havia arribat a la mateixa conclusió.

—Nora..., si marxem d'aquí..., si sortim de la casa on hi ha les nostres habitacions... —No s'atrevia a dir-ho més clar, però la seva por era que, si se n'anaven d'Ingolstadt, passaria molt de temps fins que poguessin tornar a provar el passatge, que llavors ja seria en una casa on ells ni tan sols tenien cap dret a entrar.

—Ja ho sé, Max, però ara per ara no hi ha més remei. Tornarem. Després. Quan sigui possible.

—Vine un moment. —La va agafar de la mà i van sortir al replà de l'escala—. Suposant que ens n'anem de seguida... Què fem amb la Sanne i amb...?

—Ens els enduem amb nosaltres. No podem fer res més. Ella està embarassada i ell... ell no té cap culpa de ser el que és, ni té on anar. L'hem d'ajudar, encara que jo tampoc sé com. No el podem deixar aquí.

En Max es va girar cap a la paret i va posar el front contra la pedra gelada.

—Com si no tinguéssim prou problemes tu i jo, ja! Això és espantós, Nora.

—Sí —va replicar ella, posant-li una mà a l'espatlla. Es van abraçar durant uns minuts, buscant en l'altre la força que cadascun d'ells ja no tenia.

Dins del laboratori, en Michl s'estava acabant de menjar el pa i mirava la Sanne, que no li apartava els ulls de sobre perquè no es refiava del que podia passar.

—Sanne...

Ella es va mossegar els llavis.

—Et juro que faré tot el possible perquè aquell vell verd no et posi les mans al damunt. A mi..., quan estava viu em feia por parlar amb tu, saps? Però ara..., ara ja no. Vull ajudar-te. Si us plau, deixa'm que t'ajudi.

—Has sigut tu de veritat qui m'ha tret el vell de sobre abans, quan m'ha atacat?

—Sí. Ha sigut molt difícil perquè no sabia com, ni sabia què passava, ni qui era jo, però sabia que no podia permetre que ningú et fes mal.

—Gràcies —va respondre en veu baixa, amb un petit somriure que a en Michl li va semblar glòria.

Abans que poguessin dir-se res més, van entrar la Nora i en Max a exposar-los el seu pla per sortir de la ciutat i anar-se'n a Salzburg.

* * *

Mentre els dos homes sortien a buscar una possibilitat de transport (en Max no va voler deixar l'esguerro fora de la seva vista i sol amb les dues noies), elles van anar a recollir la roba i els efectes que necessitarien durant el viatge.

—Espero que no ens trobem Frau Schatz. La pobra deu anar força de cap amb totes les notícies que es comenten per allà i ja m'ha conegut una vegada com a cosina d'en Max i una altra com a cosí.

—Pujaré jo primer i diré que vinc de part de Sa Excel·lència. Si no hi ha ningú, la crido, senyoreta.

La casa estava tranquil·la. Quan va passar per davant de l'armari, la Nora es va haver de contenir per no entrar a veure si el passatge encara estava tancat; no podia arriscar-se a, per casualitat, trobar-lo obert i que això la posés en la situació d'haver de decidir si abandonar en Max en les circumstàncies en què es trobava o negar-se a utilitzar la sortida. Valia més no saber-ho. Ja hi hauria més ocasions... De totes maneres se li va encongir el cor quan es va quedar un moment allà, al costat de la porta de l'armari, sense que la seva mà es llancés a obrir-la. El senyal de la Sanne la va salvar i en un parell de salts es va trobar recollint el que era necessari. Uns minuts més tard, sortien carregades amb dues bossotes grosses de viatge que pesaven com si estiguessin plenes de pedres.

—Esperi, senyoreta. Vaig a buscar un mosso.

La Nora es va quedar a la porta de la casa, indecisa. De seguida la Sanne va tornar amb un nano alt i cepat d'uns setze anys que, tocant-se el front en senyal de respecte, va aferrar les dues bosses i va començar a caminar darrere d'elles sense preguntar ni tan sols on anaven.

La Sanne li va donar unes monedes quan van arribar a la casa d'en Frankenstein i el noi se'n va anar molt content després de deixar l'equipatge darrere la porta. Van pujar a la planta de dalt tot sentint soroll de veus. En Max, la criatura i un home desconegut parlaven molt seriosament.

—Estimada meva —va dir en Max girant-se cap a elles—, et presento en Wolf Eder. Ens acompanyarà en el nostre viatge i serà el nostre defensor si hi ha la necessitat.

Ella va inclinar el cap sense paraules. No li va agradar que ignorés la Sanne per complet, però no li va semblar el millor moment per comentar-ho. L'home era fort, prim i fibrós, com un ballarí o un escalador, i tenia una mirada filosa, carregada de perill, tot i que el seu somriure era encantador. Anava escrupolasment afaitat i portava els cabells força més curts del que dictava la moda. Sense que se li assemblés en absolut, va pensar en en Han Solo: un canalla simpàtic del qual una no s'hauria de fiar mai. No s'explicava per què en Max l'havia contractat, però què sabia ella de com es feien els viatges al segle XVIII?

—Vull que passem aquesta nit ja extramurs. He escrit dues notes per a les dues patrones. Ara les hi portaràs, Sanne. Després torna a tota velocitat i ens posarem en marxa.

La noia va sortir sense replicar.

—Nora, a baix hi ha el cotxe que he llogat. Si ho prefereixes, t'hi pots esperar asseguda mentre el nostre home carrega.

Va estar a punt de dir alguna cosa, però va decidir no fer-ho. Estava esgotada i, com sempre quan estava esgotada, tot començava a ser-li igual, de manera que va baixar i sense esperar que ningú li obrís la porta, es va ficar al cotxe, va recolzar el cap al racó, al costat de la finestreta, i, quan se'n va adonar, ja trotaven per les llambordes. En Max era al seu costat, i al banc petit de davant, hi anava la Sanne.

—I els altres? —va preguntar amb veu pastosa.

—En Wolf a les regnes. El... la... criatura al seu costat, al pescant, convenientment emmanillat.

—Emmanillat?

—Fins que no sapiguem qui és ni quins propòsits té, és el més segur. A més, porta un vel de gassa pel cap i un barret d'ala ampla. No volem cridar l'atenció més del compte.

La Nora no estava gaire segura d'estar d'acord amb aquell arranjament, però no se sentia capaç de pensar, la va vèncer el cansament i es va quedar adormida. Ni tan sols se li va acudir veure com era Ingolstadt des de fora.

* * *

No se li havia acudit mai a la seva vida normal, la que ara començava a anomenar la seva «vida anterior», que costés tant fer un viatge. Recordava que una vegada en Toby li va dir que la paraula anglesa per a viatge —*travel*— venia directament del llatí *tripalium,* que era una forma de tortura. No se li havia oblidat perquè llavors va pensar que era una ximpleria pròpia d'una societat mandrosa, sense horitzons ni ambicions. Malgrat tot, ara, cada vegada que s'aturaven en algun lloc per estirar les cames, deixar descansar els cavalls i menjar alguna cosa, tenia la sensació que el nom estava molt ben posat.

El carruatge no tenia amortidors, amb la qual cosa cada pedra del camí que trobessin les rodes era un salt, i al cap del dia va tenir l'esquena esgavellada. El fred era espantós i això que en Max s'havia preocupat d'aconseguir pells d'ovella i mantes per embolicar-se; el menjar era entre dolent i pitjor, i els millors llits tenien uns matalassos horrorosos de llana que s'enfonsaven al mig i s'endurien al cap de pocs minuts, per no parlar que en molts d'ells hi havia puces i xinxes que ja li havien deixat tot el cos ple de mossegades doloroses que no sabia com combatre i que als altres no semblaven fer tant efecte com a ella.

Contra les puces la vitamina B hauria funcionat estupendament, però no hi havia manera d'aconseguir-la i ni tan sols es podia menjar un quilo de cacauets perquè encara no se n'havia generalitzat la importació des d'Amèrica.

A les pel·lícules en les quals sortia un viatge en el temps tot semblava molt fàcil. Mai sortiria que feia més d'una setmana que no es dutxava ni es rentava els cabells; que es moria per menjar patates o arròs, o pasta, o pizza, o una bona hamburguesa o un simple tomàquet; que no hi havia paper higiènic i que, a mesura que s'acostava el moment, començava a pensar amb horror què faria quan li vingués la regla.

No sabia on anaven, però ja desitjava arribar-hi, perquè una altra cosa que mai li havia passat pel cap era que els dos-cents quilòmetres i escaig que hi havia entre Ingolstadt i Salzburg i que en la seva època eren un parell d'hores per autopistes fenomenals, ara significaven un viatge de diversos dies.

L'única cosa realment bona de tot plegat era la sensació d'intimitat que a vegades s'establia entre ella i en Max quan la Sanne s'adormia (que li passava gairebé sempre) i ells estaven asseguts molt junts, amb les mans agafades a sota de les mantes i ella podia repenjar el cap a l'espatlla d'ell, en silenci, deixant-se portar pel trontoll del carruatge, parlar amb ell en veu baixa o limitar-se a somiar en un entreson meravellós. Altres vegades, però, discutien acaloradament perquè ell semblava incapaç d'entendre determinades coses.

El primer dia de viatge, l'esguerro a qui ella havia començat a anomenar Frankie, per escàndol de tots, simplement perquè no podia decidir amb qui parlava cada vegada, s'havia tornat a transformar, la personalitat d'en Plankke havia aconseguit imposar-se i havia estat protestant amb tota la seva eloqüència, que era molta, per haver d'estar emmanillat i perquè creguessin que ell era l'amo legítim d'aquell cos. La Nora, sentint que en Max estava a punt de cedir i donar-li la raó només perquè parlava com un cavaller, el va portar a part per recordar-li que aquell cavaller tan raonable i benparlat havia intentat violar la Sanne.

—Com podem estar segurs que va ser ell? No seria més probable que hagués sigut en Michl?

—Per què? Perquè en Michl és un simple treballador i en Plankke és un professor universitari?

—Doncs sí, per exemple. La gent de la classe d'en Michl fa aquesta mena de coses i les dones com la Sanne hi estan acostumades.

—Acostumades al fet que les violin i les peguin?

—Exageres, estimada Nora. Pensa que cada classe té els seus hàbits i els seus barems.

—No hi ha cap dona que estigui acostumada al fet que la violin i li peguin. Violar i pegar a un ésser humà, home o dona, no és mai acceptable, en cap classe. I no em diràs que tu, en la teva meravellosa classe nobiliària, no coneixes els homes que fan les dues coses no només a les seves criades, sinó fins i tot a les seves esposes. —La Nora s'anava escalfant i cada vegada apujava més la veu.

—Jo no permetria que cap home de casa meva, ni pobre ni ric, tractés així una dona.

—I els de fora de casa teva?

—No em sembla bé però no m'hi puc ficar.

—Doncs ara sí que t'hi has de ficar. La Sanne està sota la nostra protecció. No et pots refiar d'en Frankie. No coneixem cap de les dues personalitats i em nego a pensar que en Michl és necessàriament el dolent perquè és pobre i analfabet. A la meva... —havia estat a punt de dir «la meva època», però havia aconseguit controlar-se a temps perquè tenia la sensació que en Wolf no es perdia res del que deien—... En la meva experiència, hi ha molts «cavallers», siguin professors, artistes, polítics, filòsofs... qualsevol cosa, que es comporten d'una manera menyspreable, encara que siguin rics i cultes.

Va veure de reüll que en Wolf assentia amb el cap, amb una lluïssor entremaliada als ulls, com si li digués: «Bé, noia, continua per aquest camí; tens tota la raó». En Max no se'n va adonar.

—Llavors què suggereixes? Que el continuem tenint emmanillat al pescant i que es passi el viatge explicant al senyor Eder tot el que li passi pel cap? Jo preferiria mantenir tot això en secret, especialment el que fa referència al meu amic Viktor. Tu no?

Ella va assentir amb el cap, mentre pensava a tota velocitat.

—Has portat els teus fàrmacs, oi?

—Sí.

—Tens algun sedant, somnífer... alguna cosa que el tranquil·litzi i el faci dormir? Així podríem portar-lo a dins del carruatge, emmanillat i adormit, fins que arribéssim.

En Max va repassar mentalment el contingut del seu maletí.

—Tinc làudan.

—Això és opi!

—Sí, majoritàriament —va contestar en Max amb tranquil·litat, sense entendre que ella estigués tan escandalitzada—. És una gran medicina.

—Ja. —La Nora va pensar durant un moment en tot el que en la seva època se sabia de l'opi, però va decidir que en aquells moments era bastant igual—. D'acord. Li donarem làudan i llavors ja ho veurem.

Des d'aquell moment havien fet així gairebé tot el camí, amb en Frankie adormit i, una cosa que al principi els posava els pèls de punta però que després s'havien acabat acostumant, amb el rostre canviant d'expressió i de forma amb les dues personalitats diferents que s'alternaven a l'interior de la seva ment.

La pobra Sanne se n'apartava tant com podia, sobretot quan era en Plankke qui ocupava el cos, i en dues ocasions va demanar i obtenir permís per fer unes hores a dalt amb en Wolf, a l'aire lliure del pescant.

El segon dia en Max va treure de l'equipatge els papers d'en Frankenstein i la Nora i ell es van posar a llegir-los, o més aviat a desxifrar-los, perquè la lletra d'en Viktor era infame, especialment quan escrivia de pressa i només per entendre-ho ell.

La Sanne mirava amb enveja mentre llegien fins que al final, en una parada que van fer per alleujar la bufeta, en la qual les dues noies van anar juntes a l'estable de la fonda, va acabar per preguntar a la Nora:

—Senyoreta..., és gaire difícil aprendre a llegir?

—No me'n recordo, la veritat. Jo vaig començar a aprendre'n quan tenia cinc anys. Però suposo que no, que és qüestió de voler i de pràctica. I de tenir qui te n'ensenyi, és clar.

—Vostè me n'ensenyaria? —Li feia una mica de vergonya ser tan atrevida, però amb la senyoreta Nora creia que podia fer-ho.

—És clar. No ho he fet mai, però ho podem intentar.

—Quina alegria!

—Per a què vols saber llegir? Si em permets la pregunta...

La Sanne se la va quedar mirant, perplexa. Ningú li havia parlat mai així. Ningú li havia demanat mai permís per a res.

—Per llegir novel·les i aprendre coses d'altres països, i gaudir amb les aventures dels personatges, i per no estar mai sola ni avorrida.

—Doncs dona-ho per fet. Tan bon punt arribem a un lloc tranquil, comencem. O… espera…, al carruatge tampoc tenim tantes coses per fer, no? Podem començar ara mateix.

Una estona més tard, sota la mirada escèptica d'en Max, la Sanne va aprendre les seves primeres quatre lletres: les que formaven el seu nom, majúscules i minúscules.

10

Amb prou feines feia unes hores que eren a Hohenfels, el castell de la família Von Kürsinger, quan poc abans de l'hora de sopar, i abans que la Nora hagués tingut temps d'explorar una mica, que era el que li feia més il·lusió, amb molt soroll de picarols, va aparèixer un cotxe de cavalls del qual van baixar dues dones, evidentment mare i filla.

Al cap d'un moment, una criada va tustar a la seva porta i li va demanar, de part del senyor comte, que baixés a conèixer la seva família.

La Sanne i ella van intercanviar una mirada.

—No es preocupi, senyoreta, està molt guapa, encara que porti aquest vestit tan estrany.

—És estrany, el vestit? —Era la primera vegada des que havia arribat a aquella època que algú li deia una cosa així.

La Sanne va abaixar la mirada.

—Bastant. Per aquí no s'ha vist mai res semblant.

«Maleïdes dissenyadores de teatre! —va pensar la Nora—. Ara resulta que el que porto no és un vestit acceptable i tothom ha anat veient que estranya que soc. Encara més.» Però com que no en tenia cap altre, no podia ni plantejar-se canviar-se de roba, de manera que va arronsar les espatlles i va baixar les ampul·loses escales fins a la planta baixa. Les veus venien de la saleta que donava a l'oest; els rajos del sol ponent s'escapolien per la finestra i venien a llepar les fustes vermelloses i polides del parquet; un bon foc crepitava a la xemeneia. Era la viva estampa d'una pel·lícula, només que era certa i no hi havia retorn.

En Max s'havia canviat de roba i li va allargar la mà quan la va veure entrar.

—Estimada Nora, vine a conèixer la meva tieta Charlotte i la meva cosina Katharina. Us presento la meva promesa: l'Eleonora.

—No saps les ganes que tenia que aquest nebot meu s'animés per fi a casar-se, filla meva! Perquè… us casareu, oi?

—Per descomptat, tieta.

—Hem vingut tan de pressa precisament per això, estimat Maximilian. No és convenient que tu i la teva promesa visqueu sota el mateix sostre abans de ser marit i muller sense ningú més al voltant, de manera que la Kathy i jo ens quedarem fins al casament. El teu oncle ha d'atendre uns assumptes a casa i vindrà demà o demà passat. També ho hem notificat a en Johannes, però sembla que està de viatge i ningú sap exactament on trobar-lo, però ja tornarà. La falsa moneda sempre acaba per tornar —va dir amb un to despectiu referint-se al seu altre nebot. Es va acomodar en una poltrona al costat del foc i es va quedar mirant la Nora com si estigués pensant a comprar-la—. A veure, filla, digues-me qui ets.

Ella es va escurar la gola, demanant ajuda a en Max.

—Soc… la Nora.

—Sí, això ja ho sabem, però d'on vens? De quina família, qui són els teus pares, on teniu les terres, casa vostra? Tens germans? Qui ha sigut la teva institutriu? Amb qui et relaciones?

—Jo... és complicat... i llarg d'explicar.

—No hi ha pressa, estimada meva. Tu ets la seva donzella? —va preguntar dirigint-se a la Sanne—. Ves a la cuina i digues a l'Edeltraut que ens serveixin aquí un te i algunes pastes per aguantar fins a l'hora de sopar. A veure, explica...

La Nora se sentia tan malament allà dreta al centre de totes les mirades que va acabar asseient-se en una cadira de respatller rígid.

—El meu pare és anglès i té terres al Nou Món, que ara s'anomena els Tretze Estats, des que es van independitzar de la Gran Bretanya. Jo em vaig criar allà fins als quinze anys, de manera que la meva llengua és més l'anglès que l'alemany, per això parlo una mica estrany. La meva mare, que era tirolesa, es va morir quan jo era molt petita. —La Nora preferia no haver de parlar de la seva mare i del que feia en realitat i de com l'havia deixat de banda gairebé des que tenia ús de raó—. Després dels quinze anys me'n vaig anar a viure amb el meu avi perquè el meu pare va tornar a contraure matrimoni i les relacions amb la meva madrastra no eren gaire bones. El meu avi, que és metge, em va portar amb ell a l'Àsia i des de llavors he viscut allà, fent molts viatges per la zona i aprenent d'ell tant com podia. —Va canviar la seva autèntica àvia per un avi, perquè va suposar que seria més creïble que un home fos metge, i va esperar que aquell currículum acabat d'inventar fos excusa suficient per a totes les coses que no sabia o tots els seus comportaments estranys.

—I què fas ara a Europa?

En veure-la perduda, en Max va intervenir:

—El seu avi va pensar que, com que ja tenia l'edat de buscar marit i a l'Àsia no hi havia més que militars i grans terratinents molt grans i aficionats a les begudes alcohòliques —els va fer un gest de complicitat—, seria convenient que passés un temps aquí i la va enviar a casa d'una tieta segona que vivia a Baviera, però tan bon punt va ser-hi, va resultar que la pobra senyora s'havia mort feia poc d'unes febrades i la Nora no coneixia ningú. Per sort, ens van presentar en una recepció que va fer l'alcalde d'Ingolstadt i jo em vaig convertir en el seu valedor perquè no podia suportar la idea que una dona tan formosa estigués tan sola i tan perduda.

—Vas fer molt bé, fill meu. —La tieta Charlotte va moure afirmativament el seu cap coronat amb una perruca blanca amb reflexos blaus i va tornar a clavar la vista en la Nora—. Així s'expliquen certes coses... —va dir, crípticament—. En fi..., si necessites aprendre alguns costums d'aquí per fer honor al teu espòs i a la teva nova família, nosaltres te n'ensenyarem amb molt de gust. Au, Kathy, puja amb la Nora i que s'emprovi algun dels teus vestits per al sopar!

Les dues noies van pujar al segon pis, acompanyades per la Luzia, la donzella que s'havien endut de casa per a totes dues, i allà la Katharina les va guiar a una habitació contigua als dormitoris que ocupaven ella i la seva mare, on hi havia un mirall sencer muntat en un marc de fusta brillant i ple de floritures.

—Mira quina preciositat, Nora! Quan el pare va regalar a la mare el mirall de casa pel seu aniversari, va convèncer en Maximilian perquè en comprés un per a la seva futura esposa. Ui! Em sap greu. Potser era una sorpresa i te'l voldria haver ensenyat ell mateix... Bé, no li direm res. Vine a la meva habitació. No he portat gran cosa, però crec que hi ha cinc o sis vestits per triar. Quin color prefereixes?

Mentre la cosina d'en Max parlava, la Nora no aconseguia apartar la mirada de la seva imatge al mirall. Feia tant de temps que no s'havia vist enlloc que amb prou feines es reconeixia. Tenia els cabells greixosos ben recollits en un monyo tibant fet per la Sanne, estava pal·lidíssima i s'havia aprimat tant que les galtes se li havien enfonsat i els pòmuls se li destacaven al rostre com els d'una calavera. El vestit de teatre li penjava de les espatlles com si el portés un espantaocells, però el pitjor de tot era la seva mirada, aquella mirada de boja, d'estar perduda en terra de ningú, de desesperació. Semblava un fantasma d'ella mateixa i no entenia com en Max podia voler casar-se amb ella, si no era per pur sentit del deure.

—Quin color t'agrada? —La veu de la Katharina la va treure dels seus pensaments.

—No ho sé. M'agraden tots.

—A veure... —La Luzia havia obert el bagul de viatge i la Katharia, amb mig cos a dins, s'esforçava a buscar—. Emprova't aquest rosa pàl·lid. Crec que pot quedar perfecte amb el teu color de cabells, amb aquests reflexos castanys tan bonics. M'encantaria tenir reflexos així! Vols que la Luzia t'ajudi a desvestir-te?

La Nora va tancar els ulls amb força recordant el mal tràngol passat a l'ajuntament d'Ingolstadt, quan l'havien examinat aquelles monges davant del jutge i els algutzirs. No volia haver de despullar-se davant de ningú més.

—No, gràcies. Ja ho faig jo. Ara torno —va acabar, agafant el vestit.

—On vas?

—A les meves habitacions, a buscar la Sanne.

La Katharina i la Luzia es van mirar, van remenar el cap, però no van dir res.

—Torno de seguida. Espereu-me aquí.

«Els miralls haurien d'estar prohibits —va pensar—. Abans de veure'm no em trobava tan malament com ara. Tinc pinta de cadàver i mai aconseguiré passar per una noia normal en aquest ambient.»

Es va ficar a la seva habitació i, si no es va posar a plorar, va ser senzillament perquè no volia que se li envermellissin els ulls i que tothom li preguntés què li passava. Un segon més tard van sonar dos copets a la porta i va entrar la Sanne, tan fresca i bonica com sempre, la viva imatge de la joventut i l'alegria.

—M'ajudes a vestir-me?

—I tant, senyoreta. A veure… Quina meravella de teixit! Estarà preciosa quan se'l posi.

La Nora es va posar la roba, que li anava una mica ampla, però que la Sanne li va arreglar a força d'estrènyer cintes, i el seu aspecte va millorar força. En el mirall petit del tocador continuava semblant un fantasma amb els cabells bruts, però no hi havia gaire més per fer.

—Esperi, senyoreta, demanaré a la cosina del senyor que ens deixi una perruca. Segur que n'ha portat més d'una.

—Creus que podria rentar-me els cabells demà?

—Demà demanaré al senyor que em permeti preparar-li un bany.

La Nora es va asseure al tocador i es va quedar mirant-se les celles sense depilar, els ulls enfonsats, les galtes sense carn, els llavis secs. Mai en tota la seva vida havia estat tan horrible.

Aleshores va recordar una cosa que va fer que s'aixequés corrents i de pressa i buscar entre les seves poques pertinences fins a trobar-ho. A la bosseta que s'havia endut de casa hi havia el que ella recordava: un *eyeliner*, un pintallavis, un rímel i una ombra d'ulls.

Va posar fil a l'agulla i quan la Sanne va tornar amb la perruca, va estar a punt de deixar-la anar de la impressió.

—Està guapíssima, senyoreta Nora! Deixi'm posar-li això.

Li va ajustar la perruca blanca i, de sobte, totes dues es van quedar mirant la imatge de la bella desconeguda que reflectia el petit vidre del mirall.

—El senyor comte caurà rodó quan la vegi —va afirmar la Sanne, prement una mà contra l'altra damunt del davantal.

—Au, vine amb mi. Anem a reunir-nos amb els altres.

* * *

En Max havia dedicat molt de temps de reflexió a què fer amb la criatura d'en Frankenstein un cop instal·lats a casa. Primer havia pensat deixar-lo als estables a càrrec d'un dels mossos, en Thomas, que era el més antic, però aleshores se li havia acudit que allà estaria exposat al fet que el veiés massa gent i comencessin a córrer rumors, de manera que havia acabat per portar-lo a les golfes i deixar-lo de moment a càrrec de l'Eduard, el majordom que era a la casa des de la joventut del seu pare, amb l'ordre expressa que ningú s'assabentés de la seva presència.

No deixava de donar voltes a la carta d'en Viktor en la qual li demanava que el matés. Era horrible pensar que el seu pobre amic hagués arribat a aquell punt de falta de responsabilitat, a aquella mesura de crueltat envers la seva pròpia creació, i, alhora, alguna cosa al seu interior li deia que aquella podria ser la millor manera de resoldre el problema. Ell i la Nora estaven a punt de començar una nova vida, hi hauria moltes dificultats per superar, moltes qüestions per solucionar. El fet d'haver-se de fer càrrec d'un ésser monstruós que, a més, albergava dues ànimes al seu si, de les quals com a mínim una era clarament perillosa, era una cosa que pesaria innecessàriament en una relació que ja era difícil en si. La mort del monstre solucionaria força les coses i, al capdavall, la criatura ja estava morta. Tant en Plankke com en Michl havien perdut la vida original, la que els havia sigut donada per la Divina Providència, i el que tenien ara era un pobre simulacre de vida dut a terme per un simple mortal.

Li hauria agradat consultar-ho amb un teòleg, però tampoc volia implicar ningú més i sobretot no volia que l'Església s'assabentés dels experiments duts a terme per en Frankenstein. Podrien acabar tots a la foguera.

Tampoc sabia ben bé què fer amb en Wolf Eder. Els havia acompanyat i protegit en el viatge, però, ara que s'havia acabat la seva comesa, el millor hauria sigut llicenciar-lo i deixar-lo marxar. Si no ho havia fet encara, era simplement perquè alguna cosa en el seu interior no havia acabat de decidir si necessitaria algú que s'encarregués del monstre.

El Llop, com li havia confessat que acostumaven a anomenar-lo, no li havia dit amb totes les paraules que era un assassí a sou, però havia deixat força clar que els seus escrúpols estaven per sota de la mitjana i que, si li semblava que amb la mort d'algun malfactor altres persones de bé quedaven protegides, no tenia manies per fer servir la seva daga contra ell.

Li feia veritable vergonya estar ponderant la possibilitat de convertir-se en assassí (ja que els seus principis li deixaven clar que qui ordena una mort és tan culpable com qui l'executa) i li hauria agradat negar-se a considerar-la, però encara no havia arribat tan lluny. De manera que tenia dos problemes greus: l'existència de l'esguerro sota el seu propi sostre i la decisió del seu futur. A més del problema de tenir un assassí ociós al seu servei, pul·lulant per casa seva i per les seves terres, i de l'altre problema, més petit, que la seva tieta, en els tres dies que feia que era amb ells, ja s'havia adonat que la Nora no era normal en absolut.

La tarda anterior, aprofitant el temps assolellat, li havia demanat que l'acompanyés al roserar a veure com s'anaven desenvolupant les plantes i allà, tots dos sols, li havia comentat que no s'explicava com havia triat aquella jove com a companya per a la resta de la seva vida.

—No m'entenguis malament, Maximilian. La mossa és amable i bonica, tot i que té una bellesa una mica... original. —En Max va estar a punt de preguntar-li què volia dir amb allò, però la veritat era que no li feia res en absolut que la seva tieta trobés la Nora més o menys guapa. Per a ell era la dona més bella del món. Quan la va veure baixar la primera nit amb el vestit que li havia deixat la Kathy, la perruca i una cosa que s'havia fet a la cara i que no sabia què era... aquelles coses que es fan les dones quan els homes no hi són... va sentir que es desmaiaria d'amor. La tieta Charlotte va continuar parlant com si ell li estigués prestant tota la seva atenció—. El que passa és que no té ni idea de fer costura, no sap portar una casa, no toca cap instrument, amb prou feines parla francès, no coneix ningú, no sembla tenir sentiments religiosos... —Ell anava fent que sí amb el cap mentre la tieta Charlotte anava comptant defectes amb els dits—. Opina massa, pensa massa, parla amb vehemència de moltes qüestions que no són femenines, et tracta sense cap mena de respecte, que és el que més mal em fa, i et toca massa, tot i que suposo que aquesta és una de les coses que més t'agraden a tu. No series un home, si no. Però aquesta és la meva por, fill, ho entens? Que el que de veritat t'agradi de la Nora sigui la part... més física de la relació. Lamento haver de parlar-te tan clar, però em sembla important haver-t'ho dit. No deu estar embarassada ja, oi?

—No, tieta. Si us tranquil·litza, us puc dir que no hem tingut cap mena d'intimitat que no sigui correcta entre promesos.

—Em treus un pes de sobre, però em preocupa que una perfecta desconeguda amb una història inversemblant sigui la pròxima comtessa de Hohenfels. Perquè el que resulta realment inadmissible, perdona que et parli tan clar, fill meu, és que t'hagi passat ni tan sols pel cap la idea de contraure matrimoni amb una plebea desconeguda. A tu precisament, al comte de Hohenfels, una de les famílies aristocràtiques més antigues d'Europa. Tu, casar-te amb una dona que no és dels nostres, que no té família, ni arbre genealògic, ni educació, que no sap portar una gran casa com la teva... una mossa de carrer, com si diguéssim... Has perdut el seny? No t'importa que tots els teus egregis avantpassats s'estiguin agitant a les seves tombes?

—Us agraeixo la vostra preocupació, que és mostra d'un afecte profund, estimada tieta, però us prego que m'atorgueu el benefici de confiar en mi i en el meu criteri. He triat la Nora com a esposa i així serà.

—Com vulguis, nebot —va dir la dona prement els llavis—. Tu ets el comte.

Havien tornat a la casa en silenci, amb una certa tensió a l'ambient. Ell respectava i estimava la seva tieta Charlotte. Era una dona intel·ligent i bona, i l'havia ajudat molt quan va perdre la seva mare, però no li podia dir qui era la Nora i per què resultava tan estranya. De la mateixa manera que no podia dir-li per què estava enamorat d'ella, per què el seu cor arrencava a volar tan bon punt la veia, per què tenia la sensació que l'únic sentit de la seva existència era estimar-la i cuidar-la i estar amb ella. Ni ell mateix ho sabia, però era així, i no permetria que ningú li prengués aquella felicitat. Ningú.

* * *

Entre la foscor del beuratge que li feien prendre, en Michl buscava una sortida a aquella situació espantosa en la qual es trobava. Allò era pitjor que la mort, perquè en el temps que havia estat mort no havia sentit res ni tenia cap record, mentre que ara patia gairebé constantment, sobretot per l'angoixa de compartir el més íntim i preuat que té una persona, que és el seu propi cos, amb una altra ànima. Amb una ànima en guerra, a sobre. Algú que no estava disposat a compartir o a arreglar-se d'alguna manera per continuar endavant, sinó que volia expulsar-lo per complet del seu cos i enviar-lo de nou a la mort, al no-res, precisament ara que havia tornat a trobar la Sanne i que ella li havia somrigut, no només al laboratori quan li va donar les gràcies, sinó algunes vegades més durant el viatge.

Recordava amb un efecte especial un moment en el qual ella, asseguda al seu costat al carruatge, i veient als seus ulls que era ell, en Michl, no el catedràtic luxuriós i superb, havia acostat el seu cap daurat a la seva espatlla i, amb un somriure, li havia donat un tros del *brezl* que ella es menjava.

Necessitava parlar amb el comte, li havia d'explicar que ell volia treballar, ajudar, intentar conquerir el cor de la Sanne, tornar a ser un home normal. Però per aconseguir-ho havia de trobar una manera de deslliurar-se de l'altra presència, i això només podia fer-ho ell, o el seu amic, l'estudiant que ho havia fet possible.

Havia decidit que el primer era intentar evitar estar sempre endormiscat amb la droga que li donaven; després fer tot el possible per sortir d'allà; demostrar que podien confiar en ell; veure la Sanne, parlar-hi, parlar amb Sa Excel·lència... Però abans que res havia de tornar a tenir la ment clara i començar a moure's.

En Plankke estava adormit. A poc a poc, en Michl havia après a palpejar amb compte per saber si l'altre dormia. Era una mica com quan dorms al mateix llit que un desconegut i et mous amb una cura infinita per veure si reacciona.

En Michl es va posar dret en la foscor de les golfes. Notava els membres tous, com si estiguessin fets de resina calenta, però almenys li responien. Es va acostar a la finestreta i va mirar a l'exterior: hi havia una capa de neu lleugera i tot estava en silenci. Devien ser les tres o les quatre de la matinada. No era el moment adequat per passejar-se per la casa, fins i tot si la porta hagués estat oberta, però era l'ocasió perfecta per mirar de forçar el pany o veure si aconseguia una altra manera de sortir d'allà a voluntat. Tenia fins a l'albada per intentar-ho.

Es va aproximar a la porta trepitjant suaument per evitar els cruixits dels llistons del terra i, amb molt de compte, va accionar el picaporta de ferro. Per sorpresa seva, la porta es va obrir i ell es va trobar de cara a unes escales que baixaven en la fosca. Indecís, va fer una passa sense saber què feia i a on anava. Les restes del beuratge encara li feien una mica d'efecte i tenia la sensació d'estar somiant, com si el que l'envoltava no fos del tot real, sinó una mena de malson suau.

Va baixar al segon pis per trobar-se amb un passadís ple de pesades portes gravades, amb una finestra al fons per la qual entrava una mica de llum de lluna; una llum lletosa, hivernal. A mesura que avançava s'anava trobant amb els ulls d'homes i dones que devia fer molt de temps que estaven morts i enterrats i que ara el contemplaven amb desaprovació des dels seus quadres emmarcats en fusta folrada de daurat. En algun lloc llunyà un rellotge va tocar les dues. No era tan tard com ell suposava, però ho era prou perquè tots dormissin.

Va continuar avançant fins que va arribar a una escala principal, els graons de marbre de la qual es perdien en la penombra del vestíbul. A la seva esquerra, una porta estava ajustada. S'hi va acostar molt a poc a poc, tement que en qualsevol moment algú pogués sortir d'allà. Va escoltar intensament, però el silenci era total. Va posar la mà grossa a la porta per empènyer-la i va fer dues passes cap a l'interior.

Davant seu es retallava contra la penombra la silueta d'un home enorme, d'espatlles amples i carregades que avançava al seu encontre. Va estar a punt d'udolar de terror, però va aconseguir silenciar el crit que amenaçava escapar-se de la seva gola posant-se damunt dels llavis la mà femenina, la dreta. Es va quedar rígid, esperant. L'altre també es va aturar.

A poc a poc, els ulls se li van anar adaptant a la foscor i va poder veure el rostre repugnant de l'ésser que tenia al davant: una pell pal·lidíssima amb el front bombat i els ulls enfonsats en unes ulleres com pous de foscor; els llavis fins i rectes, gairebé morats; una cicatriu terrible a l'altura d'un ull i al voltant del coll; una orella arrencada i uns cabells negres i llisos que li queien a banda i banda del rostre emaciat. En aquella casa vivia un monstre que només sortia a les nits a passejar per les seves estances per evitar que el veiessin. El cor se li va omplir de compassió. Pobra criatura! Qui devia ser aquell dissortat home? Un malalt? Algú que havia quedat malferit en un accident?

En Michl va allargar una mà cap a l'ésser horrible i la criatura li va oferir la seva.

—No tinguis por, amic. No et vull fer mal.

La seva veu, tot i que suau, va produir un eco a l'habitació. No hi va haver resposta. Va fer una altra passa per reunir-se amb aquell altre ésser desgraciat. L'altre el va imitar.

Abans que la seva mà estesa reposés sobre la fredor del mirall, en Michl ja havia entès que el monstre era ell. Dues llàgrimes van lliscar per les seves galtes xuclades.

Es va girar i va tornar a les golfes, sumit en la foscor.

11

Quan van baixar del carruatge en plena Getreidegasse, al centre de Salzburg, la Nora va somriure meravellada. Si no es fixava en les portes de les cases, gairebé totes ocupades per tallers d'artesans, i es limitava a mirar cap amunt, cap a les finestres i miradors dels edificis, semblava que hagués tornat a la seva pròpia època perquè tot estava com ella ho recordava de quan l'any anterior havia passat un cap de setmana amb una amiga allà, a Salzburg. Llavors, amb més rapidesa de la que li hauria agradat, es van posar en marxa i la sensació meravellosa va desaparèixer. Li va tornar a quedar clar que estava atrapada en un temps que no li pertanyia; on la gent pensava i sentia d'una altra manera, on ni tan sols podia parlar còmodament perquè la miraven malament, ni fer la majoria de les coses que li agradaven perquè no existien; on tampoc podia fer esport, sortir a córrer o a caminar en pantalons curts, anar al gimnàs o a la piscina. Tenia la sensació que feia segles que no havia sentit música de cap mena; fins a la tarda anterior no s'havia dutxat ni banyat sencera des que havia sortit del seu pis seguint en Max; no havia pres cap dels seus menjars preferits, ni tan sols una fruita perquè era hivern i a l'hivern no es podia aconseguir cap mena de fruita fresca al segle en el qual es trobava. Començava a entendre per què als llibres i poemes antics es parlava tant de la primavera.

Va ser un matí molt agitat. Malgrat el fred, i que els carrers estaven coberts d'una capa de neu molt bruta i trepitjada ja, van caminar amb bon humor i s'ho van fer venir bé per visitar una cotilleria, una perruqueria, un sabater i una modista. Després la Charlotte, la Katharina i la Nora van dinar en una saleta reservada a les dames mentre que la Sanne, la Luzia i en Wolf feien el mateix a la sala comuna de la taverna del costat, i a la tarda encara van tenir temps d'anar a una barreteria i comprar algunes peces soltes, com ara guants i vanos, que pel que semblava eren necessàries per guarnir les fèmines.

Ja havien sortit de l'últim establiment quan la tieta Charlotte va recordar una cosa més i va girar cua, però quan va veure la cara d'esgotament de la Nora va dir agitant una mà:

—Continua cap al cotxe, estimada. De seguida ens reunim amb tu. Herr Eder, acompanyi la senyoreta. Sanne, queda't amb nosaltres per ajudar-nos a portar les compres.

El Llop, carregat de paquets i bosses de tots els colors, va fer una temptativa de reverència i va seguir la Nora pel carrer principal. Ella es va aturar per posar-se al seu costat i així van caminar l'un al costat de l'altre, per perplexitat d'en Wolf, com si fos el més normal del món. Quan van passar per l'estafeta de Correus, la Nora va llançar una mirada ràpida per damunt de l'espatlla amb la intenció d'assegurar-se que la tieta Charlotte no corria per allà.

—Faci el favor d'esperar-me un instant, Herr Eder. He de fer un encàrrec.

I sense esperar resposta, va entrar a l'oficina i va dipositar la carta que havia escrit la nit abans. Un moment després tornava a ser al carrer amb en Wolf.

—He sentit a dir que heu viscut a Amèrica —va comentar. Tenia la sensació que a aquella noia no li semblava un atreviment parlar amb ell pel carrer. No es va equivocar. La Nora li va contestar amb naturalitat, com si la promesa d'un comte pogués conversar amb tota normalitat amb un manefla com ell.

—Així és. Molts anys.

—I com és? He pensat algunes vegades a fer el gran salt i creuar l'oceà.

—És una bona idea per a un home valent. Hi ha moltes terres molt barates, fins i tot gratuïtes, i gran llibertat de moviment, però també és un lloc perillós. La part positiva és que, tan aviat se surt de les grans ciutats de la costa est, ja ningú pregunta qui és cadascú o d'on ve. Allà un es pot fer a un mateix, sense que importi el seu llinatge o la seva extracció social.

En Wolf la va mirar sorprès. Per com havia parlat, estava clar que a ella les noves idees que només es podien llegir als llibres prohibits, com ara la llibertat i l'abolició dels privilegis de la noblesa, li semblaven bona idea, i això no era normal en una dama, i molt menys en una dama que s'estava a punt de casar amb un comte. Aquella noia era realment estranya, i estranyament atractiva. Li va llançar un dels seus somriures de conquistador. No es perdia res per intentar-ho.

Ella també li va somriure, però sense un bri de coqueteria, com si fos un noi, mirant-lo directament als ulls sense més intenció que veure'l.

—Estic cansadíssima —va afirmar—. Això de sortir de compres és esgotador.

—És el que més agrada a les dones.

—Uf. Depèn. A mi ara m'agradaria més anar a nedar —va acabar amb un somriure nostàlgic.

En Wolf va esclatar a riure.

—En ple hivern?

Ella va somriure.

—En algun país càlid. Per demanar...

—Sabeu nedar?

La seva expressió incrèdula va fer que s'adonés que havia tornat a ficar la pota, que no era normal ni de lluny que les persones sabessin nedar, i molt menys una dona, de manera que va decidir continuar embellint la seva història retorçant records reals perquè casessin amb el que ja havia anat explicant.

—El meu avi me'n va ensenyar, a Siam, per estar més tranquil quan sortíem amb el veler per la badia. Així, si queia a l'aigua amb un cop de mar, podia aguantar fins que em pugessin. —El dia abans s'havia tancat amb en Max a la biblioteca i, mirant un globus terraqüi, havien localitzat el que per a ella era Tailàndia, on havia estat un mes l'estiu anterior, i que al segle XVIII es deia regne de Siam i tenia la capital a Ayutthaya.

—Sou una capsa de sorpreses, senyoreta.

Ella va deixar anar una riallada. Ell va deixar els paquets a terra, li va obrir la porteta del carruatge i es va quedar a fora, desitjant continuar parlant amb ella, però sabent que era totalment impossible, que ja s'havia arriscat molt.

Van tenir sort perquè en aquell mateix moment van tornar les altres xerrant i rient com un estol d'ocells.

—Mira, Nora, també hem comprat ombrel·les. Ara les veuràs quan arribem a casa. —La Katharina estava excitadíssima—. Quines ganes que tinc que puguem venir a emprovar-nos tot el que hem triat, i de veure ja llest el teu vestit de núvia!

Just quan els homes van començar a caminar, la tieta Charlotte va mirar per la finestreta, es va acostar al nas els seus impertinents, unes ulleres estranyes amb mànec com si fossin un antifaç, i va exclamar:

—Mireu, mireu, nenes, allà hi ha Herr Mozart!

—El músic? —va preguntar la Katharina.

—Exactament.

La Nora va arribar a veure un jove d'estatura mitjana, vestit de gris, amb perruca i tricorn, caminant a grans gambades fins que va girar la cantonada. Va sentir fred de sobte. Més del que es podia adjudicar a la temperatura exterior. Acabava de veure el geni més gran de la música encara viu, caminant per la seva ciutat, sense saber que amb prou feines li quedaven uns anys de vida. Perquè recordava amb tota claredat de les seves classes a l'institut que Wolfgang Amadeus Mozart va morir als trenta-cinc anys.

* * *

En Frankenstein mirava per la tranquil·la extensió del llac que, a mig matí, estava blau com un cel d'estiu, tot i que la temperatura era igual de baixa que durant les setmanes anteriors. Els alts cims nevats es reflectien a l'aigua reduplicant la imatge i tot el paisatge era un mirall de pau que contrastava horriblement amb la guerra que sentia al seu interior.

Estrenyia a la mà una carta que l'havia commocionat i sobre la qual encara no havia aconseguit prendre cap decisió; la carta d'una desconeguda.

Es va tornar a asseure a la butaca de davant de la finestra i va llegir de nou les línies escrites en una cal·ligrafia tan estranya com el seu contingut:

Benvolgut Viktor Frankenstein,

Encara no em coneixes i tot i això m'atreveixo a escriure't, atesa la importància de la qüestió. Perdona que et tracti de tu sense coneixe't personalment, però soc gairebé estrangera i no domino les subtileses de la llengua ni em crec capaç d'escriure correctament de vós.

Em presentaré: soc la Nora Weiss i em casaré amb en Maximilian von Kürsinger d'aquí a dues setmanes, però no t'escric per convidar-te al casament, tot i que per descomptat espero que vinguis, ja que res alegraria més en Max que tenir-te al seu costat en aquests moments. Saps que ets el seu millor amic, jo crec que l'únic, i està patint molt tant per la teva absència com pels problemes que has carregat sobre les seves espatlles. I sobre les meves, afegeixo jo ara, sense que ni ell ni jo tinguéssim part en els teus experiments.

No em puc allargar gaire. Demà tindré ocasió d'enviar aquesta carta per correu sense que ningú se n'adoni (almenys això espero) i no tinc gaires estones d'intimitat en aquesta casa, ni tan sols per escriure.

No et retrauré ara el que vas fer. Sospito que n'ets conscient i que aquest va ser el motiu de la teva fugida. El que sí que has de saber és que el problema s'ha aguditzat des que te'n vas anar perquè la criatura a la qual vas donar la vida ha resultat ser un ésser doble —com tu temies— i ara se'ns està tornant realment impossible de controlar, ja que una de les personalitats sembla pacífica i solidària mentre que l'altra és perillosa i m'atreviria a dir que fins i tot maligna.

En Max i jo hem revisat les teves anotacions i els seus fàrmacs. Tots dos som estudiants de Medicina —sí, jo també, encara que et resulti difícil de creure—, però no aconseguim entendre moltes de les teves conclusions. O falten estadis que no has documentat o som massa curts de gambals per entendre un procés que, per a tu, òbviament, estava clar.

Vull que sàpigues que no tenim gens d'interès a dominar el secret de donar vida a la carn morta. El teu secret és teu i pot morir amb tu si ho desitges, però ens agradaria saber si has reflexionat sobre tot el procés i si se t'acudeix alguna manera de fixar en la criatura una única de totes dues personalitats, reprimint l'altra de manera definitiva.

L'alternativa de destruir l'ésser que has creat és una cosa que ni en Max ni jo ens volem plantejar, almenys de moment. No et pot mancar el sentit de la responsabilitat fins al punt de deixar-nos en aquesta situació, perquè siguem nosaltres el braç executor mentre que tu t'allunyes i t'envoltes dels teus i oblides, així, el teu deure envers la teva creació.

Amb aquesta carta et prego que vinguis a Hohenfels, que, amb l'excusa d'assistir al nostre casament, t'enfrontis a la teva responsabilitat i ens ajudis a solucionar un problema que tu i només tu has creat. No és propi d'un científic, ni d'un cavaller, ni d'algú que es preï de dur penjat al coll el símbol de Minerva defugir les seves obligacions. Ni és d'amics carregar a en Max amb un afer d'aquesta envergadura.

Ell no sap res de la meva carta. Sé que està donant voltes a la possibilitat d'escriure't, però no aconsegueix trobar el to adequat per no ofendre't i tampoc vol confessar quant et necessita. A mi no m'importa fer-ho, per això t'ho demano ara, encara que ja sé que sona més a exigència que a prec.

Vine a Hohenfels, Viktor! Enfronta't a la criatura que has creat i que et necessita. Sé que no és una visió agradable, però un pare no pot abandonar un fill a causa de la seva lletjor. Tu mateix el vas crear i no va poder ser cap sorpresa adonar-te de fins a quin punt el seu aspecte s'allunya del que és comú en els mortals. Però, si per fora infon espant, o almenys desassossec i disgust, per dins, quan sorgeix la personalitat del nano de qui vas prendre el cos, és un noi ingenu, valent i bo que cal una mà que el guiï, un futur al qual aspirar.

T'esperem. No triguis. Em poso a la teva disposició si em necessites per assistir-te al laboratori, tot i que ja suposo que la teva primera elecció serà en Max. No el decebis, si us plau. No li neguis la teva ajuda.

T'envio salutacions des de les terres de Salzburg i espero veure't aviat.

Nora

Aquella carta era un insult i més escrita per una dona, i a més, desconeguda. Calia un desvergonyiment immens per sentir-se justificada per escriure una cosa així a un cavaller, un jove científic brillant, i membre de la secreta Orde dels Illuminati.

En Maximilian devia haver perdut el cap per haver-li confiat a aquella mossa secrets tan terribles, fins i tot el fet que tots dos pertanyien a l'Orde. Havia traït el seu jurament per una dona!

Malgrat tot, alguna cosa en el que li deia en aquelles línies tan maldestres li havia ferit l'ànima. Era cert que havia carregat sobre el seu amic tota la responsabilitat que només li pertanyia a ell mateix. Cert també que l'havia abandonat i li havia traspassat les seves obligacions sense més explicació que una carta breu redactada durant el viatge i sota la influència de l'alcohol.

Però ell estava malalt, els seus nervis no li permetien gairebé ni menjar sense vomitar després, ni dormir sense malsons. No se sentia capaç de fer un viatge fins a Salzburg, i més durant l'hivern. Serien prop de deu dies de carruatge, de mals hostals, de menjar infecte..., ara que s'estava començant a sentir bé a casa, envoltat del seu pare i els seus germans. I tot per què? Per trobar-se cara a cara amb l'horror d'haver de veure's obligat a prendre decisions espantoses que li destrossarien la petita calma que havia començat a instal·lar-se al seu cor.

En Maximilian era comte i, com que ja no tenia pare, estava habituat a decidir, a actuar; també era un bon científic, però sobretot era un home d'acció. I estava a punt de casar-se, cosa que significava, si s'havia de jutjar per la carta, que havia trobat algú amb qui compartir el pes dels secrets, algú que l'ajudaria a portar la càrrega. No com ell mateix, sol, abandonat per tothom, sense una mà blanca de dona que li eixugués el front suat després d'un malson.

Ell havia tornat a la vida el seu amic quan aquells criminals l'hi van prendre a ganivetades. No podia fer més. Von Kürsinger estava en deute amb ell i el pagament consistia a ocupar-se del seu experiment fallit. Que aquella Nora ho entengués o ho deixés d'entendre no era cosa seva.

Si a la primavera, quan tant el temps com ell mateix haguessin millorat, en Maximilian li escrivia per demanar-li una entrevista, no l'hi negaria. Mentrestant, li remetria una carta en què li aclariria alguns extrems del que, segons les seves investigacions, considerava la barreja més convenient per intentar reparar l'estrall produït per l'existència de dues ànimes en un sol cos. Ja tenia algunes idees que es podien explorar en aquest sentit.

Però no aniria a Hohenfels, no miraria altra vegada l'ésser espantós i obscè al qual havia donat la vida per un simple error. Dedicaria el temps a curar-se a ell mateix en cos i ànima, a fer passejades llargues pels prats i els boscos quan l'estació fos favorable, a remar al llac i a escalar les muntanyes circumdants, a gaudir de l'amor dels seus, de les rialles del seu germanet petit, per al qual ell era un semideu, a reflexionar sobre les qüestions científiques més candents i, si la fortuna el somreia, potser amb el temps fins i tot aconseguiria trobar una bella jove que li fes oblidar els patiments passats.

Va arrugar la carta dins del puny, la va dipositar en un bol de marbre i hi va calar foc.

* * *

En Johannes von Kürsinger va despatxar de mala manera el seu majordom, que, tan bon punt va haver arribat ell, esgotat, acalorat malgrat el fred que regnava i fent una pudor que empestava per culpa del cavall, la suor i els mals hostals, havia tingut la gosadia de comunicar-li el missatge de la tieta Charlotte pel que feia al casament d'en Maximilian amb aquella estranya que s'havia ficat a la seva vida disfressada d'home.

Havia reflexionat una mica durant el viatge, havia esgotat el Donner amb els seus galops, necessaris per ventilar la fúria que l'ofegava, i havia arribat a la conclusió (atès que no hi havia hagut manera humana de localitzar el Llop) que ell era perfectament capaç d'ocupar-se en persona del que desitjava. Al cap i a la fi, es tractava senzillament de desfer-se del seu cosí d'un mode o d'un altre, i això havia d'estar a l'abast d'algú com ell, fill d'una de les primeres famílies de Salzburg, hereu d'una llarga nissaga de guerrers que havien combatut fins i tot en les Croades per alliberar els llocs sants dels infidels. Sabia fer servir una espasa com un cavaller i una daga com un rufià; no era gens menyspreable com a arquer i la ballesta es comptava entre les seves armes preferides, així com les pistoles i fusells més moderns, però el més important era que la seva perícia com a caçador era llegendària i l'experiència de la caça l'havia aguerrit fins al punt que ni la sang ni la mort el feien tremolar. La mort era només l'altra cara de la vida.

Es va despullar i va ordenar a en Lukas, el seu criat personal, que cremés totes aquelles robes pudents que l'havien acompanyat durant tant de temps. No les volia veure més, ni al seu cos ni al de cap criat.

Es va ficar a l'aigua calenta de la banyera amb un sospir de satisfacció i de seguida va allargar la mà per rebre la copa de vi de xerès que tant havia enyorat durant el viatge. Tenien raó els que deien que no hi ha res com casa d'un, i, si ell desitjava desesperadament ser el senyor de Hohenfels, no era perquè li semblés que aquell castell era millor que el seu, sinó perquè era el que pertanyia al comte, i ell no podia suportar la idea que el seu cosí Maximilian, només per ser el primogènit del primogènit, tingués el dret que a ell se li negava, sobretot considerant que ell ja era un home de trenta-dos anys mentre que el seu cosí en tenia deu menys i era gairebé un nen.

Va escurar la copa i va allargar la mà per demanar-ne una altra. En Lukas l'hi va servir tot d'una.

També hauria de matar la criadeta que esperava el fill d'en Maximilian, ja que, per més que fos un bastard, seria el primer fill nascut del comte de Hohenfels i, quan un coneixia la Història en majúscules, sabia que perdonar un bastard era una cosa que sempre havia portat problemes.

A la xicota la podia deixar amb vida, sempre que els altres dos desapareguessin abans del casament. Si pel que fos, no ho aconseguia abans que es casessin, també hauria de morir per no córrer el risc que s'hagués quedat embarassada la mateixa nit de bodes i, sent ja la comtessa vídua, tingués el dret d'esperar al part i transmetre el títol al nounat, en cas de ser home.

Hauria sigut molt més còmode comptar amb el Llop, però a falta d'ell, estava segur de poder trobar un parell de rufians que s'encarreguessin de la feina menys elegant o que li guardessin l'esquena quan fos necessari.

Descansaria dos dies i, abans de visitar el seu cosí a Hohenfels, passaria primer per determinats tuguris que coneixia bé a la principesca i arquebisbal ciutat de Salzburg.

* * *

La Sanne va deixar la Nora ficada a la banyera gaudint de l'aigua calenta i, molt sigil·losament, va pujar les escales que duien a les golfes, ocultant sota el davantal una cosa que havia robat de la cuina. Feia uns quants dies que havia adquirit el costum de passar pel lloc horrible on havien confinat en Michl i, des de la porta, tocar una contrasenya que només coneixia ell. Si era ell, obria la porta i xerraven una estona. Si no l'obria, se n'anava.

Ni ella mateixa aconseguia explicar-se com era possible que aquell esguerro mal cosit s'estigués convertint en algú amb qui li agradava parlar, però era la persona que millor l'havia tractat a la vida, sense comptar el comte i la senyoreta Nora.

La primera vegada que va pujar, perquè necessitava desesperadament parlar amb algú que no fos la senyoreta o el senyor i ell era un noi del seu poble, se l'havia trobat plorant, tapat amb el vel i amb el barret posat i, només després d'una estona de persuasió, va aconseguir que li expliqués una mica com se sentia, ara que s'havia adonat del tot de què era el que veien els altres quan el miraven.

—Soc un monstre, Sanne. Mai podré sortir a la llum del dia i tenir una vida normal —li havia confessat per fi—. No m'explico que tu, que ets com una flor de primavera, no apartis la vista, oiada, quan em veus.

—La meva àvia deia que no tot és el que es veu, que el que val la pena de veritat és el que s'esbrina amb el temps, el que hi ha dins del cor de les persones. I que, tard o d'hora, fins els més guapos es tornen vells i lletjos.

En Michl li va explicar com lluitava contra l'altre, contra el professor Plankke, a qui, pel que semblava, li agradava molt la medicina que li donaven i que ell reduïa a la meitat, guardant-ne un glop a la gola per escopir-lo després, quan marxava el majordom. Ja començava a saber apartar l'altre i deixar-lo dormir i somiar mentre ell estava despert, però no sempre ho aconseguia i hi havia vegades en què havia de veure, desesperat d'impotència, com l'altre serrava les dents i clavava cops de puny a les parets sense que ell pogués fer res per impedir-ho.

Ella, una vegada que ell va començar a sentir-se millor, li havia explicat la por que tenia per la seva criatura, perquè aviat se li començaria a notar i no sabia si podria quedar-se en aquella casa o si la tornarien a posar al carrer; i ella no tenia on anar, ni família ni ningú que pogués ajudar-la. Tampoc es volia desprendre del petit i deixar-lo a altres persones. Aquell nen era seu i només seu i ja se l'estimava, tot i que encara no l'hauria reconegut si l'hagués vist entre uns quants més.

Quan es van separar, tots dos se sentien molt millor i, des de llavors, la Sanne el visitava sempre que podia.

Ara va tocar la clau convinguda: tres cops seguits, una pausa i dos més. Un moment més tard, l'alta figura d'en Michl es va retallar a la porta. Duia el vel i el barret posats.

—Però, home de Déu, què fas? Treu-te això, sembles un espantaocells! Ja tinc costum de veure't, no m'espantaré.

—No, Sanne. És millor així.

—Que t'ho treguis, et dic!

Va fer-li cas a poc a poc mentre ella treia el que havia portat de la cuina embolicat amb un tovalló.

—Michl! Què t'ha passat?!

Tota la cara lletja de l'ésser estava marcada per esgarrapades sangoses.

—Pedrades?

Ell va assentir.

—Com? A on?

—No vaig aconseguir aturar en Plankke. Va sortir ahir a la nit i aquest matí, a l'albada, ha entrat en una granja propera. S'ha ficat al galliner a robar uns ous i s'ha trobat amb una nena que havia anat a recollir la posta. Devia tenir uns deu o onze anys... L'ha agafat del coll i li ha dit que, si cridava, mataria tota la seva família. La nena s'ha posat a plorar sense fer soroll. Jo feia tot el possible per controlar-lo, però era molt difícil, Sanne. Ha volgut..., ha volgut fer-li el mateix que a tu i la petita ha començat a cridar. Ell l'ha tornat a agafar del coll i ha començat a fer força. He pensat que la mataria i... no ho sé... això m'ha donat la força necessària per impedir-ho. No puc explicar-ho..., li he clavat... com una empenta molt forta, que ha fet que deixés anar la nena, que ha sortit corrents. Llavors, quan he creuat el pati de la granja per tornar aquí, han començat a ploure les pedres. Molta gent, homes i dones, i fins i tot nens, m'insultaven, em tiraven pedres... a matar... bé... a mi no, però ells com podien saber-ho? I en Plankke rugia de ràbia i deia que ens mataria a tots, que ell era una persona important i que no el podien tractar així... No saps com pateix per ser el que és... el que som... ara. Jo mai vaig ser més que un pescador i després un jardiner, però ell... ell era algú, i ara... ja ho veus.

—Et fa mal? —va preguntar ella fregant-li les ferides amb les puntes dels dits.

—Ara no perquè tu em toques.

Ella va somriure mentre abaixava la mirada.

—Me n'he d'anar. La senyoreta m'espera. Menja't això que t'he portat. És un tros de pollastre!

En Michl li va agafar una mà amb la mà esquerra, la grossa, la seva.

—Ets un àngel, Sanne. Si… Si aconsegueixo desfer-me d'en Plankke…, em deixaràs ajudar-te? Em deixaràs ajudar-te amb la criatura?

—No és teva, Michl. —La Sanne es va posar vermella.

—M'és igual. És teva. A mi això em basta.

Ella va abaixar la vista i va sortir corrents per les escales.

* * *

—Max, tens un moment? —La Nora va treure el cap al despatx on estava reunit amb el seu apoderat veient unes qüestions de terres i parceries.

—Per descomptat, estimada. Disculpi'm, Herr Shakl. —Va sortir al passadís i se la va quedar mirant amb preocupació.

—Només és una pregunta. Em pots dir què pinta l'Eder… el Llop… donant voltes per la casa sense res concret per fer?

—Ha de ser ara? Estic treballant.

—Ja ho sé. Però com que el bon home s'avorreix, es dedica a fer preguntes a tort i a dret, a seguir la gent per esbrinar si amaga alguna cosa i a tota mena de coses ocioses. Ja m'ha preguntat unes quantes vegades si pot anar a veure en… Frankie. Sap que encara és aquí, amagat.

—Digue-li que vingui a parlar amb mi, si vol saber res.

—El tens per aquí per si decideixes matar-lo?

—Nora! Xist! —Es va posar el dit índex als llavis en senyal de silenci, mentre mirava, suspicaç, cap a la porta entreoberta del despatx.

—O sigui..., que sí.

—Deixa que acabi amb l'apoderat, anem a passejar i en parlem.

—En aquesta casa és impossible anar sols enlloc. O hi ha la família, o hi ha els criats, o hi són tots. Has escrit per fi a en Viktor?

—No he tingut temps.

—Jo sí.

—Què? Com t'hi atreveixes? Què li has dit?

—Si t'interessa saber això i altres coses, fes-t'ho venir bé perquè estiguem sols una estona. Adeu, estimat Max, la Kathy i jo sortirem a passejar aprofitant que fa un temps deliciós, gairebé primaveral —va acabar amb una veu lleugera, alegre i deliberadament femenina.

En qualsevol altra dona no li hauria semblat res particular, però aquella frase, dita per la Nora, era gairebé un insult. Es va mossegar els llavis per dins i va tornar al despatx fent plans, ja, per tenir ocupada la seva tieta Charlotte i poder reunir-se amb la Nora tots dos sols.

* * *

Mentrestant, a les golfes, en Wolf s'ho havia fet venir bé per visitar l'ésser estrany que havien portat d'Ingolstadt i que, de la mateixa manera que la cosa més horrible i la més bonica del món, quan s'hi tenia una mica de costum, deixava de resultar tan lletja o tan formosa.

Durant el viatge amb prou feines havia tingut ocasió de parlar-hi, però s'havia pogut adonar, una vegada descartada l'agència diabòlica, ja que ell no creia en aquestes coses, que aquella criatura devia ser un alienat, un malalt mental. Havia sentit a dir que de vegades hi havia persones que en tenien altres de diferents a dins i que no eren capaces de controlar qui portava les regnes cada vegada. Per això hi havia la possibilitat que l'ésser mateix fos alternativament un assassí i un sant sense que cap dels dos pogués interferir en el que feia l'altre. Una cosa realment curiosa que volia veure de més a prop.

A força d'espiar la donzella de la senyoreta, s'havia assabentat que a una d'aquestes dues persones l'anomenaven Plankke i semblava un home gran molt eloqüent; l'altre era un home jove que es deia Michl, que s'havia fet amic de la Sanne. Semblava que aquella mossa no tenia manies per a res.

De moment li va estranyar que la porta no estigués tancada amb clau, però llavors hi va caure: de la mateixa manera que al llarg del viatge, donaven un beuratge al monstre per tenir-lo tranquil i potser per això no consideraven necessari tancar-lo. Gran error. Sempre són millor dos obstacles que un, però a ell ja li anava bé i no pensava protestar pel que li convenia.

L'esguerro estava estirat damunt d'unes mantes velles, amb els ulls mig oberts i les pupil·les cap enrere, cosa que deixava veure el blanc dels ulls. Es va ajupir al seu costat i, amb pocs miraments, el va sacsejar per una espatlla. Aviat cauria la nit, però encara hi havia prou llum per veure'l amb claredat.

Va obrir els ulls, espantat. Llavors els va entretancar i, amb certa dificultat, els va enfocar en el seu visitant.

—Traieu-me d'aquí —va dir amb veu rasposa—. Us ho prego. Soc el professor Plankke, no em poden fer això. Soc un home important. Porteu-me lluny d'aquí. Us recompensaré. Us pagaré amb or. —La mà de dona es va aferrar a la casaca d'en Wolf, cosa que li va causar, a pesar seu, un fort desgrat. Els ulls de l'home, inquietants per ser de diferents colors, estaven fixes en ell i per això va poder apreciar el canvi amb claredat.

Tot d'una va ser com quan una brisa forta passa per damunt de la superfície d'un llac o un estany velant-ne momentàniament el reflex amb les ones que produeix. Després, uns moments més tard, els mateixos ulls amb els mateixos dos colors tenien, malgrat tot, una altra mena de llum, de transparència.

—Amic! —va dir una altra veu, lleugerament diferent—. Us reconec del viatge. Sou l'home a qui diuen el Llop, oi que és veritat?

En Wolf va assentir, meravellat.

—I qui sou vós?

—En Michl Fischer, i abans de ser... això que soc ara, era jardiner.

—Qui us ha fet aquestes ferides?

En Michl es va incorporar amb dificultat, tot fent una ganyota de dolor.

—Gent espantada.

—Que puc? —En Wolf li va acostar les mans al tors—. De ferides, hi entenc una mica. —El va tocar, pressionant una mica aquí i allà—. Us fa mal quan respireu? I quan canvieu de posició?

En Michl va assentir.

—Una costella trencada o com a mínim una bona fissura. Repòs i aguantar. No s'hi pot fer res més. Us donen làudan, oi?

—No sé què és el beuratge.

—Us calmarà el dolor.

—Però em té estabornit tota l'estona i jo necessito començar a moure'm i fer alguna cosa.

—Què?

—Vull treballar, ser útil.

—Ser útil a qui us té tancat?

—Ella aviat tindrà el nen i vull poder protegir-los quan arribi el moment.

—La Sanne?

—Sí.

—Alguna cosa havia sentit, però... està embarassada de vós? —la perplexitat era clarament audible en el to del Llop.

—Senyor, això és un insult.

—No era la meva intenció.

—Si ella m'accepta, ens casarem, però de totes maneres la vull ajudar, passi el que passi. Però per fer-ho m'he de deslliurar d'en Plankke i llavors... Llavors ens n'haurem d'anar, molt lluny, a viure en un lloc on ningú ens conegui, on no em tirin pedres quan em vegin.

—Sàvia decisió.

En Wolf es va posar dret. Havia caigut la nit i gairebé ja no veia l'altre.

—Teniu cap llum?

—No.

—Intentaré portar-vos-en un.

—Podríeu portar-me també un llibre, el que sigui?

—Sabeu llegir?

—Una mica. No vull que se m'oblidi. I com que la Sanne també n'està aprenent...

—Miraré què puc fer.

—Aneu en nom de Déu, amic. I moltes gràcies.

El Llop va sortir sigil·losament de les golfes amb la sensació incòmoda que aquell desgraciat era molt més senyor que el que havia contractat els seus serveis per matar en Von Kürsinger. Per una vegada aquell «Miraré què puc fer» era veritat. Intentaria alleujar una mica la seva soledat i potser passaria de tant en tant a conversar amb ell fins que prengués la decisió definitiva d'anar-se'n.

Esperaria fins al casament i, si dos dies després no hi havia cap mena d'encàrrec, marxaria.

Potser a Amèrica.

* * *

Tot i que eren a la seva pròpia casa, en Max i la Nora van sortir per una de les portes laterals, la que donava directament a l'hort, i llançant mirades enrere, es van afanyar a arribar al bosc per evitar ser vistos des de les finestres dels pisos alts.

Tan bon punt van arribar a l'ombra dels avets alts, la temperatura va baixar considerablement, però al cap d'un parell de minuts van arribar a un lloc espaiós on un rierol petit mormolava entre les ribes d'un verd intens esquitxades de campanetes de les neus.

—És el meu lloc secret des de la infància —va confessar en Max amb un somriure murri—. Suposo que el coneix tothom, però quan tenia sis anys em sentia molt valent venint aquí tot sol i gaudia molt jugant amb les pedres i buscant peixos i granotes.

—És meravellós poder estar una estona sols! —La Nora es va asseure en una pedra grossa escalfada pel sol.

En Max, amb tota naturalitat, es va treure la capa, la va plegar, li va allargar una mà perquè es tornés a aixecar i l'hi va posar de coixí perquè es pogués asseure amb més comoditat. Ella, a la seva pròpia època, hauria dit que no feia cap falta; en aquesta ja sabia que una resposta d'aquesta mena resultaria ofensiva i que havia d'acceptar amb gràcia l'amabilitat del seu promès. També havia après com agrair-l'hi: es va treure el barret i va començar a treure's els ganxos i agulles que la Sanne li havia ficat als cabells per aguantar el pentinat. Llavors va sacsejar la cabellera, s'hi va passar els dits i el va mirar als ulls, somrient. El regal de veure-li els cabells deixats anar era del millor que podia fer per a en Max.

Ell se li va acostar, la va abraçar i li va posar el cap al coll, sota la cabellera neta i esponjosa. Després es van besar fins que ella, tot i que li hauria agradat seguir, el va apartar amb suavitat. Tenien moltes coses per parlar i molt poques ocasions.

—Hem de decidir què fem, Max. No podem continuar així. He demanat a en Viktor que vingui amb l'excusa del casament i que ens ajudi en aquestes circumstàncies. No li he dit que ja ens coneixem d'Ingolstadt, perquè era molt complicat explicar-li que ell ja em va conèixer quan tu em vas presentar com la teva cosina Eleanora, que estava de pas per la ciutat, de camí a Munic. A més, no em va semblar necessari. També li he preguntat si se li acudeix una manera de reprimir una de les dues personalitats d'en Frankie: és fonamental deslliurar-nos d'en Plankke.

—Li tens veritable mania, a aquest pobre home.

—No és mania. Són fets. Vine, seu, t'he d'explicar una cosa. —Va fer una inspiració fonda i va passar a relatar-li el que la Sanne li havia explicat de com en Plankke havia intentat forçar una nena petita i que havia estat a punt d'escanyar-la. Li va parlar també de les pedrades que havia rebut.

En Max es va passar la mà pel front, angoixat.

—Llavors és cert que aquest home, tot i la seva formació, és un miserable.

—Això sembla.

—Diré al Llop...

—Què? No deus pensar fer-lo matar i, amb això, matar també en Michl?

—Ja era mort, Nora.

—Sí. I tu també.

Es van quedar mirant-se. Ella tenia raó. Era igual haver estat mort ja per continuar aferrant-se a la vida. Ell no volia morir ara només perquè això ja li hagués passat una vegada. La seva vida s'havia convertit en una cosa infinitament més preciosa després d'haver-la perdut: havia conegut la Nora.

—I què fem?

—Escriu a en Viktor. Convenç-lo perquè vingui o, com a mínim, perquè t'enviï les seves notes, les seves idees, que t'expliqui com ho va fer i què se li acudeix que podríem fer.

—D'acord.

—Ah, el teu oncle Franz m'ha fet unes quantes preguntes incòmodes. Deu ser perquè la tieta Charlotte, quan ha vist que ella no aconsegueix treure'm gaires coses, l'ha enviat perquè m'interrogui ell.

—Quina mena de preguntes?

—Que per què vaig arribar aquí sense cap mena d'equipatge, per exemple. Que d'on he tret aquestes sabates tan estranyes que porto. Que com és possible que ningú m'hagi ensenyat a fer servir el vano... Et juro que ja no sé què dir-los.

En Max va somriure. Sabia perfectament que xafardera que podia ser la seva tieta i que el bonastre del seu tiet feia tot el que ella li deia.

—I què li has dit? Com a mínim hauríem de dir les mateixes mentides...

—Que vaig deixar tot el meu equipatge a casa de la meva tieta d'Ingolstadt, que vaig anar a la recepció on et vaig conèixer a tu i que quan vaig tornar m'ho havien robat tot. Que aquestes sabates són ben normals a l'Àsia i que, com que vaig créixer entre homes i mai vaig tenir *nannies*, sinó preceptors, ningú em va ensenyar aquesta mena de frivolitats del vano.

—Ets la dona més intel·ligent que he conegut en tota la vida.

—I la més mentidera.

—La necessitat crea l'hàbit.

Es va aixecar i, agafats de la mà, van passejar per la zona assolellada fixant-se en les floretes que començaven a despuntar entre l'herba. La primavera s'acostava de pressa.

—Parlant de mentides... —va continuar la Nora.

—Sí?

—He explicat a la teva tieta i a la teva cosina que la Sanne va estar mig any casada i que va perdre el seu marit, que era pescador, en un accident al Danubi, que es va ofegar, abans i tot de saber que ella esperava un nadó; que per això ens la vam endur d'Ingolstadt i me la vaig quedar com a donzella; que treballava de criada a la casa on tu t'allotjaves. Crec que aquest és més o menys el resum de tot.

—Perfecte. Et secundaré i em condemnaré amb tu. La mentida és un pecat, saps?

—Si diem la veritat, ens cremen. Sobretot a mi. Ah, també els crida l'atenció el teu cotxer nou.

—En Wolf Eder?

—Exacte.

—Il·lustra'm. Què t'has inventat sobre ell?

—Res. Que suposo que estava al teu servei a Ingolstadt i que, si volen saber més coses, que te les preguntin a tu.

—Ben fet!

—Saps a qui vol contractar la Katharina perquè toqui al nostre casament?

—No me n'ha dit res.

—A Mozart!

—Ah! Em sembla bé. És un bon músic. El meu pare el va portar en diverses ocasions. Recordo quan jo era ben petit i ell devia tenir uns quants anys més. Em va explicar uns quants acudits picants. Era d'allò més entremaliat. Excepte quan es posava al piano, que era més que adult. Si tu hi estàs d'acord, a mi m'agradaria tornar a veure'l i escoltar-lo.

La Nora estava escandalitzada de sentir en Max parlant així d'un dels genis més grans de la història de la música, com si fos un noi normal amb una certa habilitat per al piano. La idea d'anar a conèixer Mozart, que Mozart toqués al seu casament, li provocava una mena de riure histèric.

—Ja han arribat els vostres encàrrecs? —va preguntar en Max, donant-li la mà perquè passés per damunt d'un tronc caigut—. Ahir van arribar els meus.

—El teu vestit de nuvi?

—El vestit que he encarregat per al casament i altres solemnitats futures. Ha quedat molt bé, ja el veuràs.

—Tinc por, Max —va dir la Nora molt fluixet, sense saber del cert si volia que ell la sentís o no. Però sí que la va sentir.

—De què, amor meu?

—De tot. Absolutament de tot.

12

Tres dies abans del casament, i sense que en Max s'hagués animat a escriure al seu amic Viktor, va rebre una carta seva, el començament de la qual el va deixar perplex:

Estimat amic,

Abans de passar més endavant em sento en l'obligació de comunicar-te una cosa dolorosa, però necessària. Només demano a Déu que aquesta carta t'arribi a temps, abans que cometis l'error més gros de la teva existència.

Fa uns dies vaig rebre, per sorpresa meva, una missiva d'una tal Nora Weiss que, segons diu, és la teva promesa; una estrangera que ni tan sols domina mínimament l'art epistolar. És possible que es tracti d'algun tipus d'impostora, però, pel que em diu en aquesta carta, és evident que ha tingut contacte amb tu —prefereixo no imaginar-me de quina mena— i ha aconseguit extreure determinades informacions que haurien d'haver restat secretes.

No vull culpar-te'n directament, dilecte amic; sé que a vegades el consum excessiu de begudes espirituoses o els perversos arts amatoris d'algunes dones aconsegueixen el que no farien ni les tortures més cruels ni els interrogatoris més ferotges. Només vull que siguis conscient que has traït el nostre jurament sagrat a Minerva i et prego pel que més estimis en aquest món que retrocedeixis i evitis que la situació empitjori encara més.

Aquesta dona diu que és la teva promesa i que aviat t'hi casaràs. Fins i tot ha tingut el desvergonyiment de convidar-me al vostre casament.

No hi vindré, amic meu. La meva salut encara no m'ho permet i, tot i que m'agradaria assistir-hi, encara que només fos per intentar dissuadir-te'n, si el que diu aquesta Nora en la seva carta és veritat, no ho faré perquè no vull ser testimoni d'una imprudència tan grossa. Saps que sempre t'he estimat com a un germà i m'entristeix profundament que un home de les teves qualitats hagi decidit casar-se amb una dona de la seva extracció i el seu caràcter.

Aleshores, per fortuna, passava a assumptes científics que l'interessaven força més, i li detallava pàgina rere pàgina les diverses combinacions que havia posat a prova fins a assolir la que, suposadament, havia aconseguit el miracle de donar la vida.

En Frankenstein suposava que potser l'ingredient decisiu, tot i que no podia jurar-ho, era la pols d'un mineral vingut de fora del planeta que havia tingut l'oportunitat de comprar el primer any d'estudis a un home vingut de les estepes mongoles on s'havia estrellat un meteorit. Un dels materials trobats en aquella pedra i al cràter que va crear quan va aterrar era una cosa mai vista i que no s'havia analitzat prou ni havia produït resultats concloents. A la caixa que contenia els seus materials, i que ell esperava que restés en poder d'en Max, com li havia demanat en la seva primera carta, aquest mineral era en un pot de vidre blau marí amb una etiqueta que senzillament deia: «Mongòlia».

Al final del llarguíssim informe científic, concebut simplement com a informació entre dos investigadors, no tornava a tractar el tema personal, ni feia cap referència a la seva pròpia manca de responsabilitat en l'assumpte, ni tan sols a la criatura que havia creat o a què se'n podria fer.

O en Frankenstein havia canviat molt, o ell no havia sabut adonar-se que es tractava d'un jove vanitós, egoista i irresponsable.

La carta acabava amb «una abraçada del teu amic fidel» i una signatura irregular que denotava una personalitat nerviosa i probablement malalta. Potser era ell qui hauria de visitar en Viktor i assegurar-se del seu estat de salut. Ja ho consultaria amb la Nora i potser a l'estiu decidirien fer un viatge a Suïssa.

* * *

En Johannes von Kürsinger va arribar a Hohenfels de molt mal humor i amb el cavall esgotat. El Donner era un semental negre enorme que gairebé feia por quan estava net i descansat, però quan va arribar, després del galop al qual l'havia sotmès el seu amo, els mossos de quadres van sentir compassió per la pobra bèstia. Els va llançar les regnes mentre ell descavalcava d'un salt i es dirigia a les escales de l'entrada tot traient-se el barret, la capa i els guants, que va llançar a l'Eduard, el vell majordom, que havia sortit a rebre'l.

—La família? —va preguntar sense afluixar el pas.

—A la biblioteca, senyor.

—Johannes! Passa, nebot! —La tieta Charlotte el va saludar des de la butaca més propera a la llar de foc, mentre l'oncle Franz s'acostava a encaixar-li la mà i en Max, que era al costat de les finestres amb la Nora i la Katharina, també es posava en marxa cap a ell—. On has deixat la Mathilde i en Philip?

—Jo no soc home per anar tancat en aquell maleït carruatge, tieta. Ells deuen estar a punt d'arribar, tots embolicats amb mantes i plomes, tot i que ja és maleïda primavera. La Mathilde està desgraciant aquell nen, l'està convertint en una damisel·la.

Va saludar els dos homes i va besar la mà a la seva tieta i la seva cosina. Es va quedar plantat davant de la Nora, esperant que algú l'hi presentés, cosa que en Max es va afanyar a fer.

—Així que aquesta és la núvia... —Va fer acció de besar-li la mà i va retirar la seva un segon abans del que es considerava correcte. La mossa no va semblar adonar-se de l'insult—. Me la imaginava més..., no ho sé..., més elegant, si em permets la sinceritat, cosí.

—És que la noia és gairebé estrangera i encara s'està imposant en els nostres costums —va explicar la tieta Charlotte.

La Nora, que detestava que parlessin d'ella com si

no hi fos, va comentar amb total naturalitat per molestar tant com fos possible aquell maleducat:

—Doncs a tots dos ens ha passat una cosa similar, Johannes. Jo també esperava algú més elegant, més cavaller... M'alegra que siguis tan sincer com jo; aquí les coses no s'acostumen a dir tan clares. Per fortuna, ens assemblem, futur cosí. —I va acabar amb un somriure ple de dents, absolutament esplendorós, que va fer que en Johannes carrisquegés les seves.

En aquell mateix moment va decidir que ella també moriria.

Havia passat per Salzburg i, després de donar una ullada als homes que podia haver contractat, tots taujàs i manefles sense cap mena de classe, havia conclòs que la millor manera de treure's de sobre els qui destorbaven era recórrer a un altre tipus de pla que tenia moltes garanties d'èxit, tot i que no resultava tan heroic com el primer; però les circumstàncies l'obligaven.

Si tot sortia com ell havia previst, en menys de quaranta-vuit hores haurien mort unes quantes persones a Hohenfels —per als seus plans era necessari que morissin uns quants més que els tres que realment l'interessaven— i ell podria convertir-se per fi en allò que més desitjava en aquest món, tot i que l'únic hereu que tenia de moment fos aquell nen ros i pàl·lid que tenia por de tot i que només se sentia feliç a la falda de la seva mare, sentint-la llegir-li alguna història inventada.

Al cap d'una estona de conversa insubstancial, la promesa d'en Maximilian va tenir el desvergonyiment de fingir un principi de cefalàlgia i es va retirar. Aleshores ho va fer la seva cosina i, passats uns minuts més, la seva tieta es va aixecar i va anunciar que començaria a preparar-se per al sopar i que segurament els cavallers devien tenir moltes coses per parlar.

En Maximilian va servir un licor i l'oncle Franz va començar a enraonar sobre la gran població de truites que esperava per d'aquí a ben poc, tant que fins i tot havia pensat a posar-les a fumar o a adobar per poder vendre-les no només als pobles propers, sinó possiblement també a Viena i a Munic. A en Johannes li resultava dolorós veure un plançó de la noble família dels Von Kürsinger parlant com un botiguer. Quan ell fos el comte de Hohenfels s'acabarien aquelles misèries; prohibiria terminantment al seu oncle rebaixar-se d'aquella manera.

Es va disculpar tan bon punt va poder amb l'excusa d'haver-se de vestir per al sopar i va sortir al jardí a fumar una de les cigarretes de tabac americà a les quals s'havia acostumat recentment.

Des dels arbustos del laberint de boix, ja banyats d'ombra perquè el sol gairebé era a l'horitzó, el Llop el contemplava immòbil. Trobava físicament desagradable aquell paio, a més de moralment menyspreable.

El pensament li va arrencar un somriure tort. Ell no era el més indicat per fer judicis morals sobre ningú, però en el seu cas es tractava sobretot d'una qüestió professional. Ell matava per diners, sí, però no tothom el podia comprar. Si unes setmanes enrere s'havia compromès amb aquell pallasso, havia sigut perquè, en contra dels seus principis habituals, no havia investigat primer la futura víctima; però ara que havia tingut oportunitat de conèixer el comte de Hohenfels en la seva vida quotidiana, la seva futura esposa, la Sanne i en Michl, per primera vegada a la seva vida havia començat a pensar que hi havia gent que no es mereixia morir assassinada.

Suposava que aquell vanitós estúpid i obsessiu no hauria deixat de fer plans per tal de matar el seu cosí i, encara que només fos per diversió, pensava espatllar-los-hi abans d'anar-se'n a Amèrica. Estava segur que intentaria fer alguna cosa aprofitant les festivitats del casament i ell pensava estar a l'aguait per impedir que tingués èxit.

* * *

La Nora va baixar a sopar amb un dels vestits que li acabaven de portar de Salzburg. Aquesta vegada ningú podria dir que no anava vestida adequadament. Des de la maleïda cotilla fins a la punta de les xinel·les brodades a mà tot era perfecte, just el que corresponia a una jove a punt de convertir-se en la comtessa de Hohenfels. Es va preguntar quina cara posarien tots l'endemà quan veiessin el model del vestit de núvia que havia triat: un disseny moderníssim (tot i que per a ella era simplement d'estil neoclàssic, de finals del segle XVIII) acabat de portar d'Anglaterra, amb cintura alta i caiguda estatuària, en un ras blanc brodat que la feia més alta i més prima però que encara no s'havia vist per aquella zona, encara ancorada a la moda rococó, plena de teles bollades i faldilles i faldellins. Estava segura que cridaria molt l'atenció.

Quan va passar per davant de la porta on s'allotjaven en Johannes i la Mathilde els va sentir discutir acaloradament i, sense decidir-ho, es va aturar una mica més enllà. Ell la insultava a crits i li deia inútil i estúpida, el nen plorava desesperat i al cap d'uns minuts van començar a sentir-se sorolls, com si algú estigués tirant mobles i objectes a terra i llavors cops sords.

Sense pensar-s'ho més, va trucar a la porta i va dir amb la seva veu més alegre:

—Mathilde! Estàs llesta? Baixes a sopar?

Els cops van cessar. Un moment més tard es va obrir la porta uns centímetres i va aparèixer la cara pàl·lida i espantada de la dona d'en Johannes.

—Porto en Philip a la seva habitació i baixo de seguida.

—No sopa amb nosaltres?

—No. Encara és molt petit. Ja ha sopat amb la seva governanta.

—I no dorm amb tu?

Ella va mirar cap a dins de l'habitació, temerosa. Va moure el cap en una negativa.

—Vine, tresor. T'he de dur al llit.

En Philip, amb els ulls vermells i inflats, va passar per davant de la seva mare i es va quedar aferrat a la seva faldilla. Ella va tancar la porta i va enfilar a caminar fins al fons del passadís, fregant-se l'espatlla dreta mentre subjectava la mà del seu fill.

—Tan lluny dormirà? —va preguntar la Nora.

—Sí. És el millor. Així si es desvetlla i crida no despertarà en Johannes.

—I tu has de sortir del llit amb el fred que fa aquí i creuar mitja casa. I això si sents que et crida...

—Sí, és clar que el sento.

La Nora es va inclinar cap a ella.

—Què t'ha fet aquell salvatge?

—Res. Res. Només hem discutit una mica. Això passa en tots els matrimonis, ja ho veuràs quan et casis. Au, baixa tu primer! Ara vinc, jo.

En veure que no aconseguiria res i que la Mathilde necessitava tenir una estona amb el seu fill, potser per explicar-li que el pare era bo en el fons i que els estimava molt a la seva manera, la Nora, profundament oiada, es va dirigir a les escales pensant que aquella era una altra de les coses que calia una solució urgent. Se li posava la pell de gallina només de pensar en la vida que devia dur aquella mossa. Tenia els braços tots plens de blaus i, tot i la quantitat de maquillatge i pólvores que duia, estava força clar que la inflor dels llavis era producte d'un cop o de molts.

El sopar, que fins aquell dia per la Nora sempre havia sigut un moment agradable que tots aprofitaven per explicar el que havien fet al llarg del dia o per donar alguna notícia grossa o petita, va ser tens. En Johannes estava de molt mal humor, contestava de la manera més feridora possible a qualsevol que li dirigís la paraula, es movia constantment com si estigués connectat a un pal d'alta tensió i feia la sensació que estava a punt d'explotar i qualsevol comentari insignificant li serviria per fer-ho. La Mathilde estava callada i s'inclinava damunt del seu plat com si estigués intentant desaparèixer i que ningú s'adonés que era allà. La conversa era lenta i treballosa com si en lloc d'haver-se reunit per celebrar un casament fossin un grup d'enemics que no es refiaven els uns dels altres.

Tots es van sentir alleujats quan en Johannes va anunciar que se n'anava a fer un tomb i la Mathilde es va retirar a descansar. Al cap de mitja hora tothom va pujar a les seves habitacions i per fi en Max i la Nora van trobar uns moments per estar sols al costat del foc de la biblioteca; però en aquell mateix instant va tornar a aparèixer la tieta Charlotte, en camisa de dormir i bata, tota plena de puntes i volants, amb una còfia de dormir com la de l'àvia de la Caputxeta Vermella, tot i que una mica més elegant.

—Estimats meus, és hora d'anar a descansar. Digues bona nit a la teva promesa i retira't, Maximilian, t'ho prego.

—Tieta, per Déu! No podrem estar un moment tranquils en aquesta casa?

—A partir de demà la Nora serà la teva esposa i podreu estar sols i tranquils sempre i en tota circumstància fins a la fi dels vostres dies. Bona nit, nebot!

Donant-se per vençut, en Max va besar la mà de les senyores i va sortir de la biblioteca. La Charlotte es va acomodar al sofà davant del foc i va donar uns copets al seu costat perquè la Nora també ho fes.

—Estimada nena, com que no tens mare ni cap altra dona de la teva família que t'acompanyi en aquest moment, he pensat que no hi ha més remei que me n'encarregui jo. Només vull dir-te que, encara que l'home és el cap de la casa i té la responsabilitat i el poder sobre la seva esposa, com bé saps, gran part del que passi a continuació al teu matrimoni depèn de tu. No sempre has de cedir quan alguna cosa no et sembla correcta o va contra els teus principis; les dones també són éssers creats per Déu i no som inferiors als homes, encara que els devem respecte. Però ells també ens han de respectar, entens? Crec que a tu no et fa tanta falta que et digui aquestes coses; tu peques més aviat del contrari, però no me'n volia anar a dormir sense haver-t'ho dit per no tenir res per retreure'm. I mai mai, estimada meva, permetis que ningú et pegui. No et deixis convèncer mai que això és una prova d'amor, que li importes i per això et «castiga». Això no és amor, i, encara que t'hagis de convertir en una fúria, no permetis mai que et peguin o que t'humiliïn. No pateixis, sé que en Maximilian és un cavaller i està molt enamorat de tu, però quan veig la pobra Mathilde m'entren ganes de trencar el cap a aquell poca-solta de nebot que m'ha tocat tenir.

La Charlotte va fer una pausa, es va aixecar, va servir dues copetes de xerès i va tornar amb la beguda.

—I pel que fa a... ja ho saps... a la vostra vida íntima... —Es va beure la meitat de la copa i va continuar—: també tens drets. No sempre has de dir que sí, per molt que el teu confessor et digui que no t'hi pots negar; i si tens la sort que et resulta agradable, que pot ser-ho, i molt, no és res dolent, no estàs cometent cap pecat ni ets una mala dona. —Es va acabar el que li quedava a la copa i es va passar pel front i per sota del nas el mocadoret de puntes. Allò l'havia fet suar de nervis—. Doncs ja està. Sermó acabat. Desitjo que tinguis bona nit i espero que siguis tan feliç en el teu matrimoni com ho soc jo.

Li va fer dos petons lleugers a les galtes i sense esperar que la Nora digués res va tancar la porta darrere seu sense adonar-se que la futura comtessa, tot i com li estava d'agraïda per haver-se pres la molèstia de parlar amb ella i haver-li dit coses realment modernes per la seva època, havia començat a riure descontroladament.

* * *

La casa estava en calma. Els rellotges repartits per totes les estances acabaven de tocar les tres. Tothom dormia, excepte la Mathilde, que no aconseguia agafar el son estirada a la catifa on en Johannes l'havia obligat a passar la nit perquè, com li havia dit, «li feia fàstic compartir el seu llit amb ella»; en Philip, que estava mort de por tan lluny de la seva mare en una casa que no era la seva, i l'esguerro que, privat de la forta ració de làudan que en Michl intentava reduir al mínim, feia voltes i voltes per les golfes mentre els seus dos ocupants lluitaven en el seu interior pel control del cos.

Aquesta vegada el triomf va ser d'en Plankke i, tan bon punt es va haver assegurat que ara les cames i els braços li responien a la seva voluntat, va obrir la porta i va baixar les escales vigilant de no fer soroll. Feia unes hores havia vist per la finestreta l'arribada d'un carruatge esplèndid i dels seus ocupants no menys esplèndids: una dona delicada i molt ben vestida i un nen ros que semblava un autèntic príncep. No sabia exactament on devien estar allotjats, però si s'havia de jutjar per les passes i els sorolls que li havien arribat fins a les golfes suposava que devien haver instal·lat el nen en una de les estances del final de passadís del segon pis, no gaire lluny d'allà.

Havia lluitat amb totes les seves forces per aconseguir el control del maleït cos compartit perquè aquell nen l'atreia amb una intensitat que no podia desoir. Volia entrar a la seva habitació i contemplar-lo mentre dormia, vetllar-li son, acariciar amb les puntes dels dits aquelles galtes tan rodones i suaus, fer-se la il·lusió que era el fill que no va tenir mai, estrènyer-li el cosset contra el seu pit, passar-li la llengua dolçament per les delicades orelles, tan belles com conquilles marines...

Va obrir la porta de l'última habitació del passadís amb tota la suavitat de què va ser capaç perquè no fes cap soroll. Estava tan fosc que encara va necessitar un moment per distingir on era el llit, de manera que es va quedar quiet al llindar passant la vista lentament per tot el perímetre de l'habitació, conscient del tic-tac del rellotge i de la seva pròpia respiració, cada vegada més accelerada de pensar que el nen ara era molt a prop.

Sentia la presència d'en Michl lluitant per imposar-se, però no pensava permetre que el vencés ara que havia aconseguit arribar fins allà. Estava fosc, el petit no s'espantaria quan el veiés perquè gairebé no podria distingir les seves faccions, el seu rostre horrible.

De sobte, un xisclet agut va trencar el silenci de la casa:

—Mareeeeee!!! Mareeeeee!!!

Assegut al llit, el petit cridava amb totes les seves forces. L'havia agafat desprevingut i, per un moment, no va saber què fer. L'únic important era fer-lo callar, que callés, que deixés de cridar d'aquella manera però, abans de poder moure's cap a ell, unes passes ràpides pel passadís el van forçar a amagar-se darrere de la porta. Una forma blanca va entrar a l'estança: la mare del nen que, portada per la urgència, ni tan sols havia pensat a agafar una palmatòria per veure-s'hi.

El terrible braç esquerre, fort com una serp, es va enroscar al coll de la dona. Si no feia res, ella també es posaria a cridar.

—Silenci! —va dir amb una veu rasposa que semblava que era l'única que aquell cos apedaçat era capaç de produir—. Tanca la boca, nen, o mataré la teva mare.

El petit va començar a somicar, però com a mínim no cridava. La dona es debatia dèbilment entre els seus braços. Sempre li havia agradat sentir la fragilitat dels altres, sentir-se fort, poder imposar la seva voluntat als altres. Quantes vegades al llarg dels seus viatges per llocs remots havia fet tot el que havia volgut amb dones, nenes i nens de totes les races! I ara, només perquè un miserable estudiant havia decidit experimentar amb ell i la seva mort, es veia obligat a moure's com un escurçó nocturn i fins i tot a compartir el cos amb un taujà que es creia superior a ell perquè, tot i que no tenia cap formació, tenia el que anomenava «principis i moral».

—Em permetràs que em prengui certes llibertats amb tu, bella dama —va xiuxiuejar a l'orella de la dona—. Si crides, mataré el teu fill. Mou el cap si m'has entès. —Va afluixar una mica la presa per permetre-li que es mogués i la dona va assentir.

Des del llit, en Philip no podia veure què passava, però estava acostumat a sentir plorar la seva mare i renegar el seu pare; sabia que era una cosa dolenta. La diferència era que, quan el seu pare li pegava, ell no tenia a qui recórrer, mentre que ara estava segur que si aconseguia sortir de l'habitació, el seu pare o els seus oncles el podrien ajudar.

Va baixar del llit en un silenci total i es va escapolir enganxat a la paret per la zona més allunyada on el monstre havia arrossegat la seva mare. El sentia esbufegar com un animal i distingia els sanglots apagats d'ella. Va arribar al passadís i va arrencar a córrer cridant:

—Socooors! Pare! Socooors! Estan matant la mare!

Un segon després va aparèixer el seu pare al passadís amb una espelma i una pistola muntada. Passes precipitades pujaven per les escales jutament amb les veus dels seus oncles i tietes; les llums s'acostaven omplint sostres i parets d'ombres que saltaven i es movien.

Ell va assenyalar amb el braç cap a la seva habitació.

En Plankke es devia haver adonat que l'atraparien perquè va sortir de l'estança intentant fugir i es va trobar que el passadís estava bloquejat per tota la família i diversos criats. L'única escapatòria era al seu darrere, per la finestra. Però era un segon pis. Mentre encara dubtava si atrevir-se a saltar, algú va disparar i tot es va omplir de fum i d'olor de pólvora. Un segon després, fent tentines, va topar contra el vidre de la finestra que tancava el passadís, i va caure d'esquena a fora, al jardí.

Tots van córrer cap a l'habitació, en Philip el primer. La seva mare era a terra estirada de bocaterrosa, amb els faldons de la camisa de dormir arremangats fins a la cintura i els cabells deixats anar, tapant-li la cara.

Es va tirar a sobre d'ella per tapar-la i, abraçant-la, es va posar a plorar.

—És morta la mare? —preguntava—. Està morta?

El seu pare es va ajupir al seu costat, buscant-li el pols.

—No. Encara respira. Cosí! Tu ets metge, oi?

—Deixa'm veure a mi —va dir la Nora.

—Nècia! Aparta't! On és el meu cosí?

En Maximilian havia entès molt de pressa què passava i havia sortit volant cap al jardí abans que els altres poguessin veure bé el monstre. Tant si estava mort com si havia sobreviscut al tret i la caiguda, era fonamental apartar-lo de la vista de familiars i criats. Esperava que el Llop hagués pensat el mateix.

Va tenir sort. Tan bon punt va envoltar la casa i va arribar al lloc de la caiguda, va topar amb en Wolf Eder, que acabava de recollir l'esguerro i l'estirava cap al bosc. Entre tots dos va resultar molt més fàcil, sobretot quan al cap d'una desena de metres van trobar un carretó de jardí que els va permetre arribar a la cabana d'eines diminuta en el bosc, a recer de les mirades de la casa.

—Fica'l aquí, vinga! De moment l'important és que no el trobin. Després ja veurem què en fem —va dir en Max, angoixat.

—Encara és viu? —va preguntar el Llop.

L'acabaven de col·locar al terra de la cabana i en Max es va agenollar al seu costat per buscar-li el pols a la jugular, tot i que el forat que la bala li havia deixat al pit i la roba tacada de sang parlaven un llenguatge molt clar.

—Em temo que no. S'ha mort.

—Pobre amic! —va dir en Wolf amb autèntic pesar.

—En Plankke era amic teu?

—No. En Michl. Pobre nano. Ara ha deixat de patir. Vinga! Direm que s'ha escapat, que l'hem perdut al bosc.

—Demà vindrem a enterrar-lo.

—Demà és el vostre casament, Excel·lència.

En Max se'l va quedar mirant com si no entengués les paraules fins que de sobte va dir:

—És cert. Ho farem a la nit, després de la festa.

Van enfilar a caminar a tota velocitat, altra vegada cap a casa. Tots dos anaven tacats de sang i havien de procurar treure's la roba abans que els veiessin. Se'ls acostava un grup de criats amb torxes, pals i dalles, enviats per en Johannes.

—Puc demanar-vos una cosa? —va preguntar en Wolf en veu baixa sense treure els ulls del cosí del comte.

—El que sigui.

—Em permeteu que ajudi a servir la taula al convit?

—Què?

—Us ho explicaré més endavant.

—Concedit. Però et demanaré aquesta explicació.

—On és la bèstia que ha atacat el meu fill i la meva esposa? —va rugir en Johannes quan es van trobar.

En Wolf va abaixar el cap i es va unir al grup de manera que el seu antic cap no el reconegués.

—Està malferit. Ha fugit al bosc. Jo tornava a buscar reforços.

—No et molestis. Nosaltres l'atraparem. Això és cosa d'homes, Maximilian. Tu has de fer tanta patxoca com sempre per al teu casament. Endavant! —va cridar, dirigint-se cap al grup.

Quan van tornar a quedar-se sols, en Max i en Wolf van intercanviar una mirada de complicitat i cadascun va marxar cap a la seva banda.

A casa tot anava de gairell. La cuinera, l'Edeltraut, acabava de fer una gran olla de til·la perquè tothom en pogués prendre una tassa i calmar-se una mica. Les criades estaven revolucionades, mortes de por, i deixaven anar xisclets histèrics per qualsevol cosa, i l'Eduard, el majordom, no feia més que renyar-les pel seu comportament.

En Franz, la Charlotte i la Katharina s'havien refugiat a la biblioteca i allà intentaven consolar i animar la Mathilde, que tenia el coll ple de marques morades de les mans que havien estat a punt d'escanyar-la, i tremolava com una fulla amb el seu fill abraçat a ella, tots dos estirats al sofà de cuir i tapats amb una manta gruixuda.

La Nora s'havia excusat per anar a calmar la seva donzella, que tenia una crisi de nervis a l'habitació de la seva senyoreta.

—Para de plorar d'una vegada, Sanne! No sabem res. Potser ha aconseguit fugir.

—No, senyoreta. Jo l'he vist caure. Són dos pisos a més del tret. Pobre, pobre Michl! Tan bo que era! —Els sanglots gairebé no la deixaven parlar. La Nora la va abraçar amb força.

—Ara, quan torni en Max, li preguntaré què se sap.

—L'hi prego, senyoreta!

—Au, queda't aquí al meu llit. Vaig a veure què es diu. I pren-te una mica d'això, t'anirà bé.

—Què és?

—Làudan. T'ajudarà a dormir.

Deixant la Sanne més tranquil·la i amb l'espelma encesa damunt de la xemeneia, la Nora va baixar per reunir-se amb la família en el mateix moment en què en Max, després d'haver-se canviat corrents i de pressa, arribava també a la biblioteca. Les seves mirades es van creuar i en Max va moure el cap en una negativa.

«Pobra Sanne! —va pensar la Nora—. Pobre Michl!»

13

El dia del casament va despuntar assolellat i primaveral. Tots estaven pàl·lids, esgotats i agitats pels esdeveniments de la nit anterior. Ningú sabia d'on havia sortit aquell energumen que havia atacat la Mathilde i en Philip a la seva pròpia habitació, per després desaparèixer, ferit, pels boscos, i els que sí que ho sabien, dissimulaven el seu coneixement.

En Johannes havia tornat a l'alba, furiós i exhaust, sense haver trobat una mínima pista de la fugida del criminal. La seva esposa i el seu fill s'havien adormit per fi a l'habitació del nen i ell s'havia ficat a la seva sense passar a veure'ls. S'havia de banyar i posar-se presentable per a la cerimònia, a més d'assegurar-se que tot estigués arreglat per poder complir els seus plans. Aquell casament seria recordat durant molts i molts anys. Llàstima que l'estúpida de la seva dona hagués pogut sobreviure a l'atac d'aquella bèstia! Hauria preferit, i de lluny, ser el comte vidu i poder triar una nova esposa que estigués a la seva altura.

Es va quedar mirant el seu reflex tèrbol al vidre gruixut de la finestra. Què hi faria, si pensava continuar endavant amb el que tenia previst, que la Mathilde fos una víctima més? Si estava a punt de treure's tres persones de sobre, què hi faria que fossin quatre? El pensament el va posar de tan bon humor que va somriure i fins i tot va fer uns copets a l'esquena a en Lukas quan va entrar a disposar tot el que era necessari per al seu bany.

* * *

Després d'afaitar-se escrupolosament, en Wolf s'havia posat la lliurea blava dels lacais de la casa, que el devia afavorir bastant si s'havia de jutjar per les mirades que les criades li llançaven de cua d'ull, i havia estat una estona al menjador memoritzant la disposició dels comensals. Havia explicat a l'Eduard que el senyor comte li havia demanat estar present com a criat, tot i que no es podia comptar amb ell per al servei de taula; es tractava simplement de funcions de control i de seguretat personal de la família.

Amb l'ensurt de la nit anterior, l'Eduard hi havia estat més que d'acord. Tot i així, continuava sense veure amb bons ulls que aquell home dugués un punyal a sota de la lliurea de gala.

* * *

La Sanne havia passat la nit dormint i plorant alternativament, abraçada ara al coixí i ara a la Nora, explicant-li coses de tot el que ella i en Michl havien parlat, dels plans que havien fet per quan nasqués el bebè, que ara ja no coneixeria Amèrica...

Com que la senyoreta ja s'havia banyat la nit anterior abans de sopar, com a mínim la Sanne es va estalviar aquesta feina i es va concentrar a pentinar-la i ajudar-la a vestir-se. La Nora mateixa es va maquillar amb les pintures estranyes que duia a la bossa i fins i tot la va pintar una mica a ella, perquè no se li notessin d'una manera tan evident les hores que feia que plorava. Pensaven fer servir l'excusa que, amb l'embaràs, estava més sensible i s'havia espantat moltíssim amb l'atac nocturn, però de totes maneres era millor no tenir els ulls tan inflats. Després la Sanne es va canviar també i es va posar un vestit que havia sigut de la Katharina, i totes dues van baixar al menjador per, des d'allà, anar tots junts a la capella on se celebraria la cerimònia.

Per a la Nora era una combinació d'excitació i por, barrejats amb una sensació d'irrealitat molt intensa. No hauria pensat mai que es casaria tan jove, molt abans d'acabar la carrera, sense que la seva àvia ni els seus pares hi fossin, en una època que no era la seva, i després dels terribles esdeveniments que havien tingut lloc des del mateix moment de posar els peus a l'Ingolstadt de 1781. Hauria preferit de lluny estar tots dos sols en algun lloc, signar un document i després anar-se'n a menjar alguna cosa ben bona per celebrar-ho, sense més.

Tota la família estava elegantíssima, com en una pel·lícula històrica, i tots van somriure i aplaudir quan la van veure aparèixer vestida de blanc amb el seu model senzill de tipus bata amb una cua petita. La Charlotte i la Katharina s'havien decidit per vestits a la polonesa, molt més amplis i cridaners, una de groc i l'altra de crema, amb flors brodades de molts colors.

—On és en Max? —va preguntar, nerviosa.

—Ha anat a donar unes ordres. Torna de seguida —va dir la Charlotte, estirant-se de la perruca alta davant del mirall nou de la saleta, acabat d'instal·lar.

Quan el va veure entrar, la Nora va estar a punt de desmaiar-se. Estava guapíssim, però tampoc hauria pensat mai que es casaria amb un noi que duia perruca empolvorada, vestit de ras de color rosa amb brodats gris perla i mitges blanques amb sabates de taló i sivella de plata. Les seves devien ser igual d'incòmodes que les d'ella: no hi havia peu esquerre i peu dret, tots dues eren iguals i, fins que un no les anava formant a força de portar-les, feien bastant mal.

Els últims a baixar van ser en Philip i la Mathilde, gairebé transparents i amb una tremolor apreciable als llavis i les mans.

Aleshores, tots junts, la Nora del braç de l'oncle Franz i en Max del braç de la tieta Charlotte, es van dirigir cap a la capella del castell, on els esperaven la resta dels convidats i el monsenyor que oficiaria la cerimònia.

Finalment no havien pogut contractar el senyor Mozart perquè estava de gira per Europa, però tota la resta era perfecta: el sol brillava damunt de l'herba verda de la primavera primerenca i feia lluir les floretes de colors que adornaven els prats, les muntanyes encara lluïen un capell de neu que contrastava amb el cel d'un blau profund, els ocells cantaven i la campana de la capella repicava amb alegria.

Va començar una missa llarga en la qual el fred es va anar apoderant de tots els presents. Per contrast, la cerimònia va ser breu, i cridanera.

Quan l'oficiant va començar la fórmula «Acceptes aquest home com el teu legítim espòs per estimar-lo, honrar-lo i obeir-lo cada dia de la teva vida?», en Maximilian, amb veu tranquil·la, va dir de manera que ho poguessin sentir tot:

—Obeir no, monsenyor. La meva promesa no em jurarà obediència.

El sacerdot es va quedar de pedra, igual que tota la concurrència.

—Però..., però...

—Estimar-me i respectar-me és tot el que li demano, i també el que jo li ofereixo. Jo tampoc juraria obediència a una altra persona.

—Ningú us demanaria un disbarat així, Excel·lència.

—Doncs si és un disbarat, ho és en tots dos casos. Us prego que procediu, monsenyor.

Un moment i dos sís després, en Maximilian von Kürsinger, comte de Hohenfels, i la senyoreta Eleonora Weiss es van convertir en marit i muller.

* * *

El gran saló del castell, on en vida de la senyora comtessa se celebraven els balls i que ara feia molts anys que estava en desús, brillava de net, amb les seves aranyes de vidre meravelloses plenes d'espelmes i la seva taula llarga parada amb les millors tovalles de lli, la coberteria de plata, la vaixella de porcellana de Sèvres i la cristalleria portada de Bohèmia. Els lacais vestits de blau i argent, esperaven al costat de les taules auxiliars, i els comensals van anar ocupant els seus llocs entre rialles i converses.

En Wolf, vestit com els altres lacais i amb la mateixa perruca grisa, era al costat dels cortinatges per poder desaparèixer si li semblava convenient. Va clavar una mirada intensa a la sala fins que va estar segur que en Johannes von Kürsinger no era allà i es va posar a buscar-lo immediatament. Seguint la seva intuïció, que no li havia fallat gairebé mai, es va dirigir a la cuina. Per a ell, un home que volia veure mort algú i no era capaç de matar-lo ell mateix era un covard, i sospitava quina seria l'eina d'aquesta mena de covards.

No es va equivocar. En Johannes duia un pot a la mà, i la mà discretament tancada en un puny darrere l'esquena.

Que pensava matar tots els convidats? Ni ell podia estar tan boig...

Amagat darrere la porta del rebost i aprofitant que allò era un formiguer de criats, el va veure abocar el contingut del pot a la gran marmita on bullia suaument una sopa que, per l'olor que feia, devia ser de peix.

Què pretenia aquell neci? Què devia ser allò que havia abocat a la sopa? No era possible que es tractés d'un verí mortal; tots menjarien aquell primer plat i, per boig que estigués, no podia voler matar cinquanta persones, moltes d'elles de la seva pròpia família. De moment ningú se n'havia adonat, però, de totes maneres, era necessari evitar el risc.

Per fortuna, la seva mare havia treballat a la cuina d'una gran casa i ell sabia que el més probable era que la cuinera tingués llesta una altra sopa per servir-la a la nit, sola o barrejada amb la que sobrés al migdia. Va anar a parlar amb la dona i, invocant l'autoritat del comte, va aconseguir que canviés una marmita per l'altra, encara que això signifiqués endarrerir una mica el dinar.

Ràpidament va tornar a pujar al menjador, va cridar el comte amb el gest que havien convingut i li va exposar els seus temors i el seu estrategema. Després de debatre una estona, va tornar al seu lloc a la fila de lacais sense perdre de vista en Johannes.

Quan es va servir la sopa, el va veure somriure, prendre exactament una cullerada i deixar la resta al plat, que se li va retirar amb celeritat.

Cap a la meitat del dinar, en Johannes von Kürsinger va omplir tres copes i, amb una habilitat digna de millor causa, va obrir l'anell que duia a l'índex, en va deixar caure el contingut en dues de les copes, es va posar dret i, després de reclamar l'atenció de tots els comensals, va anunciar un brindis pels nous esposos.

Es va acostar amb les tres copes en una safata daurada fins a on en Maximilian i l'Eleonora presidien la taula nupcial i les hi va entregar amb un somriure. Tothom es va posar dret i va aixecar també la seva.

En Wolf no va perdre el temps. Fingint una ensopegada inoportuna, va topar amb la Nora de manera que la seva copa es va vessar damunt de les tovalles i va esquitxar de vi el seu vestit blanc, per a consternació de tots els presents. En Max i en Johannes van córrer a ajudar-la, deixant les seves copes damunt de la taula durant un instant que en Wolf va fer servir per canviar-les. Es va agenollar davant de la nova comtessa, amb el rostre ocult entre les mans i fingint que estava horroritzat pel que havia fet, i la Nora, responent a una mirada d'en Max que no va acabar d'entendre del tot, va saber què havia de fer. Va allargar la seva copa buida a un altre lacai i ell n'hi va portar una de neta que de seguida va omplir per a ella.

—Bevem —va dir en Johannes—. Pels nuvis! Llarga i formosa vida, i que Déu us beneeixi amb molts fills!

Tots tres es van beure la copa d'un glop, somrient. Els convidats van aplaudir i en Johannes, malgrat la mortificació que sentia pel fracàs parcial del seu pla, per culpa d'aquell lacai estúpid, es va consolar pensant que encara li quedava l'altra ampolleta i podria tornar-ho a intentar amb la Nora quan oferís a la Mathilde una copa de vi que ella no s'atreviria a rebutjar. A la criadeta la despatxaria més tard, quan tant ella com els convidats comencessin a sentir-se descompostos gràcies a la substància que havia tirat a la sopa que s'havien menjat tots, senyors i criats, fins i tot ell, perquè a ningú se li acudís pensar que era l'únic que no s'havia vist afectat.

Quan a la nit o l'endemà comencessin a preguntar-se què havia passat, atribuirien la mort dels joves comtes a la sopa en mal estat que havia fet posar malalt a tothom. Es tractava d'una sopa de peix i era més que possible que alguna cosa que duia no estigués en bones condicions. Fins i tot en això havia tingut sort! Ara només se les havia d'enginyar per aconseguir la Nora i la Mathilde prenguessin una copa de vi amb la medicina i tot ja seria senzillament qüestió d'esperar.

L'àpat progressava tal com estava previst, les galtes dels convidats anaven pujant de color a mesura que es buidaven els gerros de vi i les plates de viandes, les rialles cada cop se sentien més i la música que interpretava el quartet de corda s'anava fent cada vegada més alegre. Aviat arribaria el moment de retirar les taules i posar-se a ballar, però, mentrestant, en Johannes va decidir fer temps sortint a fumar a l'exterior. Potser es trobaria algú que també hagués descobert els plaers del fum americà.

Abans de sortir va clavar una mirada al seu cosí tot intentant discernir si el verí ja havia començat a fer efecte. L'apotecari li havia dit que era una droga lenta, que podien passar unes quantes hores fins que comencessin les primeres nàusees i després els vòmits. Hauria de tenir paciència perquè, de moment, en Maximilian estava radiant menjant-se el delicat suflé que acabaven de servir i que a ell no li venia de gust encara.

A l'exterior, el sol radiant del matí havia començat a deixar pas a uns núvols grisos que s'amuntegaven amb rapidesa damunt dels turons i que aviat portarien pluges abundants. Bo per als camps, dolent per a ell. Detestava sortir a caçar quan tot estava xop, però la caça era la seva activitat principal i no era capaç de passar més de dos dies sense sortir; es posava nerviós quan estava tancat dins de casa i, sense pretendre-ho, acabava trencant coses.

Amb prou feines havia encès la cigarreta quan va sentir unes passes darrere seu i es va girar amb curiositat per veure qui dels convidats tenia la mateixa afició al tabac. Els seus ulls es van dilatar per la sorpresa quan va veure el Llop vestit amb la lliurea blava i argent de Hohenfels.

—Què és això? Què fas aquí?

—Amb el vostre permís, Excel·lència, vaig estar donant voltes a la nostra associació i vaig decidir que, per complir els vostres desitjos, el millor seria introduir-me al servei del vostre noble cosí. Sabia que sempre que hi ha un casament fan falta criats de més, de manera que vaig arribar aquí ja fa un parell de setmanes, primer com a cotxer del comte i ara com a lacai provisional. Tan bon punt s'acabin les festivitats me n'aniré, però abans em vindria bé tenir una mica d'estalvis per al viatge i havia pensat que potser necessitaríeu els meus serveis per a alguna cosa.

En Johannes va fer una pipada llarga a la cigarreta i va somriure, ple. Estava tenint una ratxa de sort increïble. Excepte per no haver sigut capaç d'atrapar l'agressor nocturn, cosa que encara coïa al seu orgull de rastrejador i caçador, tot estava sortint a cor què vols.

—Espera'm aquí. Tinc un encàrrec per fer-te, però, coneixent-te, sé que compliràs millor si primer veus l'or, m'equivoco?

—Es pot dir que sou gairebé clarivident, Excel·lència. Us espero aquí.

El Llop va acariciar el punyal que duia a sota la lliurea. Li picaven els dits de ganes d'enfonsar al pit d'aquell paó reial que a més tenia el cervell d'un mosquit, però un no podia anar matant tots els imbècils amb els quals es topava. Ara l'important era treure-li tants diners com fos possible abans que aquell verí que s'havia pres sense saber-ho fes el seu efecte.

Li resultava curiós pensar que aquell home pagat d'ell mateix, que ara devia estar baixant les escales del castell creient-se un triomfador i ja gairebé el comte de Hohenfels, al cap d'unes hores estaria vomitant i defecant, pàl·lid i suós, sentint els cargolaments d'un ventre que es desfeia, i començant a notar al clatell l'alè gelat de la mort. La vida era breu, efectivament, com li deien de petit a la doctrina.

El mamarratxo vestit de seda es va reunir amb ell i li va entregar discretament una bossa que ell va fer desaparèixer amb rapidesa; pesava prou per tranquil·litzar-lo.

—Què puc fer per vós, Excel·lència?

L'home li va entregar l'ampolleta marró.

—Meitat i meitat al vi de la núvia i de la meva esposa. Perquè tinguin companyia en l'eternitat —va acabar amb una riallada.

—La vostra esposa? I la núvia? Pensava que el que era principal era despatxar el comte...

—No et preocupis per això. Ja està arreglat. No ets l'únic que sap fer les coses.

—Els meus respectes, Excel·lència.

En von Kürsinger es va inflar com un paó.

—I més tard, aquella criadeta insignificant que el meu cosí s'ha endut d'Ingolstadt i que fa de donzella de la núvia. El mètode, al teu gust. Entrem. Deu estar a punt de començar el ball.

En aquell mateix moment van caure les primeres gotes sobre la terrassa i els dos homes es van separar.

* * *

La Sanne estava agenollada al costat del cadàver d'en Michl mirant el seu rostre horrible, ara més serè després de la mort, recordant la seva bondat i el seu afecte, les seves paraules d'ànims, la seva mà forta, que havia acariciat la d'ella, molt més petita i pàl·lida, gairebé com l'altra d'ell. S'havia fet tantes il·lusions! No s'hauria pogut imaginar mai que després d'haver-se deixat convèncer per les falses promeses d'aquell estudiant tan guapo acabaria sentint afecte per un monstre construït amb trossos de cadàvers, ple de cicatrius morades; però era així. L'enyorava tant que li feia tan mal com si li estiguessin arrencant un queixal, i no aconseguia consolar-se ni amb tot el que la senyoreta (la senyora comtessa, es va corregir a ella mateixa) li havia dit: que no estaria sola, que es podria quedar sempre amb ells al castell, que al seu fill no li faltaria res. Tot allò era meravellós i molt més del que mai s'hauria atrevit a esperar, però en Michl ja no hi era i la seva absència era un dolor que no creia que pogués superar mai a la vida. Almenys li havien dit on era el seu cos perquè pogués anar a visitar-lo, tot i que amb la promesa de no explicar res a ningú ni permetre que ningú la seguís.

Va acostar la mà al rostre sense vida i li va acariciar la galta amb suavitat. Estava fred, però no semblava mort de veritat, sinó adormit, encara que el forat de la bala continuava allà i la sang s'havia assecat a la seva roba. Segurament també es devia haver trencat algun os en caure, tot i que havia caigut sobre l'herba i no damunt de les lloses. Ara ja... què hi feia! Pobre Michl! S'havia mort penjat una vegada i ara que havia començat a viure de nou tornaven a matar-lo per culpa d'aquell pervertit d'en Plankke; aquell sí que era un monstre.

L'única cosa bona era que en Plankke també s'havia mort. No tornaria a fer mal a ningú.

Es va quedar mirant en Michl fixament, repassant els seus propis pensaments. Després de la forca, en Michl havia tornat a la vida. En Frankenstein li havia fet alguna cosa que l'havia ressuscitat. No seria possible que el senyor comte, que també era un estudiant com en Frankenstein i que tenia tots els seus escrits i les seves potingues, pogués fer-ho també?

Es va posar dreta d'un salt i es va espolsar les herbetes seques que se li havien enganxat a les faldilles del vestit que acabava d'heretar. Sabia que no era moment de parlar amb els acabats de casar, però urgia tant que potser la senyoreta..., la senyora..., l'hi perdonés.

Als casaments, els amos regalaven monedes o petits favors als criats. Ella sabia amb tota seguretat el que els demanaria, i no era petit.

* * *

Tot i que la Charlotte i la Katharina s'hi havien esforçat moltíssim, la Nora estava nerviosíssima quan va arribar l'hora d'obrir el ball, com corresponia, amb un minuet. Havia practicat durant hores, però mai havia sigut especialment gràcil ballant i li costava una barbaritat recordar no només les figures, cosa que ja resultava difícil en si mateixa, sinó també l'ordre de les diverses parelles amb qui havia de ballar. Sabia que el ball començava amb en Max, lògicament, perquè era el nuvi, i llavors passava a l'oncle Franz, després al cosí Johannes, després a un altre familiar que es deia Markus, i a partir d'allà ja no es recordava de res. A més, allò de ballar amb una rosa entre les dents li resultava tan ridícul i molest que hauria preferit quedar-se asseguda; però les coses eren com eren i la tieta ja li havia recordat que difícil i car que havia sigut aconseguir roses tan aviat. Aquell era un altre lleuger retret per la pressa per casar-se; pel que semblava, el que es considerava correcte hauria sigut esperar uns dos anys entre el compromís i el casament.

En Max li va allargar la mà i ell la va acompanyar al centre del saló, que ja havia quedat net per al ball. Tenia la sensació d'haver-se ficat al somni d'una altra persona i, cada vegada que passava la vista pels convidats, tan somrients i satisfets, no podia evitar pensar que estaven tots morts, que si ella estigués visitant aquell castell en una excursió en la seva pròpia època, totes aquelles persones faria dos segles que estaven enterrades. Incloent-hi en Max.

Van ballar durant el que li va semblar una hora, fent reverències, voltes, donant i deixat anar mans d'uns i d'altres, llançant o no mirades a la parella de cada moment, segons estava estipulat: tot tenia el seu significat i la seva importància. Allò era esgotador.

Per fi va acabar el primer ball i totes les senyores van aferrar amb fúria els seus vanos i van començar a ventar-se mentre s'apartaven cap als costats esperant que els servissin alguna cosa per beure. En Wolf Eder, molt galà amb la seva lliurea blava, es va acostar a la Nora amb una copa daurada en una safata.

—Vi blanc amb espècies, senyora. Molt refrescant.

—Gràcies, Herr Eder. Com ho he fet?

Ell li va obsequiar el seu famós somriure entremaliat, que tants èxits li havia fet guanyar amb les dames.

—Meravellosament.

Ella se'l va quedar mirant amb una cella alçada fins que ell, a punt de deixar anar una riallada, va afegir amb veu baixa:

—Per ser la primera vegada.

Tots dos van somriure i ell es va retirar. Un moment més tard servia una altra copa a la Mathilde, que no havia ballat i feia una bona estona que es tocava el front, com si li fes mal el cap o tingués febre.

Estava a punt de rebutjar la beguda, però es va trobar amb la mirada peremptòria del seu marit i, sense ni tan sols intentar contradir-lo, se'n va beure la meitat, va fer una ganyota de disgust i se'n va beure la resta encara davant d'en Wolf. Va deixar la copa buida a la safata i va continuar fent-se un massatge al front mentre observava la pluja a través dels vidres.

—Et trobes malament, Mathilde? —La Nora la va sorprendre per darrere; les espatlles se li van encongir i tot el seu cos es va estremir amb un calfred—. Perdona, no volia espantar-te.

—No m'has espantat. Estic bé. És només perquè amb prou feines he dormit aquesta nit. Crec que avui no baixaré a sopar i em retiraré d'hora. Espero que em perdonis, Nora.

Ella se li va inclinar cap a l'orella:

—Sé què et passa, Mathilde. Vull ajudar-te.

—Ningú pot ajudar-me. Disculpa'm, el meu marit em crida.

En Johannes havia començat a notar un malestar a l'estómac i una escalfor estranya li pujava per la gola. Entenia que era necessari passar per allò perquè ningú pensés que ell havia eludit la intoxicació que havia afectat gairebé tots els comensals, però havia considerat que amb una sola cullerada de la sopa no podria passar-li pràcticament res i que hauria de fingir bastant.

El més curiós era que cap dels convidats semblava trobar-se malament. Ningú havia sortit a prendre l'aire ni s'havia retirat més estona de la normal a la sala contigua, on hi havia el gran nombre d'orinals necessaris en aquella mena de celebracions.

Per estúpid que fos, semblava que allò només l'afectava a ell. En Maximilian estava tan galà com sempre, xerrant i rebent l'enhorabona d'uns i altres, mentre la resta ballava a la polonesa.

Ell hauria preferit que, quan els seus familiars es comencessin a trobar malament, ja hi hagués altres persones malaltes, però semblava que el mal humor o la humitat de la pluja contribuïen al fet que ningú tingués nàusees o que les dissimulessin tan bé com ho feia ell mateix.

De totes maneres, només era qüestió de temps. Amb els seus propis ulls havia vist en Maximilian beure's la seva copa enverinada i ara acabava de ser testimoni que el Llop els havia servit el vi preparat tant a la Nora com a la Mathilde. No podia fer més que esperar.

Va acomiadar la seva esposa amb un gest i va caminar, una mica marejat, cap als finestrals que permetien sortir a la terrassa. Allà, una pèrgola àmplia resguardava de la pluja i, com que estava al girant del saló i protegida de mirades indiscretes, podria afluixar-se el llaç del coll i fumar-se un cigarret amb tranquil·litat. El fum tenia propietats restauratives, tothom ho deia.

Amb prou feines havia gaudit de la primera pipada quan una arcada el va forçar a inclinar-se damunt d'un parterre i vomitar damunt dels narcisos part de les postres que s'acabava de menjar. Una mà li va oferir un mocador senzill, però de bona tela.

—Les ordres de Sa Excel·lència estan complides.

—Ho he vist. Me n'alegro.

—Us trobeu bé? Massa rosat amb el dinar?

Com s'atrevia aquell taujà a criticar els seus hàbits! Però era cert..., no estava bé. Tot havia començat a donar-li voltes.

—Em permeteu que us porti a un lloc on podreu estar sol fins que us passi? —es va oferir el Llop.

En Johannes va assentir sense paraules. Si volia evitar res, era posar-se en ridícul davant de la seva família i la resta de convidats. No s'explicava què era el que li podia haver caigut tan malament.

En Wolf va passar per les seves pròpies espatlles el braç de l'aristòcrata i va mig carregar amb ell i el va mig arrossegar fins a l'hivernacle de la part sud del castell, on hi havia un banc de fusta al mig de la vegetació. Així estaria protegit de la pluja i, si algú el buscava en algun moment, quan el trobés seria massa tard per poder-lo ajudar.

—Necessiteu alguna cosa que us pugui portar?

—Aigua. Aigua amb llimona.

—Torno de seguida. Descanseu.

En Wolf va tancar amb cura la porta de l'hivernacle i se'n va anar a seguir vigilant la Sanne; no creia que corregués cap perill ja, però no venia d'aquí assegurar-se'n.

* * *

A les set de la tarda, ja amb totes les espelmes de les aranyes de vidre refulgents enceses, van tornar a muntar les taules mentre els convidats passaven al saló petit, a les saletes o a la biblioteca, i es va servir un sopar lleuger.

Els regals dels criats havien sigut entregats, els regals de boda havien sigut convenientment admirats, gairebé tothom estava cansat, alguns lleugerament beguts, d'altres obertament borratxos i alguns altres més estaven tan feliços, que no volien que s'acabés aquella festa que els havien regalat a mitja primavera, just després de la Pasqua.

Com ja havia anunciat, la Mathilde es va acostar a acomiadar-se dels nuvis per retirar-se a les seves habitacions.

—Heu vist en Johannes? —va preguntar.

—No —va contestar en Max—. Ja fa estona que no el veig. No sé on es deu haver ficat.

—A l'habitació de la més jove de les teves criades, suposo, però fa molt que m'ha deixat d'importar.

—Mathilde! —En Max trobava escandalós que la seva cosina política fes aquella mena de comentaris fora de la intimitat més estricta, però ella no tenia costum de beure, gairebé no havia menjat i la copa plena a vessar que en Johannes l'havia obligat a beure li havia pujat al cap.

—Penso tancar amb clau i ficar-me al llit amb en Philip. Si a mitja nit sentiu cops a la porta, podeu fer mitja volta i continuar dormint. Avui no li obriré.

En Max i la Nora es van quedar mirant, perplexos. D'on devia haver tret aquell valor, la Mathilde, així de sobte?

—Quan complirem a la Sanne el desig que ens ha demanat? —va xiuxiuejar la Nora a l'orella de qui ja era el seu marit.

—Més aviat digues quan *intentarem* complir-lo... A més, encara no ho tinc gaire pensat. En Frankenstein va deixar una ampolleta plena de la barreja que creu que és la que va utilitzar, però ja saps que aquest home no està mai segur de res i a la carta que em va enviar no hi ha res realment clar. Consideres que ho hauríem d'intentar?

—Sí.

—I si reapareix en Plankke?

—No crec que passi.

—Per què?

—És una mena de pressentiment. Intueixo, pel que m'ha explicat la Sanne, que quan en Johannes el va matar, en Michl ja havia aconseguit dominar en Plankke gairebé totes les vegades. Si ara li donem una oportunitat, el vencerà per sempre. Ho hem de fer com més aviat millor. Avui mateix.

—Avui? Aquesta nit? Amb tota la casa plena de gent?

—Ningú ens trobarà a faltar si ens n'anem ara. Nit de noces, entens? Ningú preguntarà on som ni què fem.

En Max es va posar vermell, però va afegir:

—També m'agradaria tenir una nit de noces de veritat, saps?

—Demà —li va xiuxiuejar ella molt a prop dels llavis.

14

Quan van sortir a l'exterior ja no plovia, però la nit estava fosca, freda i boirosa. La boira difuminava els contorns dels primers arbres del bosc i semblava que els llops haguessin devorat la primavera.

La Sanne els esperava amb dos fanalets tapats enganxada al mur de la casa, en la foscor, tremolant de por i expectació. S'havia mossegat els llavis fins a fer-los sagnar i ara llepava la sang gairebé sense adonar-se del que feia. Tot i que els havia estat esperant, es va estremir quan els va veure aparèixer.

En Max es va posar un dit als llavis en senyal de silenci i va enfilar a caminar davant d'elles amb un fanalet a la mà. Havia viscut allà tota la vida, tenia el terreny tan apamat que no necessitava llum per trobar el camí. La llum la necessitarien després, quan arribessin al cobert.

Les noies el seguien embolcallades amb les seves capes i agafades de la mà, amb el segon fanalet. Per fortuna se'ls havia acudit canviar-se de roba i posar-se unes botes encerades que els estalviaven omplir-se els peus de fang, tot i que el fred penetrava igualment.

A la diminuta cabana de fusta amb prou feines hi havia espai per a tots tres i el cadàver d'en Michl, que així, estirat de panxa enlaire com estava, semblava encara més gros del que ja era. Van destapar els fanalets i els van col·locar de manera que la seva llum els permetés veure què feien.

—No sé si hauríeu de ser aquí, vosaltres —va dir en Max, dubitatiu—. Potser hauria d'haver demanat ajuda a en Wolf.

—No cal —va replicar la Nora, resolta—. Nosaltres podem ajudar perfectament. Què vols que fem?

—Despulleu-lo —va ordenar en Max.

—Del tot? —va preguntar la Sanne.

—Necessito accés al coll, el cor i les engonals, de manera que em temo que l'haureu de despullar per complet.

Mentre elles s'afanyaven amb la roba, en Max carregava l'aparell injector amb el líquid que esperava que fos l'adequat, però abans havia de suturar la ferida que havia produït la bala, després d'haver-se assegurat que havia travessat el cos d'una manera neta. Per contra, l'hauria de buscar i extreure-la.

A la llum esmorteïda dels fanalets, aquell cos semblava més mort del que li hauria agradat. Volia intentar-ho, però començava a envair-lo un cansament emocional terrible, una consciència absoluta del fracàs més que probable.

En aquell moment va veure com la Sanne acostava contra el seu cos el tors del difunt per poder treure-li la màniga de la camisa i en el seu gest hi havia tant afecte, tanta delicadesa, tanta esperança, que va decidir que faria tot, absolutament tot, el que fos a les seves mans perquè pogués recuperar en Michl.

—Aguanteu-me el llum tan a prop com sigui possible —va demanar—. M'he d'assegurar que la bala no és a dins.

En Max es va encamellar damunt del cadàver i, amb unes pinces llargues, va començar a furgar a la ferida.

—No sembla que hi hagi res a dins, però la bala ha tocat el cor. No és possible que això funcioni. No és possible.

—Proveu-ho, senyor comte, us ho prego! —va implorar la Sanne.

—Aguanteu-lo assegut. Vull veure si hi ha orifici de sortida.

En aquell moment, un llampec va il·luminar el cobert amb una violenta resplendor violeta que els va deixar cecs durant uns instants. El tro va sonar molt llunyà. La tempesta, si arribava, encara trigaria molt a enxampar-los. Les noies van començar a intentar aixecar-lo, com havien fet abans per treure-li la camisa, però el pes era considerable.

—No seria millor que m'ho deixéssiu a mi? —van sentir des de la porta.

—Herr Eder!

—Buscava la Sanne i sembla que l'he trobat.

—A mi?

—En Michl em va demanar que no t'abandonés, que et cuidés fins que nasqués la criatura si a ell li arribava a passar res. Jo compleixo les meves promeses. Deixeu-me ajudar.

Un altre llampec va il·luminar la nit. Una tempesta seca, amb trons llunyans, semblava haver-se instal·lat en la regió.

La nit va anar passant a poc a poc. Els llampecs s'acostaven i de tant en tant, per la finestreta o a través de la porta oberta, veien algun llamp ramificat com un arbre de plata marcant la pell de la fosca.

En Max va repassar i suturar les ferides amb més cura i precisió de la que havia fet servir en Frankenstein quan va cosir tant les seves com les de l'esguerro i, quan ja gairebé havia acabat, impel·lit per una necessitat interior, va tornar a tallar les cicatrius que li travessaven el rostre i el coll i les va tornar a cosir amb punts molt delicats. Aleshores, agafant amb força l'aparell injector, va xiuxiuejar:

—Intentem-ho. Esteu preparats?

—Algú em pot explicar què fem? —va preguntar en Wolf, que fins aquell moment havia pensat que només estaven posant el cadàver presentable per donar-li un enterrament digne, tot i que li havia estranyat considerablement el moment que havien escollit.

—Si funciona, ho veuràs de seguida —va replicar en Max, abandonant tot tractament de cortesia—. Quina pena no poder fer servir la força elèctrica de la tempesta! Això sí que podria ajudar en Michl a deslliurar-se d'en Plankke! Aquest cos és jove i fort, i la ment d'en Michl també. Amb la força d'un xoc elèctric podria aconseguir expulsar-lo.

—Què podem fer? —va preguntar la Sanne, nerviosa però decidida.

—No ho sé. És un fenomen molt poc estudiat.

La Nora pensava a tota velocitat. Ella tampoc tenia gaire estudiats els fenòmens elèctrics, però sabia que la seva àvia li havia explicat moltes vegades de petita tot el que podia ser perillós perquè atreia els llamps.

Si ara volien atraure'ls, havia de fer tot el que estava prohibit i encreuar els dits perquè funcionés.

—A veure, Max, tu injecta-l'hi ja. Sanne, fes un bon foc, que surti molta escalfor per la xemeneia. Wolf, obre les dues finestretes i la porta, necessitem corrent d'aire. Per sort, aquí hi ha molts trastos de metall que possiblement atrauran la descàrrega. Els posarem a prop del cos i, sobretot, sortirem d'aquí ben de pressa perquè, si ens toca, ens matarà.

En Max se la va quedar mirant com si fos una aparició celestial.

—Com ho saps, tot això?

—Ja t'ho explicaré quan estiguem més tranquils.

—I a en Michl? —va preguntar la Sanne, pàl·lida com la cara de la lluna—. No el matarà?

En Wolf la va agafar per les espatlles i, estirant-la, la va anar traient de la cabana.

—Ell ja és mort, Sanne. No li passarà res, creu-me.

Van sortir tots quatre i van deixar el cadàver d'en Michl igual de mort com ho estava quan, hores abans, havien arribat a la cabana.

—Anem a la capella. Allà no ens passarà res.

Van agafar els fanalets i, ja començaven a fer camí, quan van notar un pessigolleig per tot el cos i els cabells se'ls van començar a eriçar a tots. Sobre el metall dels fanalets van aparèixer espurnes que corrien per la superfície.

—No correu! Ajupiu-vos, tots, a terra! —va cridar la Nora.

Un segon després, un llamp espectacular va descarregar amb una violència enorme damunt de la cabana i els va deixar cecs durant uns instants. Una olor estranya ho va envair tot fins que, a poc a poc, es va anar dissipant fins que va desaparèixer.

Es van posar drets, tremolosos, mirant-se els uns als altres com si es volguessin assegurar que tots havien sentit el mateix i tots seguien vius.

L'horitzó es va començar a tenyir de rosa. Un ocell va refilar molt a prop, per donar la benvinguda al nou dia.

A la porta de la cabana, omplint el forat amb les seves espatlles enormes, el monstre els mirava.

* * *

Els dos dies següents van estar plens de comiats. Tots els convidats que havien anat al casament i s'havien quedat a passar la nit se'n van anar anant al llarg del matí següent i després li va arribar el torn a la família.

L'oncle Franz i la tieta Charlotte amb la cosina Katharina es van quedar a dinar, juntament amb la Mathilde i en Philip, i se'n van anar abans que el sol comencés a baixar. Només tenien dues hores de viatge, però preferien arribar a casa encara amb llum. La Mathilde encara estava pàl·lida i callada. En Johannes no havia aparegut i, tot i que tenia costum de no rebre cap explicació de les seves anades i vingudes, no sabia si alegrar-se'n o espantar-se. El fet que el Donner, el seu cavall, hagués desaparegut de les cavalleries indicava que se n'havia anat sense acomiadar-se de ningú, cosa que, tot i que no era realment estranya, mostrava que el seu comportament anava degenerant.

—Vols quedar-te uns dies més amb nosaltres, Mathilde? —va preguntar la Nora.

Ella va fer que no amb el cap.

—M'agradaria, però és millor que sigui a casa quan en Johannes torni. Si arriba i no hi som... A més —li va oferir un petit somriure aguantant-se el llavi inferior amb les dents—, em fa il·lusió estar sols a casa amb en Philip. Duri el que duri...

—Per què no el deixes?

—A en Johannes? En quin món vius, Nora? Què faria jo sola? De què viuria?

—Els teus pares...

—Els meus pares no m'obririen la porta de casa. Una esposa que abandona el seu marit... quina vergonya per a la família! —Va sacsejar el cap en una negativa lenta—. Les dones ens hem de resignar amb el que ens hagi tocat.

—És injust.

—Sí. Però sempre ha sigut d'aquesta manera. A vegades... —es va acostar molt a ella, abaixant la veu—. A vegades penso, que Déu em perdoni, que si en Johannes tingués un accident amb aquell maleït cavall boig que té, aquesta seria l'única possibilitat de ser feliç. Si no em mata abans a disgustos. Però he de ser forta pel meu fill.

Mentre elles parlaven a la saleta prenent una última tassa de xocolata, en Wolf va anar a la cabana on dues nits abans havia presenciat la cosa més estranya de la seva existència: un mort que havia tornat a la vida.

Es volia acomiadar d'en Michl i la Sanne i suposava que serien allà. Era important que el nano desaparegués com més aviat millor. Ja hi havia massa gent que l'havia vist pels voltants i el seu aspecte era dels que no s'obliden i gens tranquil·litzador, precisament. Quan va arribar, els va trobar asseguts en un banc petit a la porta, amb l'esquena contra la fusta calenta de sol, mirant cap al bosc, agafats de la mà.

—Em vinc a acomiadar, amics.

—Per fi te'n vas a Amèrica? —va preguntar en Michl posant-se dret.

—No, encara no. Aviat, però encara no. Els qui se'n van a Amèrica sou vosaltres.

—Què? —La Sanne els mirava sense entendre res.

—Escolteu-me. Tu no et pots quedar aquí després del que ha passat, Michl. Que et tiressin pedres aquell dia no serà res quan algú comenci a dir que ets l'agressor de l'altra nit, que et van matar i has tornat a la vida. Et perseguiran, et penjaran una altra vegada i et cremaran a la foguera a la plaça pública, davant de la catedral. I tu —es va girar cap a la Sanne— encara et pots moure. Tens un parell de mesos al davant abans que arribi el moment del part. Si s'ha de viatjar, s'ha de fer ara. Trigareu un mes com a molt a arribar a Gènova. Allà podreu embarcar cap al Nou Món i casar-vos al vaixell. Els capitans poden casar la gent. Un cop allà, estareu segurs, no us coneix ningú. Sereu una parella com qualsevol altra. Tu una mica més gros i més lleig del normal —en Michl va somriure—, però ja diuen que «l'home i l'os... com més lleig, més formós». La Sanne és guapa per tots dos. El comte t'ha arreglat força les cicatrius de la cara i, en cas de necessitat, sempre et pots tirar el vel per damunt i fer córrer la veu que et vas cremar en un incendi. Ningú voldrà veure si és veritat. Allà podreu començar de nou; diuen que la terra és barata, tindreu la vostra pròpia casa i no haureu de servir a cap amo.

—No tenim diners, Wolf. Ni per al passatge ni per comprar terra, per més barata que sigui.

El Llop va treure la bossa que li havia entregat en Johannes.

—Ens ho repartirem com a bons germans. És l'últim regal del cosí del comte. A ell ja no li fa cap falta i la seva dona és rica. —Va somriure d'una manera que va fer que la Sanne entengués per què li deien Llop.

—Què se n'ha fet?

—Es va emborratxar a la festa, em va demanar que li portés el cavall ja gairebé de nit. Vaig intentar dissuadir-lo, però... no hi va haver res a fer. No m'estranyaria que s'hagués estimbat. Jo el vaig acompanyar durant una estona i quan es va posar a fer el boig, em vaig quedar enrere i el vaig veure perdre's a la muntanya clavant crits de fúria. No li he explicat a la seva dona, però suposo que tard o d'hora trobaran el seu cadàver.

—Déu tingui pietat de la seva ànima, però així és millor per a tots! —va dir la Sanne senyant-se.

—I tu on vas ara?

—La vídua necessitarà un home de confiança —li va picar l'ullet—. Si estic a gust, m'hi quedaré un temps. I si no, me n'aniré a Amèrica i us buscaré per allà.

En Michl i en Wolf van encaixar la mà i al final es van abraçar.

—Gràcies per tot el que has fet per nosaltres. —En Michl el mirava fixament, amb els seus ulls de colors diferents, intentant posar tot el que sentia, que era molt, en aquella mirada. Ell no era bo parlant, però aquesta vegada l'importava de debò que en Wolf sabés el que la seva ajuda significava per a tots dos.

—T'has desfet de... de l'altre? —va preguntar el Llop, sense saber ben bé com dir-li.

En Michl va somriure i va arronsar les espatlles.

—De moment no noto res. Em sento complet i només jo, però no ho descarto. La Sanne ho sap i, tot i així, s'arriscarà.

—Tots els homes tenim una part bona i una dolenta, amic. És el que hi ha i cal acceptar-ho.

—Les dones també —va intervenir la Sanne.

—És veritat. Jo n'he conegut moltes que no eren àngels, precisament.

Van tornar a encaixar la mà i en Wolf va enfilar a caminar cap a casa, a acomiadar-se dels comtes i a oferir els seus serveis a la Mathilde von Kürsinger. Alguna cosa li deia que acceptaria.

* * *

A l'hora de sopar, en Max i la Nora es van quedar sols per primera vegada des d'aquell llunyaníssim sopar improvisat a casa d'ella la nit en què es van conèixer.

Ella havia deixat de comptar el temps, perquè era una cosa que la feia posar més trista, però per sobre sabia que devia fer uns tres mesos que va sortir de casa per no tornar-hi. Mentrestant, a la seva època la policia ja l'hauria donat per perduda. Havia desaparegut sense deixar rastre, sense que hi hagués una mínima pista que apuntés al que realment havia passat.

—Quan creus que podrem tornar a Ingolstadt? —va preguntar, com si no fos gaire important mentre mirava què li venia de gust de totes les sobralles del menjar del casament.

—Em sap greu dir-t'ho, però em temo que encara haurà de passar com a mínim un any. He escrit al professor Weisshaupt per preguntar-l'hi, però de moment no he tingut resposta.

—Què farem, Max?

—Començar a viure, Nora. Ser feliços. Triar on estudiar i traslladar-nos allà. Comprar una casa. Tenir fills.

A la Nora se li van omplir els ulls de llàgrimes.

—Què tens, amor meu?

—Jo volia estudiar, Max, volia ser metge, treballar en un hospital. Casar-me i tenir fills també..., però sense pressa..., passats els trenta... És tot tan diferent de com m'ho imaginava! Què faré ara?

Ell la va abraçar i va tancar els ulls. Per a ell també era tot molt diferent i molt complicat.

—No podràs venir a la universitat, per desgràcia. Ja hem vist que arriscat que és això de vestir-te d'home, però estudiaràs tot el que jo aprengui, t'ensenyaré tot el que m'ensenyin a mi. Llavors podrem tornar aquí a exercir com a metges. La gent n'està necessitada i jo tindré el títol; tu podràs atendre les dones, que estaran encantades que les tracti una senyora. Els nostres fills es criaran aquí, sans i feliços; tindràs tota l'ajuda del món. Contractarem músics quan trobis a faltar escoltar música o ballar, farem viatges per comprar llibres... el que vulguis... però sobretot, Nora, sobretot... estarem junts.

—Sí, Max —va dir ella molt fluixet—, estarem junts i això és l'únic que compta.

1816

El llac Léman brillava com un mirall de plata, tot i que no hi havia sol, ni n'hi hauria en molt de temps. La Nora va inspirar amb delícia l'aire humit i es va emboçar amb el gran xal de caixmir que en Max li havia regalat pel seu darrer aniversari, cinquanta-quatre anys ja. A vegades li costava creure que en feia trenta-cinc que era en aquell temps que no era el seu i que, malgrat tot, ja començava a ser-ho. Els records dels seus primers dinou anys al segle XXI eren cada vegada més borrosos i de tant en tant tenia la sensació que tot el que creia recordar eren simples somnis o coses que havia llegit en alguna novel·la: els carrers plens de cotxes, la il·luminació nocturna, els avions travessant el cel, els mòbils, la música per tot arreu, el cinema, la televisió, el menjar de les diverses nacionalitats, la fruita en totes les estacions de l'any, l'atenció mèdica meravellosa en hospitals nets i eficients… Tot plegat somnis de *Les mil i una nits.*

Malgrat tot, les coses també havien millorat ara que ja eren al segle XIX: els vestits eren més còmodes i senzills, en algunes ciutats hi havia una mica d'il·luminació, hi havia diaris…, però no arribaria a veure els grans invents: la fotografia, l'electricitat, els cotxes, els avions… per a tot allò encara faltava molt de temps i a ella se li acabava. Estava molt malalta i, tot i que encara no havien aconseguit diagnosticar-lo amb precisió, era evident que es tractava d'alguna mena de càncer i per a això no hi havia cura, potser ni tan sols a la seva pròpia època.

En Max ara estava conferenciant amb l'especialista ginebrí que era la màxima autoritat de l'època en ginecologia. Havien arribat feia una setmana, li havien fet unes proves i avui el metge havia promès donar-los alguna resposta. A en Max, per descomptat; ella no era més que una dona i, encara que es tractés del seu cos i de la seva vida, no era digna que li expliquessin la situació directament a ella. Per això passejava amunt i avall pel parc preciós del costat del llac mentre esperava en Max i, per si la cosa s'allargava, havien quedat que es trobarien al petit pavelló que albergava un cafè bonic on les dames també eren ben rebudes, de manera que, quan van començar a caure les primeres gotes, es va afanyar a ocupar una taula amb vistes al llac. El dolor havia tornat i preferia suportar-lo asseguda i en un lloc tancat.

Per fortuna, com que sabia molt bé que el 1816 era «l'any sense estiu» per l'explosió del volcà Tambora a Indonèsia, anava preparada. A diferència de les altres persones que ocupaven el cafè i protestaven pel mal temps.

L'endemà d'arribar, en Max l'havia deixat sola a l'hotel unes hores per anar a visitar el seu antic amic Viktor Frankenstein, del qual no havia rebut notícies en molts anys. Fins i tot quan li va escriure en una ocasió per explicar-li que la seva criatura havia emigrat a Amèrica, estava feliçment casat amb una bona mossa i tenia tres fills —un del primer matrimoni de la seva dona i dos de propis—, la seva única resposta havien sigut unes línies gargotejades que deien: «Que Déu em perdoni. He contribuït a fundar una estirp de monstres. No vull tornar a saber res de tu». Des de llavors havien passat més de trenta anys.

Quan en Max va tornar de la visita, li va explicar que per un parell de dies no havien tingut la sort de trobar-lo viu. En Frankenstein s'havia mort sense deixar fills després d'una malaltia llarga, i tots dos havien sigut convidats al funeral pel seu nebot i hereu, que no tenia gens d'interès científic i havia ofert a en Max quedar-se tots els papers, llibres i instrumental del seu oncle.

Ells tampoc havien tingut fills i això, que al principi li havia semblat un alleujament, amb els anys havia resultat cada vegada més trist. Havia tingut una vida plena i feliç, havia pogut treballar com a metgessa al seu propi castell, rebent les dones primer de la zona i després de cada vegada més lluny. Havia servit de metgessa de família i de ginecòloga a moltes dames nobles, i de metgessa general a moltes dones pobres que no podien pagar res pels seus serveis. Havia sigut molt feliç amb en Max. Molt. Ho continuava sent. Però ara la seva vida s'estava acabant abans i tot de complir els seixanta, quan a la seva pròpia època les dones encara tenien com a mínim cinc anys de vida laboral al davant i l'esperança mitjana de vida era de vuitanta-tres.

Havien visitat Ingolstadt en moltes ocasions, tantes que al final havien acabat comprant la casa on havien viscut d'estudiants per així tenir accés continu al passatge, que mai més s'havia tornat a obrir. Ara ella havia demanat a en Max que tornessin una última vegada, ja sense cap esperança que funcionés. Només per acomiadar-se'n.

A la taula del costat, una mossa jove parlava en anglès amb el seu acompanyant, un home jove també que li deia que havia d'anar a fer un encàrrec i que fes el favor d'esperar-lo allà. Va pensar en quant temps feia que no havia sentit parlar en anglès. Ja ni tan sols estava segura de poder fer-ho.

Quan el nano se'n va anar, es va girar cap a la noia i li va somriure. Era, com totes les angleses, pàl·lida, però de mirada intel·ligent, amb un coll llarg i un pentinat a la moda que no l'afavoria.

—Quin temps tan horrible que estem tenint! —va començar la Nora. No hi ha cap anglès que no trobi tranquil·litzador el tema del temps per entaular conversa amb un desconegut.

—Ah! Vostè també és anglesa?

—No. El meu pare era americà i em vaig criar allà, quan encara eren colònies britàniques.

—Nosaltres hem vingut a passar l'estiu, però això és pitjor que Anglaterra. No havia passat mai tant de fred.

El cambrer va dipositar una tetera de porcellana al damunt de cada taula.

—Vol venir a la meva taula, senyora...?

—Shelley. Mary Shelley —va mentir ella. El seu nom era Mary Godwin, perquè no estava legalment casada amb en Percy, però era molt més sensat no donar més explicacions del compte—. Amb molt de gust.

—Jo soc la comtessa de Hohenfels. Digui'm Nora, és molt més senzill.

La Nora ara mirava la mossa amb molt més deteniment. No recordava les fotos de Mary Shelley que podria haver vist durant la seva joventut, a la seva època, però estava clar que es tractava de la dona que d'aquí a ben poc escriuria l'obra inaugural de la ciència-ficció i el gènere de terror: *Frankenstein o el Prometeu modern*. Era tan curiós com quan, tants anys enrere, havia vist Mozart des del carruatge a Salzburg.

—Vostè també estiueja?

—No exactament. Hem vingut al funeral d'un vell conegut. El doctor Viktor Frankenstein.

Quan en Max va arribar al cafè, la Nora i la Mary ja feia una bona estona que conversaven.

—Me n'he d'anar, Mary. Ha sigut un plaer coneixe-la. Li desitjo moltíssim èxit amb aquesta història de por que ha decidit escriure. Estic segura que la seva serà la millor per davant de les dels seus amics i que guanyarà el concurs. Estaré atenta i, si arriba a publicar-la, l'encarregaré i la llegiré amb gran alegria en record d'aquesta conversa.

—Vostè m'ha donat moltes idees meravelloses, Nora. Ha sigut un gran plaer coneixe-la.

Del braç d'en Max va sortir del cafè, pensant si havia fet bé donant-li algunes idees per al seu relat, però la noia semblava tan perduda que va creure que un parell de cosetes per estimular-la podrien anar-li bé. La resta la posaria ella, per descomptat. Era una sensació curiosa saber que ella ara tenia part de la responsabilitat d'una de les novel·les més influents de tots els temps.

Tan bon punt van sortir a l'exterior i van ser davant del llac, la Nora es va girar cap a en Max i, sense paraules, li va preguntar què havia dit el ginecòleg. Els ulls d'ell es van negar de llàgrimes. No va caldre parlar més.

—Porta'm a Ingolstadt. Una última vegada, amor meu. Després tornarem a casa, a Hohenfels, i... fins que Déu vulgui.

* * *

Quan van arribar a la casa que havia sigut el començament de tot, es van quedar un moment mirant-la, sense parlar.

—Aquí em van apunyalar fa tants anys —va dir ell en veu baixa, perquè només ella pogués sentir-lo, mentre la donzella i el criat anaven amunt i avall donant ordres als mossos de corda que estaven baixant del carruatge l'equipatge dels senyors.

—I per aquí vas entrar al meu món i em vas conèixer. —Es van mirar somrient—. Ara m'agradaria fer un tomb per la ciutat i acostar-nos a la nostra antiga universitat per donar-hi una ullada.

—Deu ser tancada. Ho han traslladat tot a Landshut i a Munic.

—Quina pena!

Van començar a caminar amb tranquil·litat després que en Max hagués donat un parell d'ordres als criats.

—Saps, Nora? —va dir ell al cap d'una estona en la qual tots dos estaven perduts en les seves cabòries—. He pensat... ja saps que fa trenta-cinc anys que estic pensant, treballant al laboratori amb les notes d'en Frankenstein, donant voltes al mateix, escrivint a en Viktor per veure si se li acudia alguna cosa que no se m'hagués acudit a mi, tot i que la veritat és que gairebé mai em va contestar... En fi, el cas és que he pensat que si l'elixir que va destil·lar va servir per donar-me una altra vegada la vida a mi, i a en Michl en dues ocasions... si va aconseguir que tot en el meu organisme tornés a funcionar malgrat les ferides terribles, de tan mal cosides que estaven... de tot..., per què no intentem injectar-te'n a tu i veure què passa? Encara en queda per a una dosi.

—Encara no estic morta, amor.

—Precisament d'això es tracta. Si és una cosa tan potent que no només regenera i dona la vida, potser et cura. No hi perdrem res.

—No.

—No vols que ho fem?

—No hi perdrem res. Tens raó. Excepte que potser em matarà més de pressa.

—No és possible. Aquest elixir ressuscita, no mata.

Van continuar passejant en silenci, pensant.

En Max estava més preocupat que mai a la seva vida. Des que el col·lega de Ginebra li havia dit que no hi havia cap esperança per a la Nora, no havia tornat a dormir una nit seguida. No podia imaginar-se la vida sense ella. Aquell pla era l'únic de tots els que havia considerat al qual veia alguna esperança d'èxit. Era una temeritat, però no hi havia més possibilitats, i a més hi havia el que no s'havia atrevit ni a dir-li perquè era una bogeria massa grossa i no volia que concebés falses esperances.

Feia temps que se li havia acudit que, quan ell, sense saber com, va trobar el passatge al futur, va ser justament després que en Frankenstein li hagués injectat l'elixir. En un termini de vint-i-quatre hores havia sigut capaç de passar a l'època de la Nora i tornar a la seva. I ella s'havia trobat amb el passatge encara obert i l'havia travessat abans que es tanqués. A partir de llavors, ja no havia funcionat mai més.

I si havia tingut alguna relació entre l'elixir i l'obertura del passatge? I si aquella pols misteriosa vinguda de les estrelles tingués alguna propietat que, combinada amb els altres ingredients, pogués fer miracles com ara tornar a la vida i retorçar el temps per a la persona que dugués l'elixir a dins? I si ara ell intentava injectar-l'hi per estimular la regeneració del seu cos, per tornar-li la salut, i el passatge es tornava a obrir en entrar en contacte amb ella aquesta vegada? Aleshores podria passar al seu propi temps, on la medicina estava molt més avançada, i fins i tot si l'elixir no la curava, a la seva època hi havia moltes més possibilitats.

Abans de sortir de Hohenfels havia deixat una carta al seu nebot Philip per si no tornaven. Com que ells, per desgràcia, no havien tingut fills, ell era el seu únic hereu i, des del fatídic accident del seu pare, havia sigut educat per tal de ser un bon comte. Hohenfels es quedaria en bones mans si no tornaven.

L'espantava terriblement la idea de no tornar a casa, de travessar a un món on tot era desconegut per a ell, però era el que la Nora havia fet durant els darrers trenta-cinc anys. Era just. I si hi havia una única possibilitat, per mínima que fos, que ella estés bé de nou, no s'hi havia de donar més voltes, però de totes maneres no volia que es fes il·lusions.

Al llarg dels anys, cada vegada que havien tornat a Ingolstadt a provar el passatge s'havia deprimit durant un parell de dies i, tot i que ho anava portant millor, es notava que durant setmanes la seva ment donava voltes i voltes al fet de per què no ho havien aconseguit mai més. N'havien parlat centenars de vegades sense arribar a cap conclusió, fins que, al final, el passatge s'havia convertit en un tema gairebé tabú.

—Max.

—Digues.

—Anem a casa. Vull que me l'injectis.

Ell li va agafar les mans i les hi va estrènyer molt fort.

—N'estàs segura?

Ella va assentir amb el cap.

—I si no funciona?

—Ens n'anirem a Hohenfels i gaudiré del nostre jardí fins que m'arribi el moment. He sigut molt feliç amb tu, saps? Continuo sent molt feliç. No em penedeixo de res.

Mitja hora més tard, la Nora estava estirada al llit amb una bata de casa lleugera i en Max, que en aquells anys no havia deixat de millorar el seu instrumental, preparava un aparell injector que, seguint els consells de la seva dona, ja s'assemblava molt a les xeringues modernes, tot i que l'agulla encara feia por.

—Llesta?

—Sí.

Es van besar com quan eren joves. En Max no havia tingut mai tanta por. La Nora tampoc.

—Com que tu estàs viva, no t'injectaré res al cor. Només a l'aorta i a la femoral.

—Entesos.

—Crec que et farà mal.

—Tant és. Vinga! Acabem!

La Nora va agafar un mocador i el va mossegar ben fort. Aquella agulla era gairebé un punyal. En Max suava de nervis i preocupació. Si hi havia una cosa que detestava era fer mal a la Nora, però no hi havia més remei. Al cap d'uns minuts, tot s'havia acabat. Ell es va deixar caure al llit, al seu costat, exhaust.

—Notes res? —va preguntar.

—Alleujament perquè s'ha acabat —va contestar amb un somriure—. Com a mínim no estic pitjor. Fins i tot crec que va bé... el dolor se n'ha anat de moment.

—Bé.

Agafats de la mà, mirant el sostre, van deixar passar uns minuts.

—Nora...

—Què?

—Vesteix-te, fes-me el favor. Posa't alguna cosa senzilla.

—On anem?

—Vull intentar-ho una última vegada.

—Ara?

—Com més aviat millor.

La Nora va sentir que per al seu marit allò, per la raó que fos, era realment important, de manera que no va discutir, es va posar el vestit de viatge, que era el més senzill que tenia, es va calçar les xinel·les i se'l va quedar mirant.

—Quan vulguis.

Van baixar les escales l'un darrere l'altre, sense preocupar-se per no fer soroll. Ara aquella casa era seva i ja no hi havia cap Frau Schatz que els pogués impedir estar junts. Van arribar a la porta de l'armari, van intercanviar una mirada, van inspirar fondo i van obrir.

—Les dames primer, amor meu.

Ella va somriure per damunt de l'espatlla i va entrar en la foscor.

Un moment després, a en Max li va arribar la seva veu, tremolosa, espantada.

—Max..., hi ha... hi ha com una resplendor a l'altra banda.

—Doncs no t'entretinguis..., ves... de pressa... abans que es tanqui.

—I tu? Tu no vens?

Hi va haver un silenci breu, amb prou feines d'uns segons.

—Jo aniré on tu vagis. Sempre, Nora.

Es van agafar de la mà i així, junts, van entrar a la llum de l'altre costat i van sortir a un carrer ple de gent, fanals, papereres i cotxes.

En Max es va ficar la mà a la butxaca de l'abric on tenia l'ampolleta i les quatre gotes que quedaven, que mai serien suficients per tornar. Era igual. Havia decidit.

Epíleg

Meravellats, van caminar per la ciutat, per la zona que ara es deia «nucli antic», fins a la vella adreça de la Nora.

Com que ella amb prou feines conservava records precisos dels pocs mesos que havia passat allà quan va arribar per estudiar a la universitat, no sabia si les coses havien canviat molt o poc en els seus trenta-cinc anys d'absència.

El que era evident era que la seva àvia devia fer molt temps que era morta, els seus pares potser també, i els seus antics companys de pis amb prou feines la recordarien, excepte quan en alguna reunió es parlés de noies desaparegudes, potser pel tràfic de blanques. Va sentir una pena difusa i alhora una alegria imbatible de pensar que havia tornat al seu propi temps, encara que no tenia ni idea de com sobreviurien sense papers, sense formació acceptable al segle XXI i sense diners.

En Max, com tantes vegades, devia notar el que pensava perquè va dir:

—Què creus que porto en aquest maletí?

—El teu instrumental, suposo, tot i que no sé ben bé per què te l'has endut.

Ell se li va inclinar cap a l'orella:

—Per si de cas, m'he permès portar el nostre or i les teves joies. Això sempre es pot convertir en diners.

—Ets increïble, marit meu!

La gent que passava els mirava amb una mica de curiositat, tot i que no excessiva. A les ciutats centreeuropees a l'estiu sempre hi ha algun festival de carrer o alguna fira o gent disfressada fent publicitat d'alguna cosa.

—Bé... doncs aquí vaig viure jo fa trenta-cinc anys —va dir la Nora, somrient davant de l'intèrfon amb els noms—. Te'n recordes?

Ell va somriure mentre assentia i va afegir:

—Doncs deuen ser uns deixats, perquè aquí encara hi posa «Nora Weiss».

—No pot ser. Deixa'm veure... Alça! Tens raó!

Sense decidir-ho, va prémer el timbre i uns segons després, amb un brunzit, la porta es va alliberar.

—Pugem-hi?

—I tant.

Quan van arribar a dalt, la Heike era a la porta. Igual de jove, igual de despentinada, igual d'aficionada als gatets que decoraven el seu pijama.

—No tens claus? De què t'has vestit, nena, d'on surts? I qui és aquest? Quina cara que tens! Em podries haver deixat una nota o alguna cosa. La teva pobra àvia ho passat fatal des que te'n vas anar sense avisar ningú. Truca-li de seguida. I hauràs d'anar a la policia perquè deixin de buscar-te.

Allò no tenia cap sentit.

Es van mirar, intentant veure si a l'altre la cosa li semblava igual de boja i es van quedar sense parla. La

Nora va avançar un parell de passes cap al mirall de l'entrada mentre la Heike els deixava enrere i es ficava a la cuina.

—Acabo de fer te —els va dir—. En voleu?

—Amb molt de gust —va xiuxiuejar en Max, per pur costum.

Va tornar a sortir de la cuina carregada amb unes teles i uns quants trastos.

—És que creia que estaria sola tot el dia i estava fent coses per a la meva disfressa de l'estiu, per a la festa dels dos-cents anys del *Frankenstein,* de Mary Shelley. Jo em vestiré de la xicota d'en Frankenstein. Si us ve de gust venir… la roba ja la teniu —va comentar assenyalant la que duien posada.

La Nora no va contestar. No podia. S'havia quedat de pedra.

El mirall de l'entrada, tan brut com sempre, els tornava la imatge de dos estudiants de vint anys vestits com si anessin a una festa de disfresses.

Nota de l'autora

Al llarg de la redacció d'aquesta novel·la he intentat ser fidel a la veritat històrica de l'època que reflecteixo en aquestes pàgines i a tots els detalls que tenen relació amb la història de Mary Shelley i el que va passar a Suïssa, a la Villa Diodati, el 1816, l'«any sense estiu». Malgrat això, en un parell de coses m'he pres la llibertat de canviar la realitat, per necessitats narratives: a l'Ingolstadt actual no hi ha facultat de Medicina ni n'hi ha hagut des de finals del segle XVIII, la Germandat de la Rosa no ha existit mai, mentre que l'Orde dels Illuminati, fundada pel professor Adam Weishaupt, sí que va existir. El comtat i el castell de Hohenfels també són una invenció meva, tot i que la família von Kürsinger, de Salzburg, no només va existir, sinó que són avantpassats del meu marit i, per tant, també dels meus dos fills.

La novel·la de Mary Shelley *Frankenstein o el Prometeu modern*, considerada la fundadora del gènere de la ciència-ficció i del terror, va ser una de les meves primeres lectures a l'època de la meva adolescència i l'he rellegit diverses vegades des de llavors. Quan s'acostava el 200è aniversari de la seva publicació, vaig sentir la necessitat de dedicar un homenatge a una dona tan moderna i valenta, filla de Mary Wollstonecraft, la primera feminista declarada.

Tot i que no considero Mary Shelley la meva mestra en l'aspecte literari, sí que em sento en deute amb ella pel camí que ens va obrir a tots els escriptors del fantàstic, però sobretot a les dones escriptores. En aquest sentit em considero filla de Mary Shelley i m'agrada la idea de col·locar-me en la tradició que ella va començar i que fa dos-cents anys que dona fruits.

Si tu, lectora o lector d'aquesta novel·la, tens interès a llegir l'obra original (que m'ha servit de punt de suport però que difereix moltíssim del que acabes de llegir aquí), et recomano la nova traducció en castellà que, signada per Lorenzo Luengo, ha publicat l'editorial Alrevés. Allà hi trobaràs també relats breus brillants, entre ells un meu, relacionats amb la pervivència del monstre de Frankenstein i il·lustracions excel·lents. El títol és *Frankenstein resuturado*; la idea i el muntatge es deuen a l'escriptor Fernando Marías: http://www.alreveseditorial.com/fitxallibre.php?i=211.

Aparegut recentment (2018), i escrit per un altre guanyador del Premi Edebé, Ricard Ruiz Garzón, és el fantàstic assaig *Los monstruos de Villa Diodati: los espejos de Frankenstein*, publicat per l'editorial Reino de Cordelia. És molt recomanable per saber més sobre el que va passar aquell estiu a Suïssa i per endinsar-se en la temàtica del monstre, dels monstres en general.

També recomano les pel·lícules clàssiques en blanc i negre, dels anys trenta del segle passat, protagonitzades per Boris Karloff en el paper del monstre. I, per descomptat, la genial comèdia *El jove Frankenstein* (títol original *Young Frankenstein*), de Mel Brooks, 1974, una de les pel·lícules més divertides que he vist en tota la vida.

També hi ha una pel·lícula del 1994, de Kenneth Branagh, *Frankenstein de Mary Shelley* (títol original *Mary Shelley's Frankenstein*), amb en Robert de Niro en el paper del monstre.

Gràcies per haver llegit aquesta novel·la! Espero que t'hagi fet passar una bona estona.